DEUXIÈME ÉDITION

A. SAVINE, Éditeur, rue Drouot, 18, PARIS

PARIS-CANARD

COLLECTION *in-18 Jésus* à **3 fr. 50**.

Envoi *franco* au reçu du prix (mandat ou timbres-poste).

OUVRAGES DU MÊME AUTEUR

Les Curiosités de Paris.
Les Virtuoses du trottoir.
Les Jeux et les Joueurs.
Les Sauterelles rouges.
Les Mémoires secrets de Troppmann.
La Commune de Paris en 1871.
Paris-Oublié.
Paris-Police, 3ᵐᵉ édition.
Paris qui s'efface, 2ᵐᵉ édition.
Paris-Escarpe, 10ᵐᵉ édition.

POUR PARAITRE PROCHAINEMENT

Mademoiselle la Revanche.

EN COLLABORATION AVEC M. ÉLIE FRÉBAULT

Les Maisons comiques.
Ces Dames du grand monde.

ROMANS

J.-H. ROSNY

Nell Horn, 2ᵐᵉ édition.
Le Bilatéral, 2ᵐᵉ édition.
L'Immolation, 2ᵉ édition.

EMILE COLIN — IMPRIMERIE DE LAGNY

CHARLES VIRMAITRE

PARIS-CANARD

DEUXIÈME ÉDITION

PARIS

NOUVELLE LIBRAIRIE PARISIENNE

ALBERT SAVINE, ÉDITEUR

18, RUE DROUOT, 18

1888

PARIS-CANARD

1

Scarron, l'auteur du *Roman comique*, dans une
de ses lettres, classait le lecteur en trois caté-
gories :

Les *Éponges* qui avalent tout ce qu'elles lisent
et le rendent dans le même état, seulement plus
trouble et moins propre.

Les *Sabliers* qui ne gardent rien et ne servent
qu'à tuer le temps.

Les *Filtres* qui ne conservent que la vase.

Madame de Maintenon compléta les appréciations de son mari, par une quatrième catégorie :

Les *Vans*, qui, séparant le grain plein du grain vide, rejettent l'un et gardent l'autre.

A l'époque où cette classification fut faite, la presse n'existait pas, et Scarron ne songeait guère que deux cents ans plus tard elle serait rigoureusement exacte.

Les *Éponges* sont les lecteurs qui lisent et ne retiennent de la lecture de leur journal que les mots malpropres, les anecdotes croustillantes, les faits divers scandaleux, qui jouissent et se délectent des procès d'adultères, des viols bien détaillés. Plus c'est monstrueux, plus cela est intéressant, plus ça a de montant, plus ils trouvent le journaliste un homme de talent. Ils classent ces anecdotes dans leur cerveau, pêle-mêle, comme l'ivrogne, les vins qu'il boit dans son estomac. Puis, au coin du feu, au café, au cercle, ils les racontent, les commentent, les agrémentent, les augmentent, chacun suivant son tempérament.

Si un auditeur doute de la véracité du conteur, celui-ci prend aussitôt un air indigné et répond avec suffisance : « Je l'ai lu dans mon journal! »

Les *Sabliers* sont les désœuvrés, les oisifs, gens sans opinion fixe, portiers ou boursiers, grands seigneurs ou calicots, cocottes ou grandes dames, qui lisent aussi bien le journal qui demande chaque matin le massacre des bourgeois, sous prétexte de rénovation sociale, qui démolit petit à petit la machine gouvernementale sous prétexte de réforme, qui traîne dans la boue la magistrature en la déclarant pourrie, avachie, vendue, servile et incapable, et l'accuse d'avoir fait de l'enceinte de la justice une boutique où l'on réhabilite les voleurs et où l'on déshonore les honnêtes gens.

Le journal qui pousse l'armée à l'indiscipline, qui proclame l'insubordination comme le « plus saint des devoirs », qui désagrége le soldat de ses chefs, qui lui inculque la haine du drapeau tricolore, sous prétexte qu'il représente, non la France, mais la tyrannie, et qui, le jour de la bataille venu, si l'ennemi nous a vaincus, comme en 1870, comme au Tonkin, à Lang-Son, accuse les chefs d'impéritie, de trahison, et le soldat de lâcheté et de manque de patriotisme, sans qu'un *Sablier* lui crie : « Mais c'est vous qui avez semé cette graine, pourquoi vous plaignez-vous de l'amertume des fruits ? »

Le *Sablier* n'a pas de solidarité avec son journal : il le lit, le parcoure tout comme un saute-ruisseau, enjambe, sans soucis de se crotter, les tas d'immondices qu'il rencontre sur sa route en allant chercher le déjeuner des clercs.

En revanche, les *Sabliers* lisent aussi bien le journal qui voudrait que les écoles fussent transformées en couvent, les casernes en églises, qui, en première page, discute sur l'infaillibilité du pape et porte, en quatrième page des annonces hétéroclites offrant un singulier contraste avec les

articles pudibonds qui les précèdent. Le journal
qui demande que l'on reconstruise les Tuileries
pour y loger un Empereur ou un Roy ; que Paris
redevienne, comme au temps passé, une vaste pépinière de moines de toutes couleurs, de truands, de
rufians, comme si l'espèce en avait disparu — elle
a changé de nom et de vêtements — voilà tout !

Le journal qui, chaque jour, demande que toutes
nos libertés conquises à l'aide de tant de dévouement, de tant de sacrifices, dont chaque étape dans
la voie du progrès est marquée de larges flaques de
sang, fussent plus contenues et que nous retour-
nions peut-être de quelques cent ans en arrière.

Le journal qui nie le progrès, comme l'a-
veugle de naissance nie la lumière, qui voudrait
que le peuple fût mené plus sévèrement, et qui
déplore le suffrage universel comme une pire
chose.

Le journal qui proclame hautement que, hors
de lui il n'y a point d'esprit, voire même de bon sens ;
qui érige son opinion en article de foi et prétend
lui aussi à l'infaillibilité ; qui insulte tous ceux qui
ne sont point sous sa bannière et traite comme des
chiens des hommes émancipés, des citoyens libres
d'avoir leurs croyances, leurs opinions, leurs préférences à eux comme lui a les siennes — sans toute-
fois vouloir les inculquer de force aux autres.

Les *Filtres* appartiennent aux lecteurs de toutes
classes, qui, si un journal contient dix bons articles et un mauvais, ne retiendront que ce dernier

et trouveront moyen, dans Fénelon ou dans Bossuet, de découvrir des théories criminelles !

Pour les *Filtres*, la charité est une bêtise ; l'amitié, la coïncidence de deux intérêts ; la bienveillance, l'imbécillité de l'âme. Le courage n'existe que par vanité d'ambition, la gloire par amour des honneurs ; la modestie n'est que vanité déguisée ; on n'est vertueux que parce que l'on ne peut faire autrement. La fidélité et l'amour de la famille n'existent que par la force de la loi. Le respect de soi-même est une balançoire. Leur morale est bornée au nord par la cour d'assises, au sud par la gendarmerie, au midi par la police correctionnelle. On leur mettrait la main dans un sac qui contiendrait mille bonnes dragées et une empoisonnée, qu'ils choisiraient cette dernière.

Le *Filtre* est l'esprit enclin au mal par nature, qui prend le mauvais côté de toutes choses et se l'assimile. Pour ce genre de lecteurs, la presse n'a qu'une mission à remplir sur terre : baver sur tout ce qui est digne, diffamer ceux qui ne pensent pas comme elle, insulter tous les dévouements et démolir tout ce qui existe.

Heureusement que ce genre est une exception.

La quatrième catégorie de madame de Maintenon est faite pour nous consoler.

Les *Vans* composent la majorité des lecteurs, ceux qui s'attachent à un journal, comme le lierre à l'ormeau, qui le lisent amoureusement, avec discernement, le suivent avec intérêt, l'encouragent de leurs conseils, s'identifient avec les journalistes qui exercent leur profession avec conviction, honneur, probité, courage, sans défaillances, qui consacrent leur vie à cette tâche ingrate, terrible : celle de guider les hommes malgré eux dans les rudes sentiers de la vérité au bout desquels se trouve : la liberté des peuples !

Combien peuvent accomplir cette tâche, sans tomber en route !

Elle est longue et éloquente, la liste funèbre de nos morts au champ d'honneur, mais inscrits au Temple de mémoire; depuis vingt ans seulement : Émile de Girardin, H. de Villemessant, J. Vallès, Victor Hugo, E. de Labedollière, Gustave Aymard, Xavier Eyma, Jules Denizet, Gustave Bourdin, Jouvin, Eugène Vermesch, Gabriel Guillemot, Commerson, Grégory Ganesco, J. de Précy, Vrignault, Auguste Luchet, Edouard Plouvier, Proudhon, Vermorel, Hériot, Georges Duchesne, Puech, Florian Pharaon, Hesse, La Guéronnière, Louis Veuillot, Garcin, Roger de Beauvoir, Gasperini, Th. Gautier, Alexandre Dumas, Ch. Coligny, Albert Glatigny, Jules Noriac.

J. Janin, Clément Duvernois, Guéroult, Neftzer, Mahias, Louis Huart, Havin, Altaroche, Clément Caraguel, Alphonse Duchesne, Fervacques, E. About, V. Cochinat, Le Guillois et tant d'autres que j'oublie.

Et encore Guyot-Montpayroux, Polo, Bocquillon, André Gill, Adrien Huart, Ch. Bataille, Dubreuil, Jehan Walter, Adolphe Racot, que la folie nous prit avant la mort !'

Le lecteur qui s'en va dès le matin, à la première heure, à son kiosque préféré, acheter son journal, ne se rend pas compte de ce qu'est un un journal. Il s'imagine qu'avec des écrivains, du papier, des machines, cela va tout seul ; il ne se doute pas que c'est une grosse affaire que de fonder un journal ; il faut d'abord trouver le capital et ensuite les rédacteurs. Deux personnages sont indispensables pour le faire réussir : un rédacteur en chef et un secrétaire de la rédaction ; le premier tient la plume, le second les ciseaux !'

L'homme aux ciseaux est le plus important des deux, quoique dans le public on le suppose le plus humble.

Le rédacteur en chef est souvent un homme politique, que le journal a fait arriver à la députation. La plupart de nos députés ont passé par le journalisme.

L'homme aux ciseaux n'a pas cette espérance : il est la cheville ouvrière du journal, il vit obscur, reçoit les rebuffades de tout le monde et fait des prodiges de diplomatie pour maintenir l'harmonie entre les rédacteurs.

L'homme aux ciseaux, dit Fernand Giraudeau, assiste à la fabrication de tous les héros de patriotisme, de moralité et d'indépendance.

Il sait comment d'un homme médiocre on fait

un homme de génie; en passant par l'arrière-bou-
tique d'un journal, un mauvais avocat devient
un homme important ; les hommes les plus purs
sont des fripons et les plus vils d'honnêtes gens.
Aussi, l'homme aux ciseaux est le point de mire
de tous les ambitieux, de toutes les nullités, de
toutes les célébrités mêmes qui veulent qu'on
parle d'eux dans le journal.

J'ai été longtemps l'homme aux ciseaux, et je
connais entre autres un écrivain décoré, coté très
haut dans le journalisme, un oracle aujourd'hui,
républicain fervent, du moins en apparence, qui,
alors, était président d'une société de secours mutuels, employé au Sénat, de par la volonté impériale. Il débutait dans le journalisme : il savait
qu'il ne suffit pas de porter de longs cheveux, de
pleurer à tous les enterrements pour s'imposer; que
la réclame seule pouvait lui donner la célébrité.
Voilà comment vont les choses : l'humble de jadis
est une puissance du jour. Alors il m'apportait une
coupure de son dernier article avec un *chapeau*
écrit de sa main (on n'est jamais mieux servi que
par soi-même) disant ceci :

— « Nous empruntons au journal le *Bien Public*
» l'anecdote suivante, de notre *spirituel, aimable*
» et *savant* confrère X... Quel esprit d'observa-
» tion ! quel tempérament de chercheur! quel
» érudit! ah ! il ira loin s'il tient la promesse de
» ses débuts ».

Ou bien encore :

— « Cesse d'écrire, mon cher X... ou je cesse de
» te citer ».

Et par camaraderie je le citai dans la *Moisson*,
dans *les Échos*, dans *au Jour le Jour*, rubriques
sous lesquelles la *Liberté* publiait quotidiennement les extraits empruntés aux confrères.

Alors le lecteur, que le nom sans cesse répété de
X... agaçait, finissait par le lire, et, pour ne pas
paraître plus bête que le journaliste qui lui trouvait du talent, il le faisait lire par ses amis et disait :

— « Hein ! comme c'est tapé, quel style, voilà
» un gaillard qui ira loin, je le lui prédis. »

Et le lecteur de cette époque se gaudit aujour-
d'hui en voyant X... chargé d'honneur, peut-être
près de l'Académie de par la puissance de la réclame.

C'est la loi Laboulie-Tinguy qui nous a valu
cette foire à la vanité.

Dans *Paris-Viveur*, je trouve à ce sujet ces jus-
tes réflexions :

« Aujourd'hui, par le fait de la loi Laboulie-Tin-
» guy qui a rendu obligatoire dans les journaux
» français la signature des articles politiques, les
» émules et les successeurs de Laurent ne sont
» plus ni aussi puissants, ni aussi inconnus ; la
» presse a perdu quelque chose de son énergie
» créatrice, le jour où chaque journal est devenu
» une collection de personnalités, au lieu d'être
» une souveraineté anonyme ; sous le régime ac-
» tuellement en vigueur, le mot de Desgenais n'est

1.

» plus aussi strictement exact. Le journaliste qui
» signe se fait lui-même en même temps qu'il fait
» et avant qu'il fasse les autres. Il prélève d'abord,
» au profit de son propre nom, la dîme du
» rayon dont il dispose ; de même que les comé-
» diennes et les comédiens *di cartello* veulent
» leurs noms en vedette et n'entendent pas rail-
» lerie sur ce point important, les journalistes,
» par une conséquence naturelle de la loi Tinguy,
» se sont disputé désormais les moyens de signa-
» ler au public moins le journal lui-même que
» leur individualité. Outre le talent, *qui suffit ra-*
» *rement à lui seul, sans le secours des tam-*
» *bours et des trompettes*, un habile emploi des
» métaphores à effet et des antithèses à fracas,
» les articles divisés en strophes, numérotés
» comme un poème, le privilège de l'interligne, la
« place avantageuse et noble où il est donné à vos
» pensées de se prélasser en première page consti-
» tuent pour la masse du public le *grand journa-*
» *lisme;* de là des luttes d'amour-propre et d'in-
» testines rivalités que l'on ne devait pas connaître
» auparavant. La loi Tinguy a mis en présence
» l'intérêt collectif du journal, qui seul existait
» avant elle, et l'intérêt personnel de chacun de
» ses rédacteurs.

» Autre conséquence : la loi sur les signatures
» a engendré forcément des signatures de com-
» plaisance, et voici, par exemple, ce qui arrive
» aujourd'hui. Tandis que M. Grandguillot reste

» encore à la tête du *Constitutionnel*, malgré les
» mutations et les adjonctions qui se font autour
» de lui, M. Tranchant a quitté la *Patrie* invo-
» lontairement, ainsi l'ordonne le directeur de
» cette feuille du soir qui, en même temps, a rompu
» avec quatre autres de ses rédacteurs... Or,
» M. Tranchant, excellent jeune homme, aussi
» spirituel qu'un autre, auteur dramatique à son
» heure, comme le témoigne une opérette jouée
» avec succès chez Offenbach ; — M. Tranchant,
» disons nous, était, entre autres fonctions, le ré-
» dacteur *pour tout signer* de la *Patrie*.

« Dans le nombre formidable de pages au bas
» desquelles a figuré son nom, pendant dix années
» peut-être de collaboration à la feuille de M. Dela-
» marre, il y en a eu forcément de très remar-
» quables. On ne peut pas toujours éviter cela.

« Les lecteurs, qui ne sont pas initiés à ce qui se
» passe dans les coulisses, voyant le nom de
» M. Tranchant à toutes sauces et quelquefois à
» une sauce excellente, ont tout naturellement
» conclu que c'était le rédacteur le plus intelligent,
» le plus laborieux, le plus encyclopédique surtout
» de *la Patrie*. C'est à peine, — on n'y regarde
» pas de si près ! — si les plus malins s'aperce-
» vaient que le style de M. Tranchant variait beau-
» coup du jour au lendemain ; qui disait *la Patrie*
» disait Tranchant, et réciproquement. »

Ces lignes datent de 1862 ; qu'y a-t-il de changé
aujourd'hui ?

Autrefois, le journal était tout entier aux doctrines, comme le *Temps*, la *République Française*, les *Débats* aujourd'hui; mais Émile de Girardin inventa l'*Information*, aussi c'est à qui parmi *les Reporters*, la plaie du journalisme, arrivera bon premier; l'*Information* avant tout! le *Reporter*, c'est l'âme, la vie du journal de nos jours.

Le télégraphe s'est mis de la partie : chaque journal important a son fil spécial qui lui transmet en fort peu de temps les nouvelles de tous les points du globe.

Un paysan quelque peu lettré essayait un jour d'expliquer à un autre paysan, qui ne l'était pas du tout, comment la télégraphie électrique donnait en quelques minutes au journal auquel il était abonné des nouvelles de Vienne, de Berlin, de Londres et de Madrid.

— Je n'y comprends rien du tout, disait celui-ci : tes piles, tes fils, tes mécaniques, tout ça c'est des attrape-nigauds.

— Eh bien! reprit l'autre à bout de démonstrations, figure-toi comme qui dirait un grand chien, si long, si long que les pattes de derrière seraient à Londres tandis que celles de devant seraient à Paris.

— Es-tu bête! Est-ce qu'il y a des chiens comme ça ?

— Non je dis : supposons.

— Ah! bon.

— Eh bien, tu lui marches sur la queue qui est

à Londres et il aboie à Paris. Voilà ce que c'est que le Télégraphe électrique.

Pas mal pour un abonné du *Petit Journal...*

Depuis que l'autorisation préalable a été abolie, les journaux se sont multipliés à l'infini. En dehors de la grande presse politique, chaque corporation a son organe : le *Moniteur des cuirs*, le *Courrier des Tailleurs*, le *Mercure des corsetières* et même le *Journal des domestiques!*

Voit-on d'ici le dialogue suivant :

— Joseph?

— Monsieur.

— Donnez-moi mon pantalon à pied?

— Dans dix minutes, monsieur.

— Comment dans dix minutes! que faites-vous donc?

— Monsieur, je corrige mes épreuves!

Dans la plus petite auberge du plus petit village, aussi bien de la France que de l'étranger, on trouve aujourd'hui un journal de la veille, quand ce n'est pas celui du jour; cela me rappelle une anecdote qui prouve qu'il n'en était pas de même autrefois.

En 1866, Xavier Eyma s'arrêtait dans une auberge à mi-côte de la montagne du grand Solide, en Suisse; il demanda un journal et on lui apporta un numéro du *Siècle* qu'il se mit à parcourir avidement, n'ayant pas lu de journaux depuis plusieurs jours.

Il venait d'achever un feuilleton intitulé : *Courrier de Paris* où il avait trouvé les dernières nouvelles des salons du grand monde; quand tout à coup la signature le fit tressaillir.

— Eugène Guinot! mais Eugène Guinot est mort, se dit-il, est-ce qu'il serait ressuscité?

Il retourna précipitamment la page pour regarder la date du journal; il était du 7 octobre 1853.

Eyma appela l'aubergiste pour lui demander le numéro du jour.

— Nous n'avons que celui-là, lui répondit sèchement le gargotier, qui se tenait sur ses gardes contre les réclamations insatiables des touristes.

— Mais il date de 1853!

— Monsieur, dit fièrement l'aubergiste, voilà treize ans que je le donne aux voyageurs et personne ne s'en est jamais plaint.

Il est probable que ce même aubergiste est devenu un restaurateur, qu'il reçoit aujourd'hui une centaine de journaux, même ceux qui donnent les nouvelles huit jours à l'avance, la seule manière dans l'avenir de retenir l'attention publique.

Si le journaliste a souci de retenir l'attention du public, il a un souci plus cruel encore : c'est le compositeur; il a à redouter de son inattention ou de sa malice trois choses formidables :

La *Coquille*, le *Bourdon* et l'*Interversion*.

La *Coquille*, en langage d'imprimerie, est l'emploi d'une lettre ou d'une syllabe pour une autre : — *Nadar*-Pacha a eu l'honneur de diner aux Tuileries... C'était *Nubar*. — *Néron* premier *Historien* de l'Empire au lieu de *Histrion*. — Le *Moniteur*

annonçait un jour, sous Louis Philippe, que le conseil des *Monstres* s'était réuni ; l'auteur avait mis :
Ministres. — Marthin Ponroy, dans *le Voyage à
Lucerne*, faisait allusion aux jeunes poëtes qu'il y
avait entendus et les appelait : les *bardes* du dix-
neuvième siècle ; le typographe composa : les *bar-
bares*. — Le lendemain de la mort de M. Laffitte,
le *Journal des Débats* disait que la France venait
de perdre un homme de *rien* pour homme de
bien — Rendant compte d'une solennité universi-
taire le *Constitutionnel* constatait que le ministre
de l'Instruction publique était au premier *gredin :*
pour *Gradin* — La *Presse*, donnant le bulletin de
santé d'un prince septuagénaire, disait : — le *vieux*
se soutient ! pour le *mieux*. — L'*Opinion Nationale*,
en 1859, déclarait que l'unité italienne était *frite*
sans retour, pour *faite* sans retour. — Norvins,
dans son histoire de Napoléon, avait mis : « L'armée
eut beaucoup à souffrir des *fièvres* des marais
Pontins ; » on lui composa : « l'armée eut beaucoup
à souffrir des *fèves* des marais de *Pantins*. — Dans
les *Commentaires de César*, d'un académicien
célèbre, on imprima : les *canonniers* romains, au
lieu de : les *Chevaliers* romains. — Le vers fameux
de Gilbert :

> *Au banquet* de la vie infortuné convive

fut d'abord imprimé ainsi :

> Au *baquet* de la vie, etc..., etc.

Paulin Limayrac ayant fait, dans un premier Paris, une citation latine : *Numero deus impare Gaudet*, on lui composa : *Numero deux, impasse Gaudelet.* — La *Patrie* annonçait qu'un prince venait de partir pour le tour de la *cuisse* — la *Suisse !* La plus monstrueuse coquille connue fut celle-ci : dans un paroissien publié avec l'approbation de monseigneur, les fidèles lurent avec stupeur cette note : — ici le célébrant ôte sa *culotte* au lieu de *calotte !*

L'écrivain le plus maltraité au point de vue de la *coquille*, ce fut 'Paul de Saint Victor : son écriture était si mauvaise que les compositeurs, ne pouvant lire, composaient au hasard. En lisant les premières épreuves, c'était à mourir de rire. Il écrivait : cette jeune femme *désolée*, on lui mettait : *dessalée*. — Sivori jouait en *sourdine*, on lui composait : *sardine*. Un jour il parlait des *Chants du crépuscule* de Victor Hugo, on lui composa : les *chats sont des crapules*.

Le lecteur supplée généralement au *bourdon* ; le mot oublié tronque la phrase, mais ne la dénature pas ; il n'en est pas de même de l'*interversion*. Le *Constitutionnel*, journal officieux sous Louis-Philippe, faillit perdre sa subvention à cause d'une erreur de *paquet*. C'était au moment d'une crise ministérielle. M. Thiers avait fait insérer une note à laquelle il tenait beaucoup. Aussitôt que la poste lui eut apporté son journal, il s'empressa de déchirer la bande, afin de s'assurer que ses ordres avaient été exécutés ; voici ce qu'il lut :

S. M. le roi a mandé hier au palais des Tuileries M. Thiers et l'a chargé de la formation du nouveau cabinet. L'éminent homme d'état s'est empressé de répondre à Sa Majesté :

« — *Je n'ai qu'un regret : c'est de ne pouvoir vous tordre le cou comme à un poulet d'Inde* ».

Furieux, il continua néanmoins machinalement à lire son journal. Son ahurissement fut complet quand ce *fait-divers* lui tomba sous les yeux :

Les recherches de la justice ont été promptement couronnées de succès ; l'assassin de la rue du Pot-de-Fer a été arrêté dans un mauvais lieu.

Amené aussitôt devant M. le juge d'instruction, le misérable a eu l'audace de s'emporter en injures grossières contre ce magistrat et de lui adresser ces paroles, qui prouvent que le remords ne s'est pas encore fait jour dans sa conscience :

« *Dieu et les hommes me sont témoins que je n'ai jamais eu d'autre ambition que de servir fidèlement et intelligemment votre personne et mon pays !* »

II

Reprocher aux autres de faire contre vous ce qu'à leur place on ferait contre eux, voilà la conduite des partis dans l'opposition.

Faire aux autres ce qu'on les aurait blâmés de faire contre nous, voilà la conduite des partis au pouvoir.

Ces deux vérités sont d'Émile de Girardin : *La liberté illimitée* que l'opposition fait miroiter aux

yeux des imbéciles, pour renverser le gouvernement établi.

La liberté restreinte lorsque l'opposition gouverne à son tour, c'est le sabre de M. Prudhomme.

De même, il a existé deux *Libertés,* on pourrait
même dire trois.

La première, celle de M. Ch. Muller qui avait
pour devise : hors de l'Église, pas de salut, fut
créée le 16 juillet 1865; c'était un journal en
chambre, une sorte d'annexe du *Journal des
villes et campagnes.* Il eût pu remplacer avec
avantage le sirop de chloral, car c'était un puissant
soporifique.

Émile de Girardin acheta *la Liberté* pour trente
mille francs. M. Muller stipula qu'il en resterait le
rédacteur en chef, mais quelques jours après la
signature du traité, de Girardin refusa la copie de
M. Muller, et fit disparaître son nom des manchettes. Grande fureur de M. Muller, échange de
lettres ; finalement, M. Muller dut se retirer ; c'était
au commencement de 1866.

Après six mois d'existence, la première *Liberté*
tirait à peine à cinq cents exemplaires : la seconde,
après quinze jours, tirait à vingt mille.

C'est qu'en dehors du maître, la *Liberté* avait
pour collaborateurs une pléiade d'écrivains remarquables : MM. *Clément Duvernois, Vermorel,*
H. Pessard, *Paul de Saint-Victor,* Castagnary,
les deux Fonvielle (Arthur et Wilfrid), *de Gasperini,* Léon Cahun, Oscar de Poli, *Xavier Eyma,*

Vigier de Mirabal, *Baron Brisse, Jacques Valserre, Jean Tapié*, Paulin Caperon et E. Siebecker.

Le secrétaire de la rédaction était votre humble serviteur.

Dieu, dit-on, créa le monde en six jours et se reposa le septième. Émile de Girardin fut plus fort que Dieu, il créa les mondes en un jour et ne se reposa jamais. *Ces mondes* étaient la division des *faits divers* sous la rubrique à laquelle chacun appartenait : les généraux au *Monde militaire*, les crimes au *Monde judiciaire*, les prêtres au *Monde religieux*, etc., etc.

La *Liberté* ne fut pas, comme beaucoup se le sont imaginé, créée dans un but politique, pour soutenir une idée, défendre un principe. La *Liberté* fut une *affaire*, comme la *Presse*, comme la *France*, comme tous les journaux créés par Émile de Girardin, car, avant d'être un grand journaliste, Girardin était un grand spéculateur. Sa seule préoccupation était de faire *tirer* le journal par tous les moyens possibles, honnêtes ou non : l'argent avant tout !

C'est lui qui, le premier, imagina de faire payer les *nécrologies*.

... M. Virmaître, m'écrivait-il, je vois encore six lignes consacrées aux obsèques de M. Félix Sandau.

Je vous ai écrit, il y a cinq jours, de ne plus admettre ces lignes qu'autant qu'elles auraient été payées à MM. Lagrange et Cerf.

» Veuillez vous entendre avec M. Clément Duvernois afin que ces insertions n'aient pas lieu *gratuitement!*

» 21 lignes à la soirée de M. Pierre Véron du
Charivari, quand vous avez omis *la Ménagère*...
C'est abusif !

Pendant que tout le monde le croyait préoccupé
de saper le régime impérial, il s'interrompait d'é-
crire ses fameux articles si commentés dans les
cercles politiques pour m'adresser des notes semblables à celles-ci :

Mettez-vous à jour avec toutes les annonces, réclames
et faits Paris : n'en laissez pas en retard, afin de ne pas
donner à MM. Lagrange et Cerf un prétexte de se refroidir et de se ralentir ; la question des annonces est en résumé la question d'existence du journal au prix de 54 francs.
Il est d'ailleurs bon que vous en ayez beaucoup. Faites
aussi passer *la Revalescière* !

Sur le chapitre des économies, il était passé
maître ; quelques-uns des rédacteurs chargés des
Échos pour le *Monde parisien* démarquaient sans
façon les confrères ; vite un ukase.

M. Virmaître,
Règle.
Retrancher de la copie de M. de Poli tout ce qui est
copié sur les autres journaux, alors même que je vous
l'envoie. Je ne puis tout lire.

Deuxième ukase, cette fois collectif à MM. Clément Duvernois et H. Pessard :

Il faudrait apprendre à lire l'*Indépendance* et les journaux qui ont des correspondances, afin de savoir tirer de ces correspondances tout ce qu'elles peuvent contenir de curieux, de vivant, d'opportun.

Bien que M. de Girardin m'écrivît qu'il ne pouvait tout lire, rien ne lui échappait; il s'occupait des plus petits détails; c'était vraiment un homme prodigieux.

Voici en bloc une série de notes qui le prouvent :

M. Virmaître,

Je vois dans les journaux du soir et du matin beaucoup de faits que je ne retrouve pas le lendemain reproduits et cités par *la Liberté.*

Aucun ne doit être omis.

Sachez vous faire de la place : il ne doit rester sur le marbre que ce qui peut y demeurer sans vieillir et sans moisir.

La *préférence à tout ce qui est emprunté* aux autres journaux qu'il faut *dépouiller* le matin avec le plus grand soin. Les citer toujours scrupuleusement, de telle sorte que le lecteur puisse se dire : *la Liberté* me donne tout ce qui paraît d'intéressant, d'amusant, etc , dans les autres journaux.

. . . .

Votre coupeur est-il entré en fonctions. Pas une nouvelle, pas un fait donné par un des journaux que vous recevez ne doit échapper aux filets de la *Liberté,* s'ils sont bien jetés, bien tendus et bien relevés. Il faut que les lecteurs de la *Liberté* sachent qu'ils trouveront tout dans la *Liberté.* Ce doit être l'ancienne *Estafette* mieux faite.

. . . .

Pourquoi n'a-t-on pas mis le feuilleton de madame J. de Moncel ?

Il y avait de la place, car j'avais marqué sur l'épreuve qu'on pouvait ajourner le procès-verbal signé L. de Gaillard et Girardin. Avec le feuilleton, le numéro aurait eu meilleur air et nous aurions eu pour aujourd'hui, où la matière fera défaut, toutes les citations sur la *Liberté*.

Numéro manqué ! ! !

. . . .

Quand vous avez adopté une chose bonne, y persister ! Ne plus l'oublier ! Ne pas la laisser tomber en désuétude !

Vous ne soignez pas assez *l'emploi de la journée!*

Et la distribution que vous donniez et que vous ne donnez plus ?....

...Cependant, c'était bon !

— Comme nous payons la Bourse et le programme des théâtres comme si on les composait à nouveau chaque jour, — faites-les renouveler très souvent. La Bourse et le programme des spectacles commencent à s'user, — dites à Victor de les recomposer à neuf pour demain !

. . . .

Pour tenir lieu de Bulletin de Bourse, je vous enverrai demain un feuilleton de même hauteur, ce qui rendra le journal plus facile à faire.

Il n'y aura donc (au moyen d'entrefilets) qu'à ménager sur la *une* l'espace nécessaire à l'article sur la séance pour la deuxième édition.

A la deuxième édition, on retranchera le feuilleton que je vous ai envoyé ce matin et qu'on pourra composer aujourd'hui et dont on pourra faire un cliché demain matin.

. . . .

Madre (c'était le vendeur) a prévenu M. Bic (l'administrateur) que les libraires fermeraient demain dimanche, jour de Pâques.

Fournier (le mécanicien) a exprimé le désir d'avoir un jour de congé.

Néanmoins je réponds que la *Liberté* paraîtra demain.

Mais si tous les libraires ferment, il y aura alors moins d'importance à paraître avant l'heure des télégrammes.

Causez de cela avec M. Duvernois, Bic, Madre et Victor.

. . . .

Voir à l'imprimerie comment on peut arriver à une production simultanée plus considérable, pendant l'heure de 4 à 5 heures.

Avez-vous mis la main sur ceux qui prennent les DOUZE EXEMPLAIRES qui manquent !

. . . .

Très mécontent, très mécontent !

Vous mettez sous cette rubrique, le *Monde parisien* :

La misère à Londres.

Évidemment c'est là un contre-classement !

Le mieux ce serait peut-être de restreindre étroitement le *Monde parisien* aux vraies nouvelles des salons de Paris et de rejeter *après* les mondes, et *avant* la *moisson* sous ce titre : *les faits divers*, tous vos faits *titrifiés*, cela concilierait vos idées et les miennes.

Essayer ce soir.

Les ukases de M. de Girardin étaient un thermomètre. En lisant ses petits papiers, nous étions exactement renseignés sur l'état de son esprit ; jamais il ne fut au beau fixe. Je me souviens d'une note des plus curieuses ; elle nous était adressée collectivement, à Clément Duvernois, Hector Pessard et moi ; je la reçus à dix heures du matin :

Dans les faits qui sont *revisés*, retrancher impitoyablement et avec soin toutes ces qualifications qui exhalent l'obséquosité et surtout la presse officielle et officieuse ; ne jamais mettre :

Son Altesse,

Son Excellence.

Mettre :

Le Prince, la Princesse,

Le Ministre des.......

On dirait d'un journal écrit à plat ventre par des sur-numéraires aspirant à un emploi de commis dans les bureaux de M. Duruy.

G.

Quelques heures plus tard, je remettais person-nellement à l'huissier de service, au ministère d'État, une lettre autographe d'Émile de Girardin dont l'enveloppe portait cette suscription :

A Son Excellence! !...

J'ai dit qu'aucun détail, si infime qu'il fût, n'échap-pait à M. de Girardin; il soignait même les *faits divers;* il avait un faible tout particulier pour le *canard.*

Il n'en fut pas l'inventeur, car le *canard* est né avec le journalisme. Il est éclos du jour où il a fallu, bon gré mal gré, qu'un journaliste rem-plisse quotidiennement la place qui lui était assi-gnée.

L'étymologie du mot *canard* est assez amusante :

Un journaliste belge, qui poussait le patriotisme jusqu'à trouver ridicules les nouvelles publiées par les journaux des « Fransquillons », imagina d'en fabriquer une qui dépasserait toutes les autres en invraisemblance; il prit pour thème la voracité du canard.

Vingt de ces volatiles étaient réunis; on hacha

2

l'un d'eux avec ses plumes et on le servit aux autres qui le dévorèrent gloutonnement, après quoi on en sacrifia un second, qui eut le même sort, et enfin successivement tous les canards jusqu'à ce qu'il n'en restât plus qu'un seul qui, dans l'espace d'une journée, se trouva avoir avalé les dix-neuf autres.

Cette plaisanterie eut un succès immense, elle fit le tour du monde; alors son auteur la démentit; mais le mot *canard* resta comme synonyme de fausses nouvelles.

Le *Constitutionnel*, qui fit jadis tant de bruit avec son fameux serpent de mer, a été cent fois dépassé par les *reporters* de la nouvelle école.

Le *canard* a toujours du succès par son invraisemblance même, auprès des lecteurs, et, ce qu'il y a de particulier, c'est que ceux qui l'inventent finissent par y croire, absolument comme le menteur arrive à se persuader qu'il a dit la vérité.

Le *canard* a eu et aura encore ses spécialistes; la réalité ne passionne plus le lecteur : il faut lui servir des ragouts pimentés et abracadabrants.

Le journal la *Liberté*, en 1866, racontait qu'une nuit de Noël, des farceurs avaient déposé six écrevisses vivantes dans un bénitier de l'église Notre-Dame de Lorette, et que, le sacristain charitable, au lieu de les garder pour faire réveillon, les en avait retirées et les avait délicatement posées sur les marches qui donnent accès à l'église; que la messe de minuit terminée, le sacristain était descendu à la Halle pour manger une soupe à l'oignon, au Grand-Comptoir, et, chose merveilleuse, qu'il avait rencontré, rue Montmartre, les six écrevisses, retournant tranquillement à la Seine, en suivant le cours des ruisseaux !

Ce *canard* fit le tour des journaux de France, et six mois plus tard on pouvait le lire dans le *Courrier de San-Francisco* qui l'avait emprunté à la *Epoca* !

On lisait en 1867 dans l'*Avenir national* :

— On m'a raconté, hier, et je ne puis douter de la véracité du récit, un duel qui a eu lieu ces jours derniers aux environs de Paris, entre deux officiers d'une ville de garnison. Un des officiers a été tué sur le *lieu même du combat*, l'autre est tombé en même temps, la poitrine traversée ; on désespère de le sauver. Le duel avait eu lieu à l'épée.

Voilà un terrible drame. L'épilogue est plus affreux encore. Le chirurgien, qui devait assister au combat se rendait à cheval sur le lieu de la rencontre. Son cheval s'emporta, se cabra, et lança son cavalier, qui perdit les étriers, sur la grille d'une maison de campagne. Le chirurgien est mort cloué, pour ainsi dire, au-dessus de la route.

Tout cela est exact, et si je ne cite pas les noms des victimes, c'est par discrétion.

Tous les reporters se mirent en campagne, mais ils revinrent bredouilles ; l'*Événement*, plus heureux, put calmer l'émotion publique en réduisant le « drame » à ses véritables proportions :

— Un général que nous ne nommerons pas, rencontrant sur son passage un officier de chasseurs, lui fait des compliments de condoléances sur la triste aventure. — Voilà l'officier étonné.

Le général, ne comprenant pas sa pantomime, finit par lui dire :

— Mais on se porte bien chez vous ?

— Très bien, mon général.

— Et le médecin ?

— Il donne la théorie et l'exemple de la plus parfaite santé.

— Et le duel ?

— Quel duel ?

Nous aussi nous avons frémi à la nouvelle de ces morts déplorables, nous avons voulu avoir le cœur net et voici la vérité que nous avons apprise hier, au *mess* des officiers de chasseurs :

Le médecin-major du 3me voltigeurs de la garde a fait une chute de cheval, avant-hier, à Versailles.

Un nouvelliste plein d'imagination a enjolivé le fait, il l'a entouré de deux cadavres et a fait un drame d'un simple accident.

Autre *canard* de haut vol. En 1868, une après-midi du mois de décembre, il faisait un froid de loup; les trottoirs étaient couverts d'une épaisse couche de neige glacée. Malgré cette température sibérienne, une foule immense encombrait le faubourg Montmartre, au point d'arrêter la circulation. Une escouade de sergents de ville était impuissante à disperser la foule sans cesse grossisssante. Le fameux : Circulez, messieurs, n'était entendu de personne, chacun voulait voir.

Que se passait-il ?

Un entrefilet du journal la *France* était cause de ce tumulte :

Un mari outragé a tiré un coup de pistolet sur le ravisseur de sa femme, M. D., ancien contrôleur des Folies-Dramatiques.

Pendant toute la journée, des groupes ont stationné devant le numéro 30 du faubourg Montmartre, où se sont déroulées, la veille, les péripéties du tragique événement et où gît le cadavre de la victime.

Une large tâche de sang descendant du troisième étage, le long du mur, était l'objet de la curiosité de la foule.

La *Liberté* envoya un reporter aux informations et le lendemain elle imprimait ceci :

— La longue traînée de sang qui macule l'angle de la maison portant le numéro 30 du faubourg Montmartre, provient tout simplement d'un pot d'encaustique qu'un locataire, en attendant de l'employer pour vernir son parquet, avait placé sur l'appui de la fenêtre. Un chat l'avait renversé en jouant et l'encaustique avait coulé : de là, la fameuse traînée.

La police a fait passer une couche de blanc sur la prétendue tache de sang.

Le même soir, la foule était encore plus considérable que la veille ; elle ne regardait plus la *tache de sang*, mais la *place* où avait été la tache ! et les vendeurs de journaux hurlaient à tue-tête : demandez les derniers détails du drame du faubourg Montmartre !

A l'occasion de la fête de Rois, en 1867, *Fantasio*, pseudonyme d'une célèbre femme du monde qui rédigeait, dans la *Liberté*, le monde parisien, lança le *canard* suivant :

— On sait que les Anglais sont les gens les plus excentriques du monde. Vous allez en juger :

Il y a une trentaine d'années, plusieurs gentlemen fort riches, blasés sur tous les plaisirs, s'étaient laissé gagner par cette terrible maladie qu'on appelle le *Spleen*.

Très au fait des coutumes françaises, ils avaient innové une singulière distraction en organisant un cercle spécial que l'on appelait le *Club des suicidés*.

Pour en faire partie, il fallait être résolu à en finir un jour ou l'autre avec la vie.

Chaque année un des membres de cette société de désœuvrés devait mourir de la manière originale que voici :

Le jour des Rois, suivant l'usage français, tous les membres se réunissaient dans un splendide festin ; au dessert, on apportait une galette, on tirait les parts et celui auquel la fève échéait, était désigné par le sort pour mourir.

Il n'avait du reste pour cela qu'à manger la fève qui était empoisonnée.

Émile de Girardin reçut plus de cinquante lettres lui demandant l'adresse du *Club des suicidés* afin de s'y affilier.

Une lettre collective fut adressée à ces correspondants pour leur dire que la plupart des membres de ce club, las d'attendre les caprices du sort, avaient peu à peu repris goût à la vie, et que, ne se souciant plus d'être Rois de cette manière, ils avaient abandonné le club qui était mort depuis une année.

Aucun des correspondants ne voulut le croire.

Il faudrait des volumes pour citer tous les ca-

nards célèbres, depuis le rat à trompe jusqu'au Prussien Royomir qui faisait mûrir les raisins en les regardant.

C'est au *Figaro* que revient de droit la palme du *canard*; n'est-ce pas lui l'inventeur des *Assassinats de Limours*, du *Mystère de Bois-Colombes* et de cent autres?

Noblesse oblige!

Le 22 février 1885, ce journal racontait ceci:

Les drames les plus mouvementés ne sortent pas tous de l'imagination des auteurs; la vie réelle en offre quelquefois d'aussi terribles que le théâtre. En voici un qui vient de se passer en plein Paris.

Rue... dans un des arrondissements les plus riches, à deux pas du Bois de Boulogne, habitait un ménage de riches américains, M. et Mme X...

Ils paraissaient s'adorer et pourtant, il y a quelques jours, M. X... apprit une terrible chose: sa femme le le trompait.

Et avec qui? avec un de ses nombreux amis de son monde qui fréquentaient la maison? Non. Avec le jardinier.

Le pauvre mari eut voulu douter. Impossible. Il surprit des lettres établissant non seulement la culpabilité des deux amants, mais encore un projet infâme, criminel...

« Empoisonne ton mari, disait le jardinier, et nous fuirons ensemble en Amérique, où nous vivrons heureux ».

M. X. ne dit rien, réservant sa vengeance.

Hier soir, au moment de se coucher, sa femme, comme d'habitude, fit apporter deux verres d'eau, l'un pour elle, l'autre pour son mari: elle les sucra elle-même.

Le mari la regardait faire.

Les verres préparés, il pria sa femme de lui passer un objet qui se trouvait derrière elle. Elle se retourna une minute. Cette minute lui suffit pour faire faire volte face au plateau, de telle façon que le verre qui lui était destiné se trouvait devant sa femme, et réciproquement.

Tous deux burent à la fois.

Et, comme M. X... reposait tranquillement son verre sur le plateau, Mme X .. tomba foudroyée.

Elle avait avalé la terrible dose de poison; de la strychnine, croyons-nous, préparée par elle pour son mari.

Tels sont les faits qu'on est venu nous raconter. Une enquête est ouverte, nous dit-on; le mari et le jardinier seraient arrêtés.

Demain sans doute la vérité sera faite.

A demain donc des détails plus précis.

Ce *canard* dramatique fit le tour de la Presse; le lendemain, le *Figaro* ne reparla plus du crime, mais on racontait partout l'histoire suivante :

Un secrétaire de commissaire de police, voulant être désagréable au journal « le mieux informé de Paris » avait tout simplement démarqué un feuilleton du journal *Le Matin* (voir le récit qui précède). Les noms des auteurs du drame, leur adresse étaient indiqués avec précision, rien ne manquait à la vraisemblance ; le *Figaro* accueillit ce récit avec joie et ne se vanta pas de sa candeur.

Le *canard* politique est plus amusant que le *canard* des *Faits Divers*, il met le gouvernement sans dessus dessous, la Préfecture de police, le ministre de l'intérieur, toutes les polices de Paris. Chaque fois que nous faisions un *canard* de ce genre, nous étions sûrs de voir arriver l'*Homme noir*.

L'*Homme noir* était un envoyé du ministre de l'intérieur; il se présentait, doucereux, aplati, insinuant; il ne dédaignait pas de causer avec Baptiste, le garçon de bureau. Naturellement il n'apprenait jamais rien, mais s'il n'emportait pas de renseignements, il n'en était pas de même des parapluies!

Le grand succès de la *Liberté* fut celui-ci : Émile de Girardin, tout en ayant l'œil aux affaires sérieuses, laissait à chacun de ses rédacteurs une grande somme de liberté. Si l'un d'eux commettait une faute, une bourde, un oubli, il m'écrivait simplement ceci :

— Vous préviendrez M. X... qu'à la fin du mois il cessera de faire partie de la rédaction.

Sa décision était toujours irrévocable, aucune considération ne pouvait le fléchir.

Les bureaux de la *Liberté* étaient très amusants; Paul de Saint-Victor venait régulièrement à trois heures, alors que les *formes* étaient sous presse; il me demandait ses *épreuves* :

— J'ai oublié une virgule, me disait-il, mon article sera défiguré; faites vite corriger.

— Mais le journal est sous presse, c'est impossible.

— Je me plaindrai à Girardin.

En effet, il se plaignait, et arrivait de bonne heure, en même temps que Girardin, pour juger du galop que j'allais recevoir; il glissait son pouce dans la poche de son gilet et attendait. Girardin, qui tenait à ménager l'illustre critique, me disait que j'aurais du faire arrêter les machines, etc., etc. Cette scène se reproduisait chaque fois que Saint-Victor publiait un article.

Paul de Saint-Victor n'était pas bien vu aux Tuileries. Lorsque MM. de Vaux et Aylic Langlé, sur le désir exprimé par l'Impératrice, dressèrent une liste d'*invités littéraires* pour les séries de Compiègne, cette annotation l'accompagnait dans les papiers des Tuileries :

— Paul de Saint-Victor, exclusivement feuilletoniste, médiocrement élevé, existence peu régulière, très détesté de ses confrères. »

Il va sans dire qu'à la suite de cette note aimable, notre confrère avait été impitoyablement rayé de la liste des invités.

Une figure curieuse était celle du tuburlent Léon Cahun; venu du fond de l'Égypte, il avait apporté avec lui le sans-gêne des orientaux. Il était à l'étroit dans la salle de rédaction ; il craignait sans cesse que le plafond ne s'écroulât sur sa tête. A son début, il fut en butte à l'égoisme de Duvernois, qui ne voulait pas de nouveau visage, redoutant toujours de voir éclipser son étoile par un inconnu. C'était une lutte curieuse : chaque fois que Cahun publiait un article, Duvernois biffait la signature. Girardin m'écrivait pour me demander pourquoi? Je ne savais que lui répondre. Sans doute il comprit mon silence, car un matin, il m'écrivit : « dites à MM. Pessard et Clément Duvernois que je ne comprends pas l'hostilité dont M. Cahun est l'objet et que je veux que sa signature, à partir d'aujourd'hui, figure au bas de ses articles. » En *post-scriptum*, il ajoutait : « Mettez l'article de M. Cahun en premier-Paris, celui de M. Clément Duvernois en second. »

Ce fut une révolution. Clément Duvernois bouda comme un enfant. Le lendemain il fit dire qu'il était malade ; mais comme la fin du mois était proche, il se ravisa et Cahun ne fut plus inquiété.

Cahun a fait son chemin : il est bibliothécaire à la Mazarine.

Clément Duvernois était un type à part ; collaborateur d'un petit journal, il fut tout à coup, du jour au lendemain, mis en lumière par Girardin, dans la *Liberté* qui était le journal en vogue, lu tout particulièrement par Napoléon III.

Dès les premiers jours de son entrée à la *Liberté*, Clément Duvernois, qui était ambitieux, se posa en maître ; il voulait règner sans partage et comprit le parti qu'il pouvait tirer de la situation. Son ambition augmenta en raison de son succès, car il était renseigné sur les inquiétudes de l'Empereur, causées par la guerre que lui faisait la *Liberté*, par une jeune femme qui se faisait appeler la comtesse de C... laquelle, dit-on, était amie intime de l'Empereur. Elle venait au journal et ne craignait pas de salir ses jupes dans l'affreux escalier. Les typos disaient qu'elle était amoureuse de Duvernois ; les plus clairvoyants flairaient une intrigue politique ; ceux-ci ne se trompaient pas.

J'ignore quelle était la combinaison projetée ; toujours est-il qu'un matin Clément Duvernois et Hector Pessard quittèrent la *Liberté* et que l'*Époque* fut fondée.

Voici ce qui me fut raconté sur ce départ.

M. Dusautoy, tailleur de l'Empereur, demeurait alors rue de Laval. Napoléon III le fit demander et lui déclara qu'il voulait fonder un journal, qu'il avait jeté les yeux sur un jeune homme, Clément Duvernois, parce que Girardin discrédité pouvait l'attaquer tant qu'il voudrait, que cela n'avait aucune conséquence, tandis que Clément Duvernois, qui avait le même talent que Girardin, le gênait, et qu'en se l'attachant, d'un ennemi il faisait un ami.

Le journal l'*Époque* parut, mais avec un insuccès des plus complets : ce fut un four colossal. Il fallait entendre Dusautoy raconter cela :

— L'Empereur, disait-il, m'a pris par dessous le bras. Moi tailleur devenir homme politique ! J'étais glorieux. Mais quelque temps plus tard, l'Empereur me fit demander : il était furieux. Le journal ne donnait pas ce qu'il en avait attendu. Clément Duvernois était tombé à plat. — « Cela n'est pas étonnant, me disait-il, il n'est plus soutenu par Girardin et ce n'est pas vous qui pouviez l'inspirer ! »

Je n'entreprendrai pas de raconter l'odyssée de

Clément Duvernois, ni comment M. Hector Pessard, comme compensation, fut nommé surveillant dans la boutique du tailleur Dusautoy. Étrange retour des choses d'ici-bas : Dusautoy par le journal l'*Époque* devenait homme politique, et M. Hector Pessard d'homme politique par la chute du journal l'*Époque* devenait tailleur... momentanément, ce que nous verrons plus loin.

M. Castagnary, le critique ordinaire du maître d'Ornans, daignait quelquefois apparaître. Il laissait généralement sa gaieté chez lui, il était navré de son métier de critique dramatique. Suivant lui on n'écrivait plus que des ordures ; la grande époque, celle de 1830, était passée. A la bonne heure en ce temps-là, on faisait des pièces.

Ce qui n'empêchait que dans ses articles de critiques, il trouvait admirables : *les Deux Sœurs* et *la Fille du Millionnaire*, deux pièces d'Emile de Girardin, qui n'avaient pourtant rien de commun avec la grande époque qui lui était si chère, ce qui prouve qu'il est des accommodements avec la conscience du critique lorsqu'il s'agit de juger les œuvres du patron !

Celui qui m'eût dit alors, en voyant M. Castagnary arpenter mélancoliquement le boulevard Clichy, coiffé d'un chapeau mou à larges ailes, qu'un jour il occuperait de hautes fonctions dans l'État et qu'il s'illustrerait par un rapport pharamineux sur le danger qu'il y a à appeler un évêque *Monseigneur* au lieu de monsieur ; je l'aurais pris

3

pour un fumiste. J'avoue que j'aurais eu tort, car M. Castagnary est la preuve que rien n'est impossible : il est vrai qu'il a été du *Siècle* et avant tout de son siècle.

Aujourd'hui il doit trouver que 1887 vaut mieux que 1830 !

M. Léonce Détroyat, qui alors n'écrivait pas, venait prendre l'air du bureau. Il tranchait avec M. Castagnary ; il riait toujours, du rire de l'homme satisfait de lui-même, qui pressent de hautes destinées. En effet, à part ses qualités personnelles, il devint le neveu du grand journaliste.

M. Léonce Détroyat était bronzé par son long séjour au Mexique. Cela lui valut une aventure remarquable :

Lorsque le roi Alphonse XII monta sur le trône d'Espagne, il eut l'honneur d'accompagner le jeune monarque. Il était assis dans la voiture royale, toujours souriant. La foule acclamait le roi. A Madrid, les curieux se demandaient :

— Quel est donc ce personnage qui a l'air si joyeux ?

Un farceur répondit :

— C'est l'ambassadeur Japonais !

Alors, on ne cria plus : Vive le roi, mais vive l'ambassadeur !

M. Léonce Détroyat, qui voyait bien que ces cris s'adressaient à lui, saluait sans cesse, persuadé que ces acclamations étaient un juste hommage rendu au journaliste français, neveu du grand homme !

A intervalles réguliers on voyait arriver le père Gagne. C'était un grand vieillard, sanglé dans une redingote noire, le cou emmaillotté dans une immense cravate de satin noir. Il était à cette époque rédacteur en chef du *Journalophage*, *de l'Espérance*, *du Théâtre du monde*, *de l'Uniteur du monde visible et invisible* ; il entrait, ou plutôt se glissait timidement dans mon cabinet et me priait de lui insérer un quatrain, ce que Girardin refusait impitoyablement. D'autres journaux accueillaient sa prose et ses vers, ou plutôt ses prophéties. En voici une assez curieuse :

Congrès sauveur des peuples et des rois,
Sont enregimentés, payés, les gens de lettres, dont un
triple abandon fait des fous ou des traîtres.
Supprimons les journaux et tous leurs Lucifers.
Le journal c'est le crime infernal qui déborde.
S'il ne meurt aujourd'hui, demain mourra le monde.

Le père Gagne n'était pas aussi toqué qu'on voulait bien le dire, c'était un homme pratique, il utilisait sa femme comme réclame !

Quand elle allait chercher ses provisions chez le boucher, il épinglait une de ses professions de foi après sa robe, et lui recommandait de prendre le chemin le plus long et de stationner devant les magasins, afin que les passants aient le temps de lire son affiche.

A peine sortait-elle de la porte cochère, que le père Gagne lui criait de la fenêtre :

— Rosalie, marche doucement. Sans cela on ne verrait pas sur ton dos que je suis le *candidat universel*.

Un dimanche, Gagne s'en alla à Saint-Germain-l'Auxerrois et il attacha ses affiches au dos des fidèles à la sortie de la messe ; ce fut un tohu-bohu étourdissant, presque une émeute. Le pauvre Gagne fut fourré au poste. Il est mort sans avoir pu sauver le Monde.

De Gasperini était une grande et douce figure. Il circulait au milieu de nous comme un oublié du siècle de Louis XV. A travers Rossini, Meyerbeer, Halevy, Ch. Gounod, tous les maîtres modernes en un mot, il ne voyait et ne vivait que par Richard Wagner, le musicien de l'avenir. Il plaçait le *Tannhauser* au dessus de *Guillaume Tell. Lohengrin*, suivant lui, dépassait *la Juive* de cent coudées.

Ah ! il ne faisait pas bon le contredire ; il se fâchait tout rouge, et nous disait que nous n'y connaissions rien. Il avait un peu raison, car aujourd'hui Richard Wagner, comme musicien, pas comme Allemand, compte plus d'admirateurs que de détracteurs.

Gasperini avait le baron Brisse en horreur, il est vrai de dire qu'ils étaient les deux extrêmes : lui, grand, mince, élégant, soigné, ne vivant que par l'esprit, l'autre, Brisse, énorme, ventripotent, vulgaire, épais, gras à lard, ne vivant que pour la « gueule » et par elle, ne pouvaient sympathiser.

Aussi, quand Gasperini voyait Brisse arriver, il prenait son chapeau et s'en allait en disant : « M. de Girardin veut donc faire du bureau de rédaction une gargote ? Ce gros intestin pue le graillon. »

Cela était vrai, car Brisse n'arrivait jamais au journal sans avoir ses poches pleines, bourrées de victuailles de toutes natures, qu'il ramassait sur sa route, chez les marchands de comestibles. Comme les moines d'autrefois, il prélevait la dîme.

Quand les poches de Brisse étaient bondées, il songeait à son chapeau. Ce singulier garde-manger contenait les choses les plus étranges : des truffes, des harengs bouffis, du savon de toilette, des foies gras. La chaleur de sa tête faisait fondre ces objets. La graisse ruisselait sur son visage et jusque sur ses habits.

Avant d'être à *la Liberté*, Brisse, qui n'était pas baron du tout, avait fait peu de cuisine. Il avait rédigé sous son vrai nom : d'*Aubarède*, de 1852 à 1855, un journal, l'*Abeille Impériale*, et plus tard un journal de modes. En fait de *mangeailles*, il avait des théories absolument personnelles. Il ne voulait jamais goûter à un plat sans l'avoir vu, sans avoir été *impressionné* par son aspect. Il prétendait que manger seulement sur l'indication du maître d'hôtel ne pouvait pas plus exciter l'appétit que la vue du portrait d'une jeune inconnue qu'on vous destine ne peut exciter votre amour.

Ne pas dîner sur menu, ne pas épouser sur photographie, telle était sa devise.

Brisse, comme tous les gourmands, était un profond égoïste : partager un mets, plutôt s'en faire crever. Il ne se consola jamais du tour qu'on lui joua au mois de février 1867.

Un avocat de Vaucluse lui avait envoyé un pâté composé de filets de pore incorporés, à de la choucroute entièrement fondue dans un délicieux vin blanc.

Ce pâté merveilleux arriva à la rédaction parfaitement emballé. Je fis mettre la caisse dans un coin et n'y pensais plus, lorsque Clément Duvernois arriva quelques minutes plus tard.

En entrant, il flaira, chercha et me dit :

— Brisse est déjà venu?

— Non! répondis-je.

— Ça pue pourtant la cuisine.

— C'est sans doute la caisse qui est là?

— Ouvrez-la, nous verrons ce qu'elle contient.

Je suivis le conseil de Duvernois. J'ouvris la fameuse caisse, et, aussitôt, je tirais, enfoui dans un tas de copeaux, un splendide pâté qui embauma l'air d'un parfum délicieux.

— Ouvrez le pâté, me dit Duvernois.

J'obéis avec enthousiasme.

Peu à peu les rédacteurs de *la Liberté* étaient arrivés. On partagea le pâté et en un clin d'œil il n'en resta une miette.

Par hasard Brisse ne vint pas ce jour-là.

Le lendemain, je lui remis une lettre. Elle lui annonçait l'envoi du pâté. Après l'avoir lue :

— Vous n'avez rien reçu pour moi? me dit-il d'un air inquiet.

— Non! non.

Il allait de mon cabinet à la porte du carré, il arpentait l'antichambre, il interrogeait Baptiste, il furetait, scrutait tous les coins; enfin, à force de chercher, il découvrit la caisse cachée sous une table, il enleva le couvercle et sonda l'intérieur.

— Le pâté était là, me dit-il suppliant. Ne me faites pas plus longtemps languir. Donnez-le moi.

— Vous voyez bien qu'ils l'ont mangé, espèce de gros gueulard! lui dit Gasperini.

— Ah! dit Brisse mélancoliquement, j'espère que vous m'avez gardé ma part?

— Non, nous avons tout mangé!

Il faillit s'évanouir.

A partir de ce jour il se fit adresser ses lettres et les *échantillons* qu'on lui envoyait à son domicile particulier.

Il s'en fit trop envoyer, car devant les réclamations qui surgissaient de toutes parts, Emile de Girardin, à la grande joie de Gasperini, le pria de porter ailleurs son ventre et son industrie.

Du jour où Brisse quitta *la Liberté*, il perdit sa vogue et mourut à Fontenay-aux-Roses, en 1880, dans un état proche de la misère.

La Liberté ne recevait pas que des pâtés, elle recevait aussi des vers. Le farouche Th. Roque de Filhol, le 6 mars 1867, adressait le quatrain suivant à Emile de Girardin.

Le mercredi des Cendres.

Couvrez, ministres SAINTS, vos visages de cendre :
Parmi les jours de deuil, ce jour sera compté.
L'éclipse du soleil est là pour nous l'apprendre,
DIEU n'a pas voulu voir flétrir la *Liberté.*

M. de Girardin avait été condamné à une amende par la 6ᵉ chambre, le mercredi des Cendres, et précisément ce jour-là il y eut une éclipse de soleil.

M. Hector Pessard, dont la douceur était proverbiale, à tel point qu'on l'avait surnommé le *Mouton noir*, était le second de Duvernois. Parfois il écrivait des « premier Paris ». Un jour où il était de mauvaise humeur, sans doute, il écrivit un article fulgurant contre l'Espagne ; il le terminait ainsi :

— Voilà où en est le gouvernement espagnol, voilà où en est arrivée la vie politique dans un pays où la liberté compte tant de vaillants et remarquables défenseurs. Plus de journaux, mais des écrits clandestins ; plus de réunions, mais des sociétés secrètes ; plus de Parlement, une camarilla qui commence à s'entre dévorer.

Et tout autour de ce palais royal, aussi loin que s'étend la terre espagnole, un peuple écrasé d'impôts, chômant, affamé, pensant tout bas en attendant qu'il crie bien haut : — Les Bourbons sont inconciliables avec la liberté ! Disparaissent les Bourbons et vive la liberté !

Voilà l'Espagne en 1867, voilà l'Espagne du maréchal Narvaez !

Cet article passa inaperçu à Paris. A ce qu'il paraît, il n'en fut pas de même à Madrid, car le 7 mars suivant je reçus par un planton de l'ambassade espagnole la lettre suivante, adressée à Emile de Girardin.

Madrid, 5 mars 1867.

A M. Emile de Girardin, commandeur de l'ordre Royal et distingué de Charles III et de l'ordre américain d'Isabelle la Catholique.

Monsieur,

Un article que je vous rappelle, sans le qualifier, a été publié dans *la Liberté* du 11 de février, QUE, A CE QUE JE CROIS, vous dirigez, et dans le dit écrit on attaque tout ce qu'il y a de plus respectable en Espagne et ailleurs.

Comme il résulte des registres de notre première secrétairerie d'Etat que la Reine, ma souveraine, a daigné vous faire faveur des commanderies de l'ordre espagnol royal et distingué de Charles III et de l'ordre royal américain d'Isabelle la Catholique, j'ai cru et je continue à croire que cet article a été inséré dans la *Liberté* sans que vous en ayez eu connaissance, et je ne doute pas que quand vous l'aurez connu, vous y aurez donné votre réprobation complète, car, d'une autre manière, je ne pourrais m'expliquer que vous continuiez à être commandeur des deux ordres royaux espagnols sans en avoir donné votre démission.

Je vous prie de me donner sur cette affaire DES EXPLICATIONS qui sont nécessaires, afin que je puisse en conséquence proposer à la Reine. mon Auguste Souveraine, ce que je croirais convenable pour *conserver la dignité* des décorations espagnoles.

Le ministre d'Etat de Sa Majesté Catholique,

E. DE CALONJE.

3.

Pour mon compte personnel, je reçus semblable lettre. J'écrivis à Emile de Girardin pour lui demander de publier les deux lettres originales et notre réponse. Il me répondit :

— Si vous y tenez, insérez, mais je pense que le mieux serait de les envoyer... promener et de ne fournir aucune explication.

Ce qui fut fait. L'affaire n'eut pas de suite, car, quelques mois plus tard, la reine Isabelle était détrônée, mais Emile de Girardin lui avait gardé rancune de la lettre de son premier ministre et à son tour il lui fit une guerre acharnée.

Au moment où M. Charles Muller vendit la Liberté à Emile de Girardin, Jules Vallès y collaborait. Le 26 mars 1866 il publia un feuilleton qui contenait les injures les plus épouvantables contre le général Yusuf qui venait de mourir.

Emile de Girardin était déjà en possession. Il entra dans une fureur épouvantable ; ce fut encore pis lorsqu'il reçut le communiqué suivant du ministre de l'intérieur :

— Au moment même où la veuve du général Yusuf accomplit le pieux devoir de transporter la dépouille mortelle de son mari sur cette terre d'Afrique qu'il avait illustrée par son courage, le journal la Liberté, dans son feuilleton du 26 mars, dirige contre la mémoire de cet officier général les plus déplorables attaques.

Le gouvernement n'a pas à se préoccuper des réparations que la famille du général Yusuf pourra demander à la justice ; mais il est dès à présent de son devoir de dé-

mentir, au nom de l'armée entière, les imputations ou-
trageantes publiées par ce journal.

Les témoignages éclatants dont la mémoire du général
a été l'objet dans une notice insérée au *Moniteur
universel* du 18 mars et dans l'ordre du jour du maréchal
de Mac Mahon, annonçant à l'armée d'Afrique la perte
d'un de ses plus glorieux chefs, suffisent à faire justice de
ces odieuses accusations sur une tombe à peine fermée.
Tous ceux qui ont suivi les événements dont l'Algérie a
été le théâtre, savent que jamais le général Yusuf n'a
laissé commettre à ses soldats les actes de barbarie qu'on
lui reproche d'avoir encouragés.

L'opinion publique jugera avec une légitime sévérité
des assertions absolument contraires à la vérité et qui, si
elles n'avaient pas été rectifiées, auraient pu porter atteinte à la réputation d'un de nos plus braves officiers.

Ce communiqué fut inséré par *la Liberté* et aussitôt la lettre suivante parut en tête du journal :

1ᵉʳ avril 1866

Monsieur le rédacteur en chef,

J'ai l'honneur de vous adresser ma démission de chroniqueur à *la Liberté*. Je *brise ma plume* qui n'a pas su
rendre ma pensée. Ma retraite prouvera, j'espère, que ni
le journal ni le journaliste n'avaient songé un instant à
porter atteinte à l'honneur de l'officier courageux que le
gouvernement a cru de son devoir de défendre.

JULES VALLÈS.

Jules Vallès ne brisa pas sa plume et sa retraite
prouva seulement qu'il fit des excuses afin de s'éviter une condamnation certaine pour diffamation.

Le 24 septembre 1866, M. Francisque Sarcey

publia dans le journal *l'Opinion nationale* un article de critique théâtrale dans lequel se trouvait ceci :

. . . .

Si le feuilleton est si fortement constitué dans le journalisme, s'il est suivi avec tant d'intérêt par un si grand nombre de personnes, c'est que les hommes qui en sont chargés ne se sont pas contentés d'être des nouvellistes, pour me servir du mot à la mode, des chroniqueurs. Ils ont tâché d'avoir un corps de doctrine, d'enseigner le théâtre, à mesure que les événements du jour donnaient prétexte à quelque leçon nouvelle; ils ont, au rez-de-chaussée, cherché à diriger le goût de la foule, comme on essayait, au premier étage, de gouverner l'esprit public.

On dit que certains journaux tendent à supprimer cet enseignement hebdomadaire. Je crois qu'ils auraient bien tort. M. de Girardin l'a fait dans la *Liberté*. Mais tout le monde connaît M de Girardin ; c'est un esprit qui ne voit jamais rien par delà le fait cru et brutal, un admirable talent de polémiste, soit, et qui a reçu le don du mouvement, mais un homme sans portée intellectuelle ni morale. Personne n'a plus que lui contribué à rabaisser le journalisme contemporain, et je ne vois pas sans tristesse où est tombée la feuille qu'il dirige.

Ce n'est plus qu'un amas informe, indigeste, de petits faits qui tombent les uns par dessus les autres, sans qu'aucun ferment d'idées mette en jeu et fasse lever cette pâte coupée en lourdes tranches. Tous les mondes défilent tour à tour devant les yeux, chacun contient son fait divers, mais de tous ces pitoyables cancans.....

Le lendemain de la publication de cet article, tous les rédacteurs de la *Liberté* étaient réunis

dans le cabinet du secrétaire de la rédaction. Une discussion violente s'engagea entre moi, Clément Duvernois, Hector Pessard et A. de Fonvielle pour savoir lequel de nous ferait demander une réparation à M. Sarcey. Il était impossible de nous mettre d'accord quand l'un de nos confrères émit l'idée qu'il fallait tirer au sort. On mit tous les noms des rédacteurs dans un chapeau. Le premier qui sortit fut celui de Brisse. Ce fut un immense éclat de rire. Brisse d'ailleurs battit en retraite immédiatement. On recommença le tirage. Cette fois, ce fut Gasperini. Il se récusa en nous disant :

— Je suis ici pour faire de la musique et non pour me battre.

On recommença une troisième fois. Enfin c'était à M. Hector Pessard qu'incombait le soin de venger le journal : il choisit pour témoins MM. Clément Duvernois et A. de Fonvielle. Ces deux derniers se rendirent chez M. Sarcey.

— Monsieur, lui dit Clément Duvernois, nos noms et les circonstances dans lesquelles se produit notre visite vous en font sans doute deviner l'objet.

— Je m'en doute en effet, messieurs.

— Nous venons pour vous demander réparation de l'article que vous avez publié avant-hier dans l'*Opinion nationale*.

— Fort bien ! Au nom de qui venez-vous ?

— Nous venons de la part de M. Pessard.

— Mais je n'ai pas attaqué personnellement M. Pessard.

— Sans doute, mais vous avez attaqué toute la rédaction de la *Liberté*, et comme il ne serait pas loyal qu'on vous opposât tous les rédacteurs d'un journal, nous avons chargé le sort de désigner celui d'entre nous qui prendrait l'affaire pour son compte, une fois pour toutes.

M. Sarcey adressa MM. Tripier et Malespine aux témoins de M. Pessard et une réunion eut lieu dans les bureaux de la *Liberté*.

Les témoins de M. Pessard demandaient trois choses : 1° l'insertion dans l'*Opinion nationale* d'une note satisfaisante. — 2° une réparation par les armes. — 3° un refus pur et simple de satisfaction. Les témoins de M. Sarcey soutenaient que la rédaction de la *Liberté* ne devait pas être offensée, que M. Sarcey avait visé M. Emile de Girardin seul. Ils demandèrent à conférer avec leur client, n'ayant pas de pouvoir suffisant ; nouvelle réunion à trois heures chez M. Malespine. Une note fut rédigée d'un commun accord par *les témoins* de M. Sarcey, mais ils demandèrent de la lui soumettre. Les témoins de M. Pessard acceptèrent et un nouveau rendez-vous fut pris quand MM. Tripier et Malespine revinrent ; les mots : LES RÉDACTEURS DE LA LIBERTÉ, qui figuraient dans la première note, étaient remplacés par ceux-ci : LES COLLABORATEURS DE M. DE GIRARDIN. Les témoins de M. Pessard firent alors observer à ces messieurs que la nouvelle rédaction était inacceptable, qu'elle impliquait la pensée de reconnaître à

l'article de M. Sarcey un caractère injurieux mais
en faisant peser tout le poids de l'injure sur M. de
Girardin et en l'isolant de ses collaborateurs, qu'il
était inadmissible qu'une demande de satisfaction
adressée par les rédacteurs de la *Liberté* servît de
prétexte à une insulte à leur directeur politique.
Enfin, après bien des pourparlers, une rencontre fut
décidée pour le mercredi 26, à huit heures du matin, au bois de Vincennes L'épée fut l'arme choisie.

Sur le lieu du combat, M. Sarcey demanda l'autorisation de conserver *ses bretelles* et *ses lunettes*, ce qui lui fut accordé sans difficulté. Ce
n'était pas logique, car cela constituait un avantage
pour M. Sarcey qui pouvait, dans cet équipage, faire
mourir son adversaire de rire ! Enfin le combat
allait commencer lorsque M. Arthur Arnould se
présenta comme témoin au lieu et place de M. Malespine empêché. Il demanda à faire remarquer
ceci :

— Avant que le combat ne commence, nous te-
nons à déclarer que M. Pessard n'a aucun droit à
une réparation et que *s'il se bat, c'est pour le
compte de M. de Girardin.*

Les témoins n'acceptèrent pas et firent remarquer qu'il n'est pas d'usage de venir sur le terrain
pour discuter. Enfin la rencontre n'eut pas lieu et
il résulta de cette affaire que M. Sarcey accordait
les excuses les plus complètes à la rédaction de la
Liberté et qu'il n'avait, dans son feuilleton, visé
que M. Émile de Girardin.

Le 26 septembre, Emile de Girardin écrivit la lettre suivante au rédacteur en chef de l'*Evénement* :

Monsieur,

Puisque vous rendez compte d'un duel que j'ai ignoré, veuillez ajouter aux détails dans lesquels vous entrez que je le blâme hautement.

Demander réparation d'une injure, c'est lui faire l'honneur de l'élever jusqu'à soi. Sa juste flétrissure n'est pas le péril qui la change en courage ; elle est dans l'impunité qui lui garde sa lâcheté et fait paraître l'injure encore plus vile. Si ce n'était pas contre elle et contre la calomnie, ce qu'il y a de plus méprisable, contre qui donc aurait été inventé le mépris ?

Le sentiment que j'exprime n'est pas celui des jeunes rédacteurs de la *Liberté*; ils sont jeunes... mais plus que jamais il est le mien. Hélas ! pourquoi ne l'a-t-il pas toujours été ?

EMILE DE GIRARDIN

Pourtant Emile de Girardin, comme tous les hommes qui se sentent hauts et forts acceptait toujours un bon mot qui l'attaquait avec esprit. Il avait souvent attaqué M. Thiers quoiqu'il fût son ami. Lorsque, plus tard, M. Thiers devint président de la République il voulut pour se venger faire d'Emile de Girardin un sénateur. Il en parla à Dufaure. Ce dernier n'aimait pas Girardin; il s'exclama à l'idée de M, Thiers. Celui-ci répondit :

— Mais, mon cher Dufaure, Girardin est aussi gouvernemental que vous et moi.

— Lui, Girardin, gouvernemental ! Allons donc, mais les gouvenements, il les a tous trahis !

— Eh ! riposta M. Thiers, c'est la preuve qu'il les a tous servis !...

Pardon de cette digression.

Le lundi 1ᵉʳ octobre, la *Liberté* publia un article intitulé : *Le Monde drôlatique*, duquel j'extrais ceci :

— Il est bien entendu que MM. Sarcey et consorts ne se battent qu'à la pleurésie.

S'ils vous ont offensé gratuitement, ils refusent une réparation ; s'ils sont traités comme ils le méritent, ils vont porter leur joue toute chaude à la police correctionnelle où ils gardent les démentis qu'on leur a infligés. Devant cette attitude nous nous sentons désarmés... désarmés par le rire ; aussi quelles que soient à l'avenir leurs impertinences, nous nous garderons bien de leur demander une réparation et nous nous bornerons à nous en amuser de notre mieux.

Exécuteur testamentaire de Fiorentino et critique à son tour, M. Sarcey a peut être du talent, mais il n'a pas à coup sûr, aucun sentiment des convenances. Du premier coup d'œil l'on reconnaît un pédant égaré dans un monde qui n'est pas le sien.

. . . .

On est libre d'aller au bois de Vincennes à huit heures du matin, mais si l'on y va, ce n'est pas pour montrer ses bretelles...

Cet article émut profondément M. Sarcey ; il envoya ses témoins à M. Clément Duvernois et une rencontre à l'épée fut décidée le 2 octobre à dix heures du matin, au bois de Vincennes. Après un court engagement, M. Sarcey fut blessé à la paupière de l'œil droit.

Le soir même, on vint nous prévenir à la *Liberté* que le lendemain à la première représentation de *Nos bons Villageois*, de Sardou, au Gymnase, M. de Girardin devait être soufffleté. On nous cita MM. Vallès, Arnould, etc., etc., comme devant être les agresseurs. Toute la rédaction de la *Liberté* se rendit au Gymnase. Emile de Girardin se promena seul dans le foyer, et le spectacle terminé, il se plaça au milieu du grand escalier, sa rédaction derrière lui. Tous restèrent là jusqu'à ce que les spectateurs aient quitté la salle ; Aucun incident ne se produisit. Ce fut heureux pour ceux qui auraient eu l'intention d'attaquer notre directeur.

Le 23 octobre 1866, MM. Sarcey, Clément Duvernois et les quatre témoins passèrent devant le tribunal correctionnel, Clément Duvernois fut condamné à deux mois de prison, de Fonvielle et A. de Girardin, ses témoins à chacun un mois. M. Sarcey ne fut pas condamné, ses témoins, le furent à chacun 100 francs d'amende.

Emile de Girardin, furieux, m'envoya le lendemain l'article suivant :

QUESTION SANS RÉPONSE

M. Clément Duvernois, à la suite d'un premier article injurieux dont il n'était pas l'auteur, a eu une rencontre, les armes à la main, avec M. Sarcey qu'il égratigne : M. Clément Duvernois est condamné à deux mois de prison et chacun de ses témoins est condamné à un mois d'emprisonnement.

M. Paul de Cassagnac, à la suite d'un premier article injurieux dont il est l'auteur, a une rencontre les armes à la main avec M. de Rochefort qu'il blesse légèrement : M. Paul de Cassagnac est condamné à cent francs d'amende et les témoins chacun à 25 francs d'amende.

On nous demande d'expliquer cette différence entre deux jugements fondés sur les mêmes considérants et sur les mêmes textes... Nous répondrons : — le demander à la... justice !

E. DE GIRARDIN.

Au moment de mettre sous presse, il m'envoya l'ordre de supprimer cet article, et en même temps, l'ukase suivant :

M. Virmaître.

— Dès que nous aurons cessé de déborder comme les fleuves et que nous serons rentrés dans notre lit, il sera bien important et bien urgent que vous lisiez avec la plus grande attention toutes les nouvelles, afin de n'en laisser passer aucune...

Il avait bien raison de nous rappeler à l'ordre, car depuis l'affaire Sarcey, le bureau de rédaction était devenu une salle d'armes. Pons, le marchand de mort subite, venait tous les jours. On ne parlait plus que de pourfendre la moitié de Paris. Enfin, peu à peu tout rentra dans l'ordre.

On a beaucoup épilogué sur la facilité d'Émile de Girardin à changer d'opinion et à défendre le lendemain ce qu'il attaquait la veille ; je retrouve l'explication de cette versatilité dans : *au Hasard, fragments sans suite d'une histoire sans fin :*

. . . .

... Hors les gens de mauvaise foi, il n'y a dans le monde moral que deux classes distinctes: les ingrats et les *envieux !* Il n'est pas un succès que je ne jalouse, une jolie femme que je ne convoite, les richesses me tentent, les honneurs encore plus, je désire tout, depuis la santé du vigoureux colporteur, jusqu'au crédit du député qui a accaparé toutes les places, jusqu'à la conscience du fournisseur enrichi, jusqu'au parchemin de l'émigré.

E. DE GIRARDIN.

Dans la nuit du 22 au 23 février 1850, le comité démocratique socialiste tint une séance sous la présidence du citoyen de Luc à l'effet d'arrêter la formation définitive de la liste des candidats à la représentation nationale.

Le bureau était éclairé par deux maigres chandelles, Émile de Girardin était candidat. On ne lui adressait les questions qu'on voulait lui poser qu'au moyen de petits carrés de papiers, sur lesquels elles étaient inscrites, et que lui transmettait le président sans lui adresser la parole. Cette séance unique fut fidèlement reproduite par *la Voix du Peuple* du 24-25 février 1850.

Tout Girardin est là.

Le citoyen président : — Citoyen Girardin, avant de répondre aux interpellations qui vous seront adressées, vous êtes invité à faire votre profession de foi.

Le citoyen Girardin : — Citoyens délégués, je ne supposais pas que j'aurais à faire devant vous ma profession de foi ; je la fais tous les jours dans la *Presse*. Je la ferai donc ici très courte et très simple. Ennemi déclaré de l'arbitraire sous tous les régimes, ennemi déclaré de toutes les *apostasies* sous tous les masques, je suis prêt à répondre à toutes les interpellations qui me seraient faites sur mes actes dans le passé et sur mes engagements dans l'avenir.

Le citoyen Président : — Je vais vous transmettre les interpellations que vous adresseront les délégués : N'avez-vous pas, il y a quelques mois, posé la candidature du prince de Joinville ?

Le citoyen Girardin : — Je n'ai pas proposé la candidature du prince de Joinville. A propos de l'abrogation d'une loi de bannissement, j'ai fait entrevoir que le résultat de cette abrogation pouvait donner lieu dans les éventualités de l'avenir, à la candidature du prince de Joinville que je regardais COMME TRÈS UTILE A LA RÉPUBLIQUE, après la noble conduite tenue par lui en Afrique. Je pensais que s'il était une considération qui fût capable de faire sortir le président de la République de la MALHEUREUSE VOIE ou il est entré depuis le 20 décembre, c'était à coup sûr une candidature aussi redoutable posée par la *Presse*.

Enfin et comme moyen de prévenir TOUTE RESTAURATION MONARCHIQUE EN FRANCE, soit de la branche cadette, soit de la branche ainée, je pensais qu'il n'y avait pas d'obstacle plus grand à susciter à une restauration que la création d'une deuxième branche cadette.

Le citoyen Président : — On demande ce que pense le citoyen Girardin au sujet de l'institution de la présidence ?

Le citoyen Girardin : — L'Assemblée me permettra de m'étonner que cette question me soit posée car, avant que le citoyen Grévy eût à combattre à l'Assemblée nationale l'institution de la présidence, j'avais déclaré dans la *Presse* que L'INSTITUTION DE LA PRÉSIDENCE ME PARAISSAIT IMPOLITIQUE ET DANGEREUSE. Un président du conseil, un chargé du pouvoir exécutif, essentiellement révocable, me semblait de beaucoup préférable.

Le citoyen Président : — On vous demande pourquoi vous avez souscrit à la propagande de la rue de Poitiers pour une somme de 1000 francs ?

Le citoyen Girardin : — J'ai toujours pensé que la liberté de la Presse était la première de toute nos libertés, la garantie de toutes les autres. Quand j'ai vu le comité de la rue de Poitiers ouvrir une souscription qui avait pour résultat d'étendre cette liberté, je me suis empressé de m'inscrire.

Le citoyen Président : — Dans l'hypothèse où vous arriveriez au pouvoir, on vous demande quel moyen vous proposeriez pour arriver à l'amélioration de la situation des classes ouvrières ?

Le citoyen Girardin : — Je ne m'attendais pas à répondre à cette flatteuse hypothèse, mais si jamais elle se réalisait, je suis convaincu que le meilleur moyen c'est : l'impot sur le capital. Le premier effet de cette circulation plus rapide serait d'ameliorer la situation des travailleurs. Je crois cette mesure plus propre que toute autre à amener la solution de ce problème : je ne suis pas un républicain de l'avant veille, je suis un socialiste de l'avant veille !

Le citoyen Président : — On vous demande ce que vous feriez dans le cas d'une tentative de restauration monarchique ou impériale ?

Le citoyen Girardin : — On m'a vu, au 23 février, me *rapprocher de la Monarchie*, alors que ses ministres l'abandonnaient. Ce que j'ai fait pour la Monarchie, je le ferai pour la république, et je la défendrai avec plus de courage que ceux qui s'en sont fait les prôneurs. (Murmures sur quelques bancs.)

Le citoyen Président : — Voici une autre question. Il résulterait de ce que vous avez écrit que vous n'êtes pas un partisan zélé du suffrage universel.

Le citoyen Girardin : — Je l'avoue, je ne suis pas un des fanatiques du suffrage universel, ce n'est pas le suffrage universel, C'EST LE BIEN-ÊTRE UNIVERSEL QUE J'ENVISAGE AVANT TOUT. Le suffrage universel, depuis le peu de temps qu'il existe, a causé bien des mécomptes. Néanmoins le suffrage universel est écrit dans VOTRE constitution, c'est une conquête de VOTRE révolution et je la défendrai autant que personne.

Le Président : — Admettez-vous, oui ou non, que la République soit au-dessus des majorités ?

Le citoyen Girardin : — C'est la question plus grave et en même temps la plus délicate qui puisse m'être adressée ; je ne croyais pas qu'on puisse poser une question en ces termes. Si je répondais affirmativement ce serait porter atteinte au suffrage universel que je viens de déclarer vouloir défendre ; mais si la France tout entière venait à se prononcer contre la République, CE QU'A DIEU NE PLAISE, je reconnaîtrais le droit de la majorité, et je placerais le suffrage universel au-dessus de la République !

Enfin, après une multitude de questions, la séance se termina par une déclaration du citoyen Castille : « je désirerais, dit-il, démontrer que M. de Girardin est le danger de la situation ! »

Sans doute les délégués en étaient convaincus, car ils passèrent à l'ordre du jour.

Sur 221 votants, Emile de Girardin eut 48 suffrages ; il en garda une rancune violente au parti républicain avancé et ne reparla jamais de socialisme.

Dame, ça ne pouvait pas rapporter !

Il n'en fut pas de même de l'affaire de la *Jeune Turquie.*

En juillet 1866, j'étais, comme d'habitude, vers sept heures du matin, dans le cabinet de M. de Girardin, en train de recevoir ses ordres. Il était furieux, agité, il se promenait de long en large (pas le cabinet; M. de Girardin) comme l'ours du Jardin des Plantes; je n'osais l'interroger. Tout à coup, semblant faire un effort, il me dit :

— L'article sur la *Jeune Turquie* est-il composé?

— Oui! répondis-je.

— Avez-vous vu Ganesco?

— Non!

Il recommença sa promenade, bousculant ses papiers, plus furieux que jamais. Je ne comprenais pas ce qu'il pouvait y avoir de commun entre l'article en question et Ganesco. L'article n'était pas de la main de ce dernier.

Tout à coup, Claude entra et annonça :

— M. Grégory Ganesco!

Avant qu'il n'eût prononcé la dernière syllabe, Ganesco faisait son entrée, toujours vêtu de la fameuse redingote à collet et à parements de velours, en sautant comme une chèvre; il embrassa Girardin avec effusion en s'écriant avec un accent et un geste inimitable :

— Mon ser maître, mon illoustre maître, ze souis le plous heureux des hommes en vous serrant dans mes bras, vous, la loumière des loumières.

Girardin me fit un signe imperceptible qui voulait dire : attention, il est trop poli pour être honnête.

Ganesco se tourna vers moi, même démonstration de joie :

— Bonzour, mon ser coumarade, vous le zecond, vous le bras droit, vous savez si ze vous aime.

Girardin et Ganesco se retirèrent dans l'angle de la fenêtre et parlèrent bas. Néanmoins je saisis ces lambeaux de phrases :

— Avez-vous composé l'article ?..... — Oui !..... — Pourquoi n'est-il pas publié ?..... — Vous savez, donnant donnant... — Je vous jure que vous aurez les traites ce soir..... — L'article passera alors demain..... — Non ! il faudrait qu'il passe aujourd'hui, donnez l'ordre à M. Virmaitre.... — Bien.

Ils se rapprochèrent de la table, Girardin me dit :

— Vous ferez passer en première page la *Jeune Turquie.*

Je pris mon portefeuille ; j'allais partir, lorsque Girardin me rappela.

— Donnez-moi le stock des épreuves, me dit-il, j'ai oublié une ligne dans le « Premier Paris ».

Il écrivit rapidement quelques mots en marge d'une épreuve, il remit le tout dans mon portefeuille, et en me serrant la main, il ajouta :

— Je vous recommande de lire attentivement.

Une fois dans ma voiture, je me dépêchai de lire ce qu'il avait écrit. Voici ce que je lus :

— Arrangez-vous pour que l'article ne passe pas,

4

si à *une heure précise* vous n'avez pas reçu de moi un ordre signé.

De retour à la *Liberté*, je fis demander les épreuves et la copie. Je serrai le tout précieusement. Vers midi et demi, à l'heure de ma mise en pages, Ganesco arriva rayonnant. J'étais à la composition. Son premier mot fut celui-ci :

— Et mon article ?

— Il va passer.

Par mon metteur en pages, je fis aligner tous les *paquets* sur un ais, je fis placer l'ais sur l'angle du marbre, en équilibre, et je continuai ma besogne, l'œil fixé sur la pendule. Une heure sonna. Aussitôt, par un mouvement imperceptible, en me retournant, je fis tomber l'ais, et, patatra, tous les *paquets* tombèrent sur le parquet. Ganesco ahuri se précipita :

— Malheureux, me dit-il, vous tuez la Révolution !

Il se sauva comme un fou.

Le lendemain matin, il revint et me remit ce seul mot :

Publiez.

E. de G.

Quelque temps plus tard, Ganesco, me plaisantait sur ma maladresse devant Girardin :

— Ce n'est pas sa faute, lui répondit cyniquement ce dernier, s'il avait pu caler l'ais avec des billets de mille, il ne serait pas tombé !!

En 1870, Emile de Girardin vendit la *Liberté* à M. Léonce Détroyat. Cette feuille fut mise en Société anonyme au capital de 1,600,000 fr. En 1876, M. Détroyat céda sa place à M. Gal, qui l'occupe encore aujourd'hui.

Que sont devenus tous les brillants rédacteurs de la *Liberté* dont la plupart préparèrent la chute de l'Empire sans profiter des faveurs de la République ?

Sont morts : Emile de Girardin, Clément Duvernois, Vermorel, Paul de Saint Victor, Jacques Valserre, Gasperini, Xavier Eyma, Jean Tapié, Brisse, Ch. Gonet, J. Vallès, Bic. Les autres ?.....
Ah ! la République a du bon, et c'est une mercière qui n'est pas avare de rubans pour ses amis et les amis des amis !

III

La Presse. — Victor Hugo. — Girardin et Armand Carrel. — Un coup de pistolet sur Louis-Philippe. — Une lettre inédite de Bergeron à M. Félix Pyat. — Le soufflet de l'Opéra. — Une récompense nationale. — Ch. Monselet teneur de livres et romancier. — Napoléon III et Pie IX. — Mirès. — Ma religion me le défend. — Mirès et Solar. — Le mort vivant. — Poète et financier. — Mutations de *la Presse.* — Un abonné de 5o ans.

La Presse fut fondée le 1er juillet 1836 par Émile de Girardin qui la rédigea en chef jusqu'en 1866. Le capital de *la Presse* était de 800,000 fr. divisés en actions de 250 francs.

La profession de foi du nouveau journal fut publié dans un prospectus très étendu précédé de cette épigraphe :

— Cette œuvre sera la formation paisible, lente et logique d'un ordre social, où les principes nouveaux, dégagés par la Révolution française, trouveront enfin une combinaison avec les principes éternels et primordiaux de toute civilisation.

Concourons donc ensemble, tous chacun dans notre région, et selon notre loi particulière, à la grande substitution des questions sociales aux questions politiques. Tâchons de rallier à l'idée applicable du progrès tous les hommes d'élite, et d'extraire un parti supérieur qui veuille la *civilisation de tous les partis inférieurs qui ne savent ce qu'ils veulent.*

VICTOR HUGO.

Dès son apparition, *la Presse*, qui mettait ses abonnements à 40 francs, fut en butte à la plus vive animosité de la part des journaux à 80 francs.

Le Bon Sens, rédigé par M. Capo de Feuillide, se distingua par son acharnement, à tel point qu'Émile de Girardin le poursuivit pour diffamation devant la 6e chambre correctionnelle.

Le National se mêla de la partie et reprocha à Emile de Girardin de vouloir jouir du bénéfice des lois de septembre afin d'empêcher les journaux de rendre compte des débats.

La polémique fut si vive entre *la Presse* et *le National*, qu'elle amena le 13 juillet un duel entre Émile de Girardin et Armand Carrel ; ce dernier fut tué.

Les rédacteurs de *la Presse* étaient, lors de sa fondation : MM. Granier de Cassagnac père, Méry, Alphonse Esquiros, Fiorentino, Chaudesaigues, marquis de Custine, madame Gay, Léon Gozlan, Frédéric Soulié, Alexandre Dumas et Théophile Gautier.

Madame de Girardin signait les *Courriers de*

4.

Paris du pseudonyme de vicomte de Launay.

Tous ces écrivains sont morts.

La mort d'Armand Carrel ne fit qu'envenimer la haine des journalistes concurrents contre Émile de Girardin.

Au mois de novembre 1836, le roi Louis-Philippe allant faire l'ouverture des Chambres, un coup de pistolet fut tiré sur lui. Bergeron fut accusé d'avoir commis cet attentat. Poursuivi il fut acquitté. Il entra alors au *Siècle* et au *National* où il écrivit sous le pseudonyme de *Pagès*.

Au lendemain de l'attentat d'Alibaud, Émile de Girardin écrivit dans *la Presse* :

.   .   .   .

Cet attentat nous désespère et nous humilie, sans nou surprendre. Comment n'en serait-il pas ainsi, lorsque tous les matins le roi est désigné aux fureurs des partis, non seulement par les journaux qui cherchent à détruire le gouvernement que 1830 a fondé, mais encore par ceux qui le soutiennent ?

Comment n'en serait-il pas ainsi quand on voit *le Siècle* défendre M. Thiers et compter Bergeron au nombre de ses rédacteurs ?

Aussitôt que Bergeron eut connaissance de cet article, il écrivit à M. Félix Pyat la lettre suivante dont je possède l'original. Elle explique la scène de l'Opéra, qui eut un si grand retentissement.

Mon cher ami,

Après avoir recueilli en te quittant plusieurs avis importants, il a été convenu que la démarche vis-à-vis de Gi-

rardin était un précédent nécessaire. Pour en avoir le bénéfice et t'épargner la course, Boulé vient de lui écrire
en ces termes :

« Charges par M. Bergeron de nous présenter chez vous,
» M. Félix Pyat et moi, nous vous prions de vouloir bien
» nous faire savoir l'heure à laquelle vous serez visible
» demain ? »

Il est clair qu'il répondra comme aux témoins de Gré-
goire par une fin de non-recevoir *qui sera pour moi une*
autorisation d'agir. Dans le cas contraire, Boulé t'averti-
rait, et votre démarche, dès lors, n'aurait plus rien d'em-
bêtant. A tout hasard, si tu sors, laisse chez toi ton itiné-
raire de la journée, Boulé te fera part de la réponse dès
qu'il l'aura reçue.

Ne m'accuse pas de ce changement de système qui
m'est imposé par la nécessité de mettre toutes les conve-
nances à couvert, VU LES SUITES PROBABLES.

Tout à toi,

BERGERON.

Comme l'avait prévu Bergeron, Emile de Girardin lui refusa toute espèce de réparation. Le lendemain, Bergeron alla le souffleter dans sa loge à
l'Opéra. *C'était la suite probable.*

Bergeron fut poursuivi et condamné à trois ans
d'emprisonnement. Mais, curieux détail, cette condamnation lui valut, en 1848, l'honneur d'être
porté pour une pension de cinq cents francs sur la
liste des récompenses nationales.

Le gouvernement de 1848 jugea que le fait
d'avoir publiquement souffleté Emile de Girardin
pouvait être considéré comme un service rendu à
la Patrie. C'était peu aimable pour le grand publi-

ciste. Il fallut que Girardin eût de puissantes raisons pour ne pas relever cette injure et s'aplatir au contraire devant les républicains.

En 1837 Balzac, Eugène Sue, Alphonse Karr et Capo de Feuillide collaboraient à *la Presse*.

La Presse était rédigée avec une économie sans égale. Cette curieuse lettre le prouve, elle était adressée à M. Rouy, gérant du journal :

> Monsieur Rouy,
>
> Je donne cette lettre à *M. Charles Monselet* qui est un jeune homme plein de mérite, qui a une *charmante écriture*, et que je vous engage à prendre avec vous pour *mettre vos livres à jour*, faire *la correspondance* et vous servir d'*intermédiaire*. Il se contente de *1,200 francs par an*. Je pourrai lui faire gagner un *supplément dans le feuilleton*. Il a vraiment du talent (il est tout à fait hors ligne). Il a été dans *le commerce* à Bordeaux.
>
> E. DE GIRARDIN.

Charles Monselet, *teneur de livres* et *romancier ! !*

De 1850 à 1858 écrivirent à *la Presse* MM. A. Bonneau, Charles Brainne, Alfred Darimon, Horne, Chatard, Jacques Valserre, Alfred Assolant, Charolais, Léouzon-Leduc, Paulin Limayrac, Charles Sauvestre, Labiche, Roger de Beauvoir, Amédée Rolland, Amédée Achard, Hippolyte Castille, Louis Ulbach, Clément Caraguel et Arsène Houssaye.

M. Millaud, le fondateur du *Petit Journal*,

remplaça quelque temps Émile de Girardin comme gérant de *la Presse*. Ses démêlés avec M. Rouy sont restés légendaires.

Au mois de février 1866, *la Presse* reçut deux avertissements qui émurent ses plus importants propriétaires et nécessitèrent la retraite d'Emile de Girardin.

La Presse passa aux mains de M. Emile Ollivier.

En avril 1866, on lisait dans *l'Époque* :

Le bruit court que M. Mirès a acheté *la Presse*, c'est-à-dire qu'il aurait acheté les actions de MM. Raynouard et Arsène Houssaye ; de plus M. Mirès romprait l'alliance de *la Presse* avec M. Emile Ollivier, et chargerait M. Veuillot de diriger sa nouvelle propriété et d'en faire un organe gouvernemental et clérical, deux adjectifs qui riment à peu près et qui ne jurent pas d'être ensemble.

Emile de Girardin répondit le lendemain dans *la Liberté* :

L'Epoque n'est inexactement informée que sur le nom du nouveau rédacteur en chef de *la Presse* convertie.

Ce n'est pas M. Veuillot qui est appelé à en prendre la direction politique, c'est M. Cucheval-Clarigny.

Si *la Presse* change d'opinion, du moins elle demeure fidèle à ses plus anciennes traditions, elle restera franche. Son programme se résume hautement dans ces deux noms :

NAPOLÉON III

PIE IX

La gestion de Mirès ne fut pas favorable à *la Presse*. Il était plus financier que journaliste.

Mirès était un singulier type. Très petit, toujours en mouvement, son chapeau vissé sur sa tête, il tombait comme une bombe au milieu de la rédaction et parlait à tout le monde à la fois avec une volubilité sans égale.

Mirès était assurément l'homme de France le plus distrait, et ses distractions sont aussi célèbres que les âneries de Calino.

En voici quelques exemples :

Un jour il allait visiter Emile de Girardin ; il le rencontra qui sortait de son hôtel. Il prit le bras du maître et donna ordre à son cocher de l'attendre...

Tout en causant, Mirès et Girardin descendirent l'avenue des Champs-Elysées et arrivèrent au 123 de la rue Montmartre. Mirès rentra chez lui, se mit à table, dîna, alla à l'Opéra, et enfin à minuit, il se rappela qu'il avait oublié son cocher rue Lapérouse.

Son cocher, Jean, l'attendait philosophiquement.

Une autre fois, Mirès accompagnait sa femme chez madame de Rieux. Il faisait un froid à fendre l'obélisque. Tous deux descendirent de voiture. Mirès prit son pardessus sur son bras et monta chez ses amis. La visite terminée, M. des Rieux accompagna M. et madame Mirès jusqu'au vestibule. Madame remonta dans sa voiture et Mirès rentra sous la porte cochère pour causer un instant. Madame qui s'impatientait l'appela ; il quitta son interlocuteur et : cocher, au bois. Tout le long du chemin Mirès grelottait, se tournait, trépignait, Madame lui dit : Mettez donc votre pardessus. On cherche, pas de pardessus. Enfin, au bout de quelques minutes, Mirès se rappela que, dans le feu de la conversation, pour gesticuler plus librement, il avait accroché le malheureux vêtement au bouton extérieur de la porte cochère. Il donna l'ordre à son cocher de retourner chez M. des Rieux ; mais en route une voiture croisa rapidement la sienne. Il crut reconnaître un ami ; alors, sans prendre le temps de baisser la glace, il passa sa tête au travers, au risque de se couper le cou. Ce ne fut qu'à grand'peine qu'on parvint à le retirer de cette position périlleuse.

Inutile de dire qu'il ne retrouva pas son pardessus.

Mirès confondait dans ses veines le sang d'Israël et le sang marseillais ; c'est à cette double origine qu'il fallait attribuer sa pétulance et ses débordements de sève.

Un jour, à une assemblée générale des actionnaires de *la Presse*, un actionnaire grincheux lui dit :

— C'est drôle, vous ne pouvez pas discuter sans avoir l'air de vous disputer.

A ces mots, voilà Mirès qui redouble d'impétuosité, de fougue, de fureur. Il brandissait sa canne, jurait, sacrait.

— Calmez-vous, lui dit l'actionnaire inquiet, je
suppose que vous n'allez pas me dévorer ?

— Certes, non, dit Mirès, ma religion me le
défend !

Mirès était lettré ; on sait qu'il avait été associé
avec Solar, et que Solar dut se sauver à l'étranger
à la suite d'accidents financiers. A l'époque de sa
débâcle, Mirès écrivit à son fugitif associé :

Donec eris felix, multos numerabis amicos !
Tempora si fuerint nubila Solar eris.

Quand on voulait exciter la colère de Mirès, on
n'avait qu'à prononcer devant lui le nom de Péreire.
Alors il bondissait, frappait à coups redoublés
avec sa canne sur les tables de rédaction ; il faisait
voler les feuilles de *copie* dans tous les coins et
lacérait les dictionnaires, renversait les encriers :
C'était un spectacle d'un haut comique. Quand il
était dans cet état-là, Girardin l'appelait *Mirès-*
soupe-au-lait !

Émile de Girardin fut l'inventeur de tout ce qui
pouvait être le plus fatal à la presse parisienne :
il inventa le *reporter*.

Le rédacteur chargé de cette besogne était
Charles Brainne : c'était un esprit prompt, résolu,
inventif. Il aurait mis le feu à une maison pour
avoir une nouvelle, car Girardin n'admettait pas
qu'un *reporter* pût revenir bredouille.

Brainne fut chargé d'assister aux funérailles de
Béranger, afin d'en rendre compte ; il put pénétrer

dans le cimetière, et le Père-Lachaise en quelques minutes fut tellement encombré d'un flot de peuple que le commissaire de police, pour éviter de graves désordres, dut donner ordre de fermer les portes.

Les discours succédaient aux discours, et deux heures venaient de sonner ; la *Presse* devait être mise en vente à trois heures et demie. La rue Montmartre était encombrée d'une foule impatiente qui attendait des nouvelles et assiégeait les bureaux de vente du journal.

Le pauvre Brainne était désolé ! Comment sortir du cimetière, comment percer la foule qui obstruait l'étroite rue de la Roquette ?

Qu'allait dire Girardin qui attendait ?

Tout à coup il aperçoit un corbillard vide qui s'apprête à quitter le cimetière : il a une inspiration subite ; il se glisse sous le drap mortuaire, et arrive ainsi sur les boulevards extérieurs. Aussitôt il saute sur le pavé au grand ébahissement des promeneurs et, une demie-heure plus tard, il était au journal.

Cet exploit laisse loin derrière lui ceux des reporters de nos jours.

A. Chirac, qui depuis s'est fait une réputation comme écrivain financier, débuta à la *Presse* sous la direction Mirès. Chirac se croyait poète et auteur dramatique ; il arriva un jour à la rédaction et offrit ses services à Mirès. « J'ai là, lui dit-il, quelques chroniques en vers et deux ou trois petites

5

saynètes rimées qui feraient bien votre affaire. »
Mirès refusa sèchement; mais voyant la peine du
pauvre Chirac, il le rappela au moment où celui-ci
allait quitter son cabinet.

— Vous avez donc bien envie d'écrire? lui
dit-il.

— Oh! oui, monsieur.

— Eh bien je veux faire quelque chose pour
vous, vous allez entrer ici comme rédacteur financier.

Chirac fit un bond prodigieux.

— Écrivain financier ; mais je n'en connais pas
le premier mot.

— Tant mieux, répondit Mirès. Du moins vous
serez *impartial!*

En 1870, Chirac put contenter sa passion: il
écrivit des chroniques en vers, au journal le *Centre-
gauche* sous le pseudonyme de Jean des Gaules.

En 1867, MM. Guéroult, Peyrat et Neftzer
devinrent les principaux rédacteurs de la *Presse.*

En 1875, M. Debrousse prit la direction de la
Presse ; à sa mort, son fils lui succéda.

En 1879, la *Presse* fut achetée par M. Breuer
derrière lequel était, dit-on, M. Philippart.

Enfin, le 29 mai 1885, la *Presse* subventionnée
par M. Jean David, un financier, disparut sans
avis, sans éclat.

Cette disparition subite est une réponse éclatante
à ceux qui prétendent qu'il n'est pas nécessaire
d'être journaliste pour diriger un journal.

Au départ d'Émile de Girardin en 1866, la *Presse* tirait à 40,000 exemplaires.

Millaud, Mirès, Philippart, Jean David et Debrousse, les quatre premiers financiers, le dernier entrepreneur de travaux publics, succèdent à Émile de Girardin, et dix-neuf ans plus tard la *Presse* disparaissait, ne tirant plus à mille exemplaires.

Il fallait vraiment que le prestige d'Émile de Girardin fût grand pour que l'agonie de la *Presse* durât dix-neuf ans !

Un détail typique : lorsque la *Presse* disparut, elle comptait parmi ses lecteurs des abonnés de 1845 !

IV

Le Guillois et Commerson. — La belle Olympe. — Le gros 26. — Le *Hanneton* en correctionnelle. — Le serment à l'Empereur par huissier. — Les boulangers agents électoraux. — L'homme aérien. — Qué qu'ça m'fait. — L'Empereur à cheval. — Mort du *Hanneton.* — Son épitaphe.

Le *Hanneton, Journal des Toqués,* parut fin novembre 1862 ; son fondateur fut Le Guillois.

Dès son apparition, le *Hanneton* eût un énorme succès. Ce succès embêtait fortement ce bon Commerson, dit Joseph Citrouillard. Ah ! il avait trouvé son maître dans l'art de la cascade ; lui, qui avait tenu si longtemps le sceptre de la blague, voyait son empire menacé, ruiné par l'usurpateur Le Guillois !! Dans l'art de la réclame, le fondateur du *Hanneton* dépassait Barnum, le roi du puff !

A cette époque, les journalistes étaient peu nombreux ; cette profession n'avait pas, comme de nos jours, été envahie par une foule de déclassés : avocats sans causes, médecins sans malades, gniafs incompris, curés défroqués, gargotiers ambitieux, pions sans élèves, étudiants de vingtième année, qui tous font du journalisme absolument comme un aveugle ferait de l'astronomie.

A cette époque, on se sentait les coudes : tous s'aidaient, sans jalousie, franchement. Qu'importaient les opinions personnelles, la politique était généralement bannie des relations quotidiennes ; on cherchait à faire vivre un journal à force de talent et d'esprit. Presque tous les journalistes de cette époque sont arrivés à la célébrité. Dans vingt ans, celui qui écrira la suite de ce volume aura-t-il un nom à mettre sous sa plume, même en choisissant parmi ceux qui ont transformé le journal en un vaste bazar, où les injures, les inepties et la mauvaise foi le disputent à la vénalité !

C'est le progrès !

Le *Hanneton* fut fondé pour rire, rire et encore rire. Comme le *Tintamarre*, il choisissait une *tête de Turc* ; il prit Villemessant et le *Figaro* ; dans chacun de ses numéros, il tombait à bras raccourcis sur le directeur et les rédacteurs de cette feuille.

Ils en rirent d'abord, d'autant plus que les attaques dont ils étaient l'objet étaient variées et spirituelles. Mais un jour Le Guillois imagina d'appeler Villemessant Olympe et de publier toute une série de plaisanteries sur ce mot.

Villemessant se fâcha et assigna Le Guillois devant la 6me chambre présidée par le fameux Delesvaux.

Ce fut pendant un certain temps la question du jour. Au boulevard on ne s'abordait plus qu'en se demandant: Pourquoi Olympe, as-tu vu Olympe?

Voici l'histoire que racontait Le Guillois:

A Nantes, il existait vers 18... une maison dont les fenêtres étaient toujours closes et les volets soigneusement fermés; on y accédait par une porte basse, en chêne, solidement ferrée. Cette porte était percée à hauteur d'homme d'un judas grillé; au dessus du fronton, un énorme numéro 26 qui devenait lumineux chaque soir et qui se voyait d'un bout de rue à l'autre.

Sur le trottoir, une énorme femme barbue comme un sapeur, le nez bourgeonné, invitait d'une voie éraillée et avinée les passants solitaires à entrer voir... la lanterne magique.

Cette maison mystérieuse était une salle de spectacle et de tableaux vivants.

La directrice s'appelait Olympe.

Suivant les racontars recueillis par le *Hanneton*, Villemessant aurait été le commanditaire de madame Olympe.

Il n'y a pas de mal à cela, ce n'est pas la première fois que nous voyons des journalistes commanditer des entreprises théâtrales.

Villemessant avait Me Lachaud pour avocat, Le Guillois, Mes Cléry et Bigot.

Quelques instants avant de plaider, Le Guillois fit des aveux à Me Cléry; il lui raconta ce qu'il avait entendu dire en appelant le rédacteur en chef du *Figaro* : Olympe.

— Ah ! je comprends, dit l'illustre avocat, la colère de Villemessant, mais le tribunal ne va pas manquer de vouloir connaître la signification du mot Olympe, qui intrigue tout Paris : il me sera impossible de lui dire que...

Le Guillois, pour se tirer de ce mauvais pas, eut un trait de génie.

— Vous direz au tribunal, répondit-il à Mᵉ Cléry, qu'en appelant Villemessant Olympe, au lieu de l'injurier je le glorifiais : n'est-il pas l'*Olympe* du *Figaro* et n'est-il pas entouré des dieux du journalisme?

Quand Mᵉ Cléry donna ces explications au tribunal, tout le monde éclata de rire, M. Delesvaux tout le premier, ce qui n'empêcha pas le pauvre Le Guillois d'être condamné à deux cents francs d'amende.

Il n'alla pas en appel !

En 1863, pour faire une réclame au *Hanneton*, son rédacteur en chef posa sa candidature ; les murs de Paris étaient couverts d'affiches double-colombier qui eurent un succès immense.

Candidature
de
M. LE GUILLOIS
Rédacteur en chef
du
HANNETON
Journal des Toqués

Electeurs,

Quand mes amis ont vu MM. Havin et Guéroult, rédacteurs en chef de feuilles un peu plus grandes et un peu plus politiques que la mienne, se porter candidats à la députation, ils sont venus en masse me supplier aussi d'accepter cette candidature nationale.

Fort de ma conscience d'honnête citoyen et de mes principes libéraux, je les ai compris et je pose carrément ma candidature.

Electeurs,

Pas d'abstentions, pas de bulletins blancs !

Supposez que je sois l'abstention vivante et votez pour moi.

N'est-ce pas une manière de vous compter ? Je pose à la fois ma candidature dans les neuf circonscriptions parisiennes.

Si quelqu'un peut avoir au cœur plus que moi l'amour de la patrie et de la liberté, votez pour lui.

Le Guillois.

Cette candidature comique est toute une épopée.

Afin que les affiches fussent exemptées du timbre, il fallait que le candidat prête serment dans les délais légaux. Quand Le Guillois se décida à remplir cette formalité, il y avait sept heures que le délai était expiré. Il alla néanmoins à l'Hôtel-de-Ville : les bureaux allaient fermer. Il fit tant de tapage que le chef de bureau consentit à retarder l'heure de la fermeture pour permettre à Le Guillois de chercher un huissier.

Le Guillois frappa infructueusement à la porte de cinq huissiers, qui tous refusèrent sans hésiter de sommer le préfet de la Seine d'accepter son serment sur papier timbré. Enfin il tomba sur un huissier nommé Monnier qui voulut bien se charger de cette besogne.

Une heure plus tard, M. Monnier, escorté de Le Guillois, faisait son entrée dans les bureaux, dont le personnel, suivant la promesse du chef, attendait ; on lui donna acte de sa sommation.

Le rédacteur en chef du *Hanneton* faisait sa propagande lui-même. Il prenait l'omnibus, montait sur l'impériale, et à chaque station il jetait ses prospectus au public ; il sillonna ainsi tous les quartiers. Ensuite il parcourut les rues, le soir ; il jetait ses prospectus à travers les soupiraux des boulangers et leur criait : — Je suis Le Guillois : mettez mes programmes dans vos pains. Plus d'un prit cette recommandation à la lettre, et le lendemain en rompant son pain frais, la pratique y trouvait la circulaire de l'intelligent candidat.

M. de Persigny, furieux de cette plaisanterie qui déridait les plus moroses, envoya aux maires de Paris une circulaire leur défendant, le jour du dépouillement du scrutin, de compter comme valables les voix données à Le Guillois, sous prétexte qu'il n'était pas dans la légalité : il ne pouvait digérer le *serment par huissier*.

Le Guillois eut plus de 4,000 voix et le *Hanneton* augmenta son tirage.

Nadar, quelques années plus tard, fit annoncer son ascension dans le ballon *le Géant*. Aussitôt,

5.

Le Guillois saisit l'occasion aux cheveux, il fit apposer sur les murs l'affiche suivante :

ASCENSION
D'UN HOMME
SANS BALLON, SANS AILES, SANS HÉLICES,
SANS MÉCANISME, SANS CORDE, SANS BALANCIER
ET MÊME SANS BRETELLES.

Le jour où M. Nadar s'enlevait dans les airs, à l'aide de *sa seule hélice aérienne*, M. Le Guillois s'engagea à le suivre immédiatement, à la distance de 100 mètres au moins, partout où il irait, sans le moindre appareil ascensionnel, aussi nu que la décence le permettra.

Du reste, ce ne sera pas la première fois que le *célèbre Marquis* se livrera à des excentricités de cette nature.

Le samedi, 26 septembre, il se promenait sur le boulevard Montmartre avec quelques amis, lorsque tout à coup, prenant son elan, il alla s'asseoir avec la rapidité d'une flèche sur la plus haute cheminée du quartier. Puis, aux acclamations de la foule, il redescendit majestueusement et reprit sa promenade comme un simple mortel.

Un autre jour, le mercredi 30 septembre, à l'aide d'une longue vue, il admirait le panorama de Paris, du haut des tours Notre-Dame; tout à coup il aperçoit deux gamins qui se battaient avec fureur au pied de l'Arc de Triomphe. Il n'hésite pas, s'élance dans les airs, et tombe trois minutes après entre les deux combattants qu'il sépare.

Ces traits lui sont familiers; aussi depuis longtemps, il aurait entrepris un *voyage aérien au long cours* s'il n'eût été retenu à Paris par la direction de son journal :

LE HANNETON,
Journal des Toqués,
paraissant le dimanche,
bureaux : rue de Trévise, 27.
Abonnements : un an 10 fr., six mois 6 fr., trois mois 4 fr.
LE GUILLOIS.

En pleine prospérité, Le Guillois vendit le *Hanneton* à Polo qui s'adjoignit un associé. Tous deux ne pouvant s'accorder, le journal menaçait de tomber ; alors Le Guillois le reprit ; le *Hanneton* recommença à bourdonner aux oreilles du gouvernement et il eut un nouveau succès.

Il le céda à M. Jean Passérieu, qui signait du pseudonyme Louis Ariste.

Celui-ci, abandonnant le genre qui avait été la fortune du *Hanneton*, voulut en faire un journal sérieux ; il fit des incursions dans le domaine de la politique, la fantaisie échevelée n'avait plus droit de cité. Le *Hanneton* devenait moraliste sans être *timbré*.

C'est ce qui causa sa perte.

Le 9 juillet 1868 on lisait en tête du *Hanneton* cette note du gérant :

Les procès sont, paraît-il, de la nature des champignons, dès qu'il y en a un il en pousse dix à la file.

Je sors à peine de la septième chambre du tribunal correctionnel de la Seine, et une assignation de l'huissier Gay m'appelle devant la sixième chambre du même tribunal, audience du 8 juillet 1868.

L'exploit de l'huissier m'apprend que je suis prévenu :

« D'avoir en 1868, à Paris, en publiant dans le numéro du 1er juillet 1868 du journal le *Hanneton* dont il est le gérant, un article intitulé : *Qué qu'ça me fait ?*.... et signé Louis Ariste, publié dans un journal non cautionné, un article traitant de matières politiques, délit prévu par l'article 5 du décret du 17 janvier 1852.

Les juges de la sixième chambre décideront.

                                            Louis Ariste.

Voici l'article :

QUÉ QU'ÇA M'FAIT

En parcourant les mille et une gazettes de Paris pour découvrir le vrai mot de la situation actuelle de la France, j'ai lu au moins cinquante fois le document suivant, dernière pâture laissée à ma patriotique curiosité.

On nous écrit du camp de Châlons que l'Empereur est resté cinq heures et demie à cheval aux premières manœuvres exécutées en sa présence.

Cinq heures et demie avec un cheval, digne cousin des lions Batty, et avec une selle moelleuse ! Mais sans être empereur, je me chargerais bien d'en faire autant.

Et les rédacteurs du *Hanneton* aussi ;

Et notre imprimeur aussi ;

Et nos plieuses aussi ; etc.....

Cependant le *Figaro* de dimanche ne dira jamais :

— *On nous écrit de Clamart que Louis Ariste est resté cinq heures et demie à cheval,* etc., etc....

Pourquoi ce double poids, cette double mesure ?

Ce qui est ordinaire et naturel chez le citoyen qui paye des contributions deviendrait-il extraordinaire et surnaturel chez celui qui les perçoit ?

. . . .

Car le peuple se recueille, il ne rit plus et médite un....

On lui a tant promis sans réaliser, qu'il ne croit plus à.......

Domitien, Commode, Caracalla, bouffons et bourreaux l'ont rendu sceptique...

Que lui faut-il désormais ? le fait accompli et il y a beau jour qu'il ne place plus ses cartes sur le crâne chauve de Bismark ou sur la moustache hérissée de Victor-Emmanuel.

Qu'un souverain se lève à cinq heures du matin ou à midi ;

Qu'il vive de radis ou de cervelles de rossignols ;

Qu'il se couche en disant majestueusement : *A demain madame*, ou qu'il éteigne sa bougie en roucoulant gaillardement : *Bonsoir ma petite Nini!*

Cela intéresse fort peu la France. J'entends la France qui......

Donc un peu moins de *High life* là, s'il vous plaît, et un peu plus de lumière sur les mystères! Cela fera mieux l'affaire de tout le monde.

On croit rêver, ma parole d'honneur, en songeant qu'il y a vingt ans, il s'est trouvé en France, des juges pour condamner un journal pour une plaisanterie aussi anodine !

Et tu bourdonnes, n'es-tu pas libre ?
Disait un écolier au *hanneton* fâché
D'avoir toujours un fil à la patte attaché.
Ainsi parlait Octave à ses sujets du Tibre;
Ainsi, naguère encor j'entendais raisonner
D'honnêtes gens qui, tous, n'étaient pas sur le trône.
La liberté pour eux, *c'est un fil long d'une aune*
Au bout duquel on laisse un peuple bourdonner.

Le Guillois, dans la *Punaise dans le beurre*, fit ainsi l'oraison funèbre du *Hanneton* :

Le *Hanneton* vient de nous quitter, il est sans doute parti pour un monde meilleur.

Son dernier cri, semblable au dernier chant du cygne, fut celui-ci :

Récompense honnête à qui ramènera l'esprit à Paris.

Au moment où la ville de Paris se farde comme une grande coquette qu'elle est, il est pénible de voir la littérature se couvrir dans certains bas-fonds de haillons infects.

Le *Hanneton* est mort sans souci de ces vilenies impures.
Pleurons le ! !

En même temps le quatrain suivant de Le Guillois courait les boulevards :

Six ans il a vécu sans le moindre accident.
Mais un jour, par malheur, l'insecte à tête folle
S'arrêta sur le nez de certains présidents
Et le glaive de la loi lui coupa la parole.

De son côté, la rédaction du défunt envoya aux
journaux la lettre de faire part que voici :

MM.,

*Victor Azam, Louis Ariste, Gédéon, Eugène Vermesch,
Henry Vié, Gustave Graux, L. Félix Savard, Edmond
Martin, Gustave Aymard, Paul Saunière, Charles-Gil-
bert Martin, Jules Denizet, Alexis Bouvier, François
Coppée, Paul Verlaine, Léon Valade, Albert Mérat,
Colofanelli Amédée Blondeau, Tocandini, Léonce Petit,
Henri Lecomte, Adrien Dezamy, Léon Fabert, H. Mailly,
Firmin Javel, Ernest Dombour, Gustave Deloye et
Adolphe Racot,*

Ont l'honneur de vous faire part de la perte qu'ils viennent de faire en la personne du *Hanneton*, leur enfant
d'adoption, frappé de mort violente à la sixième chambre
de la police correctionnelle, le vendredi 10 juillet, — jour
de la Sainte-Félicité, amère dérision, — à l'âge de sept ans
révolus, muni de 1,500 francs d'amende.

Et vous prient de recevoir leurs remerciements pour la
sympathie que, de son vivant, vous avez témoigné au
défunt.

Ne l'oubliez pas ! !

Et nourrissons l'espoir qu'on fera des crêpes pour
son anniversaire en 1869.

Paris, le 26 juillet 1868.

Que sont devenus les rédacteurs du *Journal des Toqués* ?

Le vicomte de Poli fut préfet du Cantal. Victor Azam est à Buenos-Ayres, après avoir eu des malheurs avec la Justice, sur lesquels il est inutile d'insister.

Alexis Bouvier et Paul Saunière sont deux feuilletonistes en vogue.

Louis Ariste est conseiller général à Toulouse.

Adolphe Racot est mort fou en 1887.

Firmin Javel, Amédée Blondeau écrivent au *Voltaire* et au *Rappel*.

François Coppée est de l'Académie.

Sont morts : Eugène Vermesch, Henri Vié, L.-Félix Savard, Edmond Martin, Gustave Aymard, Jules Denizet, Léonce Petit et Le Guillois.

V

Les *Punaises dans le beurre* — l'*Inflexible* — Madame la Marquise est si bégueule! — Edmond About et Voltaire — Marchal de Bussy — Agonie au coin d'une borne — M. Pinard et les fonds secrets — A Juif, Juif et demi. — Le petit Charlot — L'insecticide — La tisane de l'inflexible.

Le 16 juillet 1868, les *Punaises dans le beurre* paraissaient sous forme d'une brochure in 8°. Sur la couverture on lisait ceci :

« Primes gratuites.

» Flacons insecticides Vicat — Insufflateurs.

» Ces primes sont choisies indistinctement jusqu'à concurrence du prix de l'abonnement. »

Pour expliquer son titre, Le Guillois racontait l'anecdote suivante :

— Frédérick Lemaitre jouait un jour, il y a quelque trente-cinq ans, un drame lugubre.

Il n'était pas à jeun : on joue mal quand le ventre gémit.

Une scène arrive où l'acteur chargé de lui donner la réplique manque son entrée. Frédérick se tourne vers le public et s'écria avec un geste impossible :

— Encore une *punaise dans le beurre...* et madame la marquise est si bégueule !

Il étudiait ensuite les diverses variétés d'insectes que sa prime servirait à détruire et terminait ainsi son premier article :

Quant au journal le *Gaulois*, du Caire, il vient à peine de naître et déjà les insectes abondent autour de lui ; il est vrai qu'il n'est pas entré de plain-pied dans la voie de la jovialité. Le premier article d'Edmond About a failli le tuer roide, et à ce propos, la punaise du petit journalisme, qui s'en serait douté, c'est cet orgueilleux d'Edmond About qui croit avoir hérité de la plume de Voltaire.

Insecte gonflé, va !

Il est entré dans la rédaction du *Gaulois* parce qu'un mot de Villemessant l'a vexé. Il prétend avoir bec et ongles, ce grotesque ! Allons donc, Matamore, quand on est si colossalement styliste et spirituel, on s'attaque à ses pairs, on ne jette pas le gant à de pauvres hères, qui ne peuvent pas vous suivre sur le terrain de la politique, et voyez ce que vous avez fait : maladresses sur maladresses, vous vous êtes attiré la mercuriale d'un Cassagnac.

Il ne suffit pas de sortir de l'Ecole normale, d'avoir pour ami un cœur loyal comme Sarcey, d'avoir été ingrat envers la Grèce et Rome, d'avoir renoncé au Roman pour Saverne, à Saverne pour le *Moniteur*, au *Moniteur* pour le *Gaulois*, sans compter le reste, non ! cela ne suffit pas pour avoir le droit de se croire le premier moutardier du pape.

M. Edmond About vient de cracher sur la petite presse, sa mère. Que cette injure lui retombe dans le bec !

Le Guillois avait pour associé M. le comte des Courtis de la Groge.

Malgré des prodiges d'esprit, les *Punaises dans le beurre* moururent le 13 août 1868.

L'*Inflexible* vécut du 16 juillet au 17 septembre 1868, en tout dix numéros.

Ce journal (?) était l'œuvre d'Alexandre de Stamir, de Charles Marchal, dit Charles de Bussy : une charmante collaboration. Marchal prostituait deux noms des plus honorablement portés.

Cet être immonde, qui faisait sa pâture ordinaire des réputations équivoques contre lesquelles l'intimidation peut être exercée avec quelques succès, et des réputations inattaquables que la boue peut cependant toujours souiller, fut ramassé le 25 avril 1870, expirant au coin d'une borne et transporté dans un hôpital, en proie à une fièvre délirante, occasionnée par l'alcoolisme. Il ne tarda pas à expirer.

Jamais l'humanité ne fut déshonorée aussi complètement, aussi lâchement que dans la personne de Marchal. Tous les vices lui étaient familiers, et s'il ne s'est jamais rendu coupable de quelque crime éclatant ce n'est pas que l'envie lui en ait manqué, c'est que le courage lui faisait défaut.

Ivrogne, il voyait partout des ivrognes. Ayant pratiqué longtemps, il pratiquait encore peut-être, la veille de sa mort, un de ces odieux métiers qu'on ne nomme pas sans rougir. A tous ceux contre lesquels il dirigeait ses invectives, dans ce langage ordurier qui n'a plus cours même aux halles, il prêtait les vices dont il était bondé et jetait au visage l'écume de sa propre lèpre.

Parvenu à ce degré d'abaissement et de notoriété à la fois qui rend inutile toute dissimulation, il savait tirer parti de cette situation désespérée pour tout autre.

Non content d'offrir à tous les yeux le spectacle de son effroyable dégradation, avec un cynisme capable de donner des nausées aux moins délicats, il se faisait le fanfaron de toutes les lâchetés et de toutes les infamies connues et inconnues, y mettant une sorte d'orgueil et s'y drapant, comme le mendiant espagnol dans ses haillons sordides.

Le fossoyeur en l'enfouissant le recouvrit d'une boue plus pure que la fange où il vécut.

Il avait pourtant du talent! Il publia un *Dictionnaire d'éducation* dans lequel sans doute il ne se donnait pas comme exemple.

En juillet 1868, M. Rochefort publiait *la Lanterne*. Ce célèbre pamphlet obtenait un immense succès; le gouvernement impérial, ne sachant comment atteindre et frapper l'honorable écrivain, imagina de faire publier l'*Inflexible* par Marchal de Bussy et de Stamir. Ce fut M. Pinard qui prit l'argent nécessaire sur les fonds secrets, tout comme M. Andrieux pour *la Révolution Sociale*: ce dernier n'a donc été qu'un plagiaire.

Comme M. Rochefort, rédacteur et administrateur de la *Lanterne*, avait été au *Figaro*, et que MM. Dumont et de Villemessant soutenaient sa publication, les deux complices acceptèrent la triste mission d'insulter et de diffamer ces messieurs;

ils n'y faillirent pas, car il est impossible d'accu-
muler une telle série d'injures dans un aussi petit
format. En voici un échantillon :

— Un juif prussien — connu dans un certain monde —
comparaît devant le tribunal correctionnel sous la préven-
tion d'avoir acheté des bibelots provenant d'un vol.

— Vous saviez bien, lui dit le président, que ces objets
avaient été volés ?

— Je m'en suis douté, répondit le prévenu d'un air
fin... *aussi, pour ne pas encourager le vol, je les ai payés
avec une pièce fausse.*

C'était de M. Albert Wolf que ces aimables
citoyens parlaient.

Numéro du 10 septembre 1868.

— Au tribunal, M. de Villemessant a adopté un bonhomme d'une dizaine d'années, le petit Charlot, fils d'un
garçon boucher, qui allait être condamné pour vagabon-
dage. En demandant que l'enfant lui fut remis, M. de
Villemessant aurait donné cet excellent conseil au petit
Charlot :

— *Tâche de ne jamais remettre les pieds ici, toi!*

Et M. le président Lancelin aurait dit à M. de Villemessant :

— *Je vous engage alors,* monsieur, à ne pas en faire *un
rédacteur du Figaro!*

Il me serait impossible de citer d'autres extraits
sans offenser les naturalistes les plus aguerris.

La Presse ne fut pas tendre pour ces deux tristes
sires. Voici de quelle manière un journal très
répandu signalait l'apparition de l'*Inflexible* :

. . . . . .en plein xıxᵉ siècle, de pareils écrits n'ont pas de nom.

Je défie qui que ce soit parmi les vrais écrivains de lire cela sans rougir, ce n'est pas de la littérature, c'est de la provocation.

Honte sur ces insectes nocturnes, sur ces vampires des ténèbres !

Honte sur eux !

Les insulteurs.

Munissez-vous d'insecticide, nous allons vous parler du nommé Marchal de Bussy.

Cet insecte a pris le parti, pour se faire connaître, d'insulter tout le monde.

Ce qu'il a entassé d'infamies dans l'*Inflexible* et les *Impurs*?

Si jeune, si faible, si idiot et déjà si venimeux !

Heureusement une trop forte dose d'arsenic ne tue pas.

Ce pharmacien de l'ignominie ne connaît pas son codex.

O Vicat! que vous avez eu raison d'inventer l'insecticide, Soufflez! Soufflez!

Les malheureux scorpions qui se piquent eux-mêmes.

Ils ont inventé l'*infecticide*.

Le Guillois ne prenait pas l'*Inflexible* au tragique ; dans son journal, il posait cette question à ses lecteurs :

— Quelle est la meilleure tisane pour faire suer les journalistes?

— C'est la tisane de *Lin-flexible!*

Pour raconter tout au long l'histoire de l'ordure qui s'appelait l'*Inflexible*, il faudrait avoir le cœur d'un ouvrier de la compagnie Richer et une tinette pour encrier. Mieux vaut laisser en paix ces ignominies.

VI

La *Rue*. — Le faux duel. — Le boniment de Vallès. —
Jules Vallès jugé par Louis Veuillot et Paul de Saint-
Victor. — Les commères de la place Vavin. — Vallès
et le Soleil. — Une visite chez le bourreau. — Le sau-
veur des assassins. — Le *Rat mort* et la *Nouvelle Athènes*
— Le mot est de moi. — Pipe-en-Bois. — *Cochons
vendus.* — Epitaphe de Jules Vallès par M. Ch.
Laurent.

La *Rue*, surnommée *du Petit-Hurleur* dès
son apparition, qui eut lieu le 1ᵉʳ juin 1867, vécut
jusqu'au 11 janvier 1868; à partir du n° 24, le
sous-titre disparut.

La *Rue* parut à nouveau du 1ᵉʳ mars au 17 avril
1870, et enfin une dernière fois à la fin de novembre 1879. Cette *Rue* n'eut que quelques numéros; Jules Vallès y écrivait sous le pseudonyme
de Jacques Vingtras.

La *Rue* première manière avait pour collaborateurs : Cavalier (Pipe-en-Bois), Longuet, Stami-
rowski dit de Stamir, Pierre Denis, Vuillaume,

J.-B. Clément, Bellenger, Gill, Maroteau, Puissant, Pouvillon, Albert Brun, Arthur Arnould, Savinien Lapointe et Francis Enne.

La *Rue* deuxième manière était rédigée par : le Paveur, Clément Privé, Vireloque, Callet, Émile Gautier et Sophie Lenormand.

La *Rue du Petit-Hurleur* est seule célèbre; elle fit beaucoup parler d'elle à l'époque, moins par la personnalité de Jules Vallès que par une aventure unique dans le monde du journalisme.

Malgré les boniments de la *Rue*, le public restait indifférent et passait sans entrer dans la baraque. Cela ne faisait pas l'affaire du patron : il lui fallait à tout prix un scandale pour attirer l'attention de la foule.

Voici ce qu'il imagina; l'histoire fut racontée par un des acteurs, en 1868, dans un journal parisien.

.....Garibaldi venait d'échouer dans sa tentative sur Rome.

Les esprits étaient en fermentation. J'étais alors secrétaire de la rédaction, c'est-à-dire dépositaire des secrets de la *boutique* du journal *la Rue* que le sieur Vallès avait fondé. Mais malgré la verve venimeuse de son rédacteur en chef, la feuille restait dans l'ombre ; c'était une raison pour m'y attacher davantage.

Un jour Vallès me dit :

— Mon cher ami (on est toujours l'ami de Vallès lorsqu'il a besoin d'un service), notre *canard* ne marche pas, j'ai trouvé un moyen de forcer la vente.

— Quelle est votre combinaison ?

— Vous vous battez en duel.

— Avec qui ai-je l'honneur de croiser le fer ?

— Avec personne.

— Comment ! un duel et pas d'adversaire ! m'écriai-je.

— Vous vous battez.

Je crus Vallès fou ; il avait toute sa raison.

Imaginer un boniment devant une caisse qui sonnait creux fut alors résolu par lui.

Sûr de mon silence, il me choisit pour complice ; dévoué, je tombai dans le piège. L'aider, ce pauvre confrère, pour moi c'était un devoir, hésiter une seconde, c'eût été désespérer ce malheureux.

Sa combinaison était superbe, son projet me semblait ne faire de tort à personne. Instrument qui devait assurer le succès de *la Rue*, je ne me doutais guère qu'il lui serait facile à un moment donné de m'accuser de fraude, ce fraudeur ! . . . .

. . . . .Que voulez-vous ? reprit-il, il n'y a que ça pour nous relever ; cependant, pour qu'on y croie davantage, écrivez un article assez violent pour qu'il puisse motiver une rencontre ; l'article inséré, je me charge de faire passer dans les journaux, *n'importe de quelle manière*, une note ; nous inventerons des noms étrangers, la presse s'emparera de la chose, on s'arrachera les numéros ; et *la Rue* se vendra à un nombre considérable d'exemplaires.

Je me laissai convaincre, — sottise ! — l'article parut, *Vallès y collabora*, des notes *rédigées par lui* furent transmises aux journaux et *la Rue* se vendit enfin.

Il avait eu raison, la mystification produisit son effet.

Le jour du prétendu duel, Vallès m'attendait au bureau de *la Rue*.

— Je viens de me battre, m'écriais-je en entrant, ainsi qu'il avait été convenu entre nous.

— Vraiment ! répliqua Vallès, vite alors du papier ! Envoyons la nouvelle au *Figaro*, au *Corsaire*, à *la Liberté*, à *la Situation*. Donnez-moi les noms, ajouta-t-il, de votre adversaire, de ses témoins et des vôtres. Je lui dictai complaisamment les noms qu'il avait inventés la veille.

Le soir même, deux feuilles, *le Figaro* et *la Liberté*, parlaient du fameux duel ; le lendemain, les autres journaux le commentaient avec plus ou moins de détails, d'après les *instructions de Vallès*.

Le vicomte de Cecconi avait été soi-disant très grièvement blessé par moi dans cette rencontre.

Le bruit que fit ma victoire fut grand, pas assez au gré de Vallès ; car, plusieurs jours après, il eut la bêtise de fabriquer une lettre qu'il me fit, un soir, apporter au bureau de *la Rue*, par un commissionnaire, et dans laquelle on m'annonçait la mort de mon adversaire.

Vallès avait pensé à tout, il y allait de son intérêt, et j'avoue qu'il m'avait parfaitement appris le rôle de dupe que j'ai joué dans cette triste comédie.

Pour celui qui ne connaît pas Vallès, je crois nécessaire, avant de continuer, de placer ici un fait qui, mieux que tout autre, prouvera..... qu'il n'avait rien de commun avec Bayard.

Au moment de la discussion Vermorel et Cassagnac, Vallès fit dans *la Rue*, on se le rappelle, un article complètement à l'avantage du premier ; il y traînait, en revanche, M. Granier de Cassagnac dans la boue.

Dans ledit article, une phrase surtout était à remarquer : « — *Se battre en duel est le plus bête et le plus lâche de tous les courages* ».

Pourquoi donc alors, monsieur, l'article paru, avez-vous eu si peur de M. Paul de Cassagnac, et pourquoi avoir recommandé à chacun de vos rédacteurs, dans la crainte que le fils ne vînt vous demander raison de l'insulte que vous adressiez à son père, d'acheter un gourdin pour le recevoir, pourquoi, à moi que vous saviez dévoué à votre personne, m'avoir apporté un casse-tête pour l'assommer ?...

Quelques mois s'écoulèrent pendant lesquels personne

ne me reprocha, sauf Victor Salmon, dit Victor Noir, cette *affaire d'honneur*.

Lorsque parut, le 4 mars 1868, dans *le Figaro*, l'entre-filet suivant signé : Francis Magnard :

« On n'a pas oublié sans doute que, pendant l'été dernier, on s'entretint beaucoup d'un duel suivi de blessures graves entre le rédacteur d'un journal littéraire, d'origine étrangère, et un marquis italien, ancien zouave pontifical.

» Les noms des adversaires et des témoins furent dans quelques journaux désignés seulement par des initiales, d'autres mirent les noms en entier.

» Depuis on n'avait plus entendu parler de cette affaire, ébruitée cependant avec assez d'indiscrétion pour que le parquet s'en mêlât. La raison en est simple.

« Ce duel n'a pas eu lieu.

» C'était un boniment imaginé devant une caisse qui sonnait creux ; il n'a pas suffi, hélas ! à la remplir. »

Vallès, détenu à Sainte-Pélagie, lâcha carrément son rédacteur et envoya à M. Magnard la note que voici ; elle parut dans *le Figaro* du 12 mars 1868 :

« Quelques lignes publiées dans un des derniers numéros du *Figaro* ont éveillé les susceptibilités de M. Jules Vallès en ce moment détenu à Sainte-Pélagie.

» D'un entretien que nous venons d'avoir avec ses amis à lui, qui sont également des nôtres, il résulte que c'est à tort qu'on a pu croire que M. Vallès n'était pas absolument étranger à la vilaine comédie jouée par un de ses collaborateurs dont il s'était débarrassé le jour même où il avait soupçonné la vérité.

Où est la vérité ?

Je me souviens d'une lettre, datée de Nontron,

écrite par Jules Vallès à son ancien secrétaire qui
lui avait donné sa démission ; dans cette lettre il y
avait cette phrase :

« .. ...J'ai reçu votre lettre, elle m'étonne, la patience
vous manque ; je désire au contraire que vous restiez et
mon collaborateur et mon ami .. Il serait beau que vous
vous fâchiez pour UNE AFFAIRE DE MISE EN PAGE. —
Misère !

Ceci donne une idée du sens moral de Vallès ; il
commet, de complicité avec son secrétaire, une infamie que la presse entière, aussitôt qu'elle l'a
connue, fut unanime à réprouver ; il désavoue son
complice et, comme ce dernier se fâche de se voir
lâcher, il lui écrit que : « c'est une erreur de mise
en page », une « misère ».

Inutile d'insister.

Jules Vallès a été jugé par deux grands écrivains, deux maîtres, de la manière suivante :

— Pachionnard (d'Auvergne) a vraiment fait sensation.
Il a surgi comme de dessous terre, brûlant de fièvre,
criant que tout est vieux, que tout est bête et usé, et je ne
prétends pas qu'il eût toujours tort, demandant du neuf
et de l'extraordinaire, et jurant qu'il en apportait, et qu'il
avait de l'inouï plein ses poches. Il avait aussi une guitare
et il chantait cent naïvetés de villageois, s'interrompant
de démolir le monde pour conter comment il s'était ruiné
en violettes jadis, quand il aimait tant la gargotière de la
rue au Merle. infidèle hélas ! et toujours adorée.

Dès longtemps, le boulevard n'avait vu pareille entrée.
L'omnibus faillit arrêter pour voir ce qui allait suivre, et
ce que produirait ce vibrant. Le lendemain, même jeu,

le surlendemain encore, le troisième jour, toujours. Toujours l'appel à l'extraordinaire et les violettes de la rue au Merle. Ce garçon demande de l'extraordinaire et va cueillir la violette, et il a tout dit, et il a tout fait; tout est dans sa manière de prononcer les *rrr*. Il vibre, c'est son génie, il vibrera toujours.

Louis Veuillot.

Un bâtard de Marat, Jules Vallès, dans le *Cri du Peuple*, vociférait la haine et la rage, bohème de lettres, aigri par une jeunesse misérable, affolé d'orgueil, ulcéré d'envie. Sa poche à fiel crevée s'était répandue dans son style; son talent réel, mais lugubre, avait les grimaces et les contorsions d'un damné. Avant de hurler contre la société, il avait aboyé contre le génie... L'abîme appelle l'abîme, le blasphème intellectuel appelle le forfait social, l'incendiaire couvait sous l'énergumène; après avoir craché sur l'*Iliade*, il est tout simple qu'on veuille brûler le Louvre et faire sauter Notre-Dame.

Paul de Saint-Victor.

A propos du *Cri du Peuple*, sous la Commune, des bandes de crieurs hurlaient, de grand matin, dans les rues, aux oreilles des passants ahuris : Demandez le *Cri du Peuple* de Jules Vallès, à quoi les commères de la place Vavin, où avait habité Vallès, répondaient avec colère :

— De quoi! le *Cri du Peuple*, Vallès ferait mieux d'écouter le *cri* des femmes qui pleurent leur mari qu'il fait tuer aux remparts !

Pour compléter les deux portraits cités plus haut, Jules Vallès écrivit au bas de sa photographie, les vers suivants :

C'est bien la mine bourrue
Qui, dans un salon ferait peur,
Mais qui, peut-être, dans la rue,
Plairait à la foule en fureur.
Je suis l'ami du pauvre hère
Qui, dans l'ombre, a faim, froid, sommeil.
Comment, artiste, as-tu pu faire
Mon portrait avec du soleil ?

D'après Paul de Saint-Victor, le talent de Jules Vallès était lugubre. Son caractère, sa conversation ne l'étaient pas moins ; il affectionnait les histoires de sang ; celles dans lesquelles le bourreau jouait un rôle lui plaisaient plus particulièrement. Je me souviens qu'un soir, à table, il nous raconta une visite qu'il avait faite la veille au bourreau Heindrich, boulevard Beaumarchais : c'était à soulever le cœur de dégoût, les femmes durent se retirer. Le mot de la fin de cette conversation fut celui-ci : « Lorsque le bourreau me reconduisit sur le palier, il me tendit la main et me dit : Au revoir, monsieur, je suis à votre service »

— Si jamais tu montes sur l'échafaud, répondit Gill, il te soignera comme un ami.

Je ne sais plus qui a raconté que le matin de l'exécution de Philippe, après avoir vu rouler sur l'échafaud la tête de l'assassin de la rue Saint-Joseph, Vallès demanda et obtint *la faveur* d'aller visiter la cellule du supplicié et qu'il s'assit sur le lit encore chaud !

Ce fait ne me surprend pas, car en 1866 ou 1867,

6.

Jules Vallès publiait dans l'*Epoque* un feuilleton dans lequel il faisait l'apologie des assassins.

Juste à ce moment, Poncet, évadé de Cayenne, venait d'assassiner, au moulin de Sannois, M. Lavergne, ancien consul, dont il avait fait connaissance sur le paquebot qui les ramenaient tous deux d'Amérique en France.

Cet assassinat faisait l'objet de toutes les conversations; M. Jules Richard, qui dirigeait l'*E-poque*, reçut, à propos de Poncet et de Vallès, la lettre suivante :

Monsieur,

Votre ami Jules Vallès écrivait récemment qu'il serait *fier* de voler un assassin au bourreau.

Eh ! bien, monsieur, notre pauvre Poncet, retour de Cayenne, a eu la chose de *buter* le vieux Lavergne ; on a eu l'infamie (ce sont les stupidités de la justice qui ont fait cela, les misérables !), de le pincer.

Nous avons l'intention de faire *esbigner* Poncet, de le cacher chez vous, l'ami de Jules Vallès, ou chez lui, — pour qu'il le vole au bourreau, et qu'il puisse, *dardar*, ce bon Poncet, *refroidir* un autre particulier, vu que les retours de Cayenne, généralement quelconques, que les bons jeune hommes comme Jules Vallès volent au bourreau ont cette habitude là.

Autant de volés au bourreau, par Jules Vallès, autant de Bourgeois *refroidis* en plus. Autant de motifs pour Jules Vallès d'être *fier*.

O ! monsieur ! ô Richard ! ô monsieur, intercédez pour nous auprès de Jules Vallès.

A vous de cœur,

CHOURINEUR.

Les anecdotes pleuvent sur Vallès ; celles-ci suffiraient pour compléter le personnage :

Vallès fréquentait volontiers le *Rat-mort*. Un soir, mécontent des consommations, il entra au café d'en face, à la *Nouvelle Athènes*. Il y rencontra un camarade ; il s'assit en face de lui, à une table ; il entama à voix haute une discussion.

Bientôt, les consommateurs se rapprochèrent, et, à minuit, les auditeurs étaient encore là ; les tables chargées de bocks et de petits verres, attestaient qu'ils avaient fortement consommé pour digérer les paradoxes de Vallès. Vallès se disposait à sortir, laissant naturellement à ses admirateurs le soin de régler l'addition.

En homme qui, d'un coup d'œil, a compris qu'un tel client serait une fortune, le patron s'élança à sa poursuite et lui dit :

— Vous avez l'air d'un bon garçon ; vous parlez bien. Si vous voulez venir blaguer ici tous les soirs, on vous servira à l'œil.

En sa qualité d'Auvergnat, Vallès était pratique. Il ne s'indigna pas, mais demanda à réfléchir.

Vallès mangeait parfois à la *pension Lavaur*, rue des Poitevins. Le dîner coûtait quarante sous par tête, café compris. Un soir que le cénacle était au complet, un jeune sculpteur s'avisa de plaider devant les convives la cause de l'art antique.

— Qu'y a-t-il, conclut l'avocat, dont un méprisant silence avait accueilli la plaidoirie, qu'y a-t-il

de plus gracieux, de plus noble et de plus divin
que le vase étrusque ?

Vallès se leva : « Il y a le *litre* », dit-il.

Cette anecdote fut reproduite par un journal,
mais les compositeurs ne pouvant croire qu'un
écrivain avait pu formuler une semblable énormité,
au lieu de *litre* composèrent *livre!*

Vallès enviait tous les succès, il enviait, cela va
sans dire, ceux du théâtre.

Il écrivit une fois une pièce avec M. Poupart-
Davyl, et, quand elle fut achevée il réunit quelques
amis pour leur en offrir la primeur.

Vallès était assis à côté de M. Poupart, qui faisait la lecture. Le premier acte ne produisit aucun
effet.

— Tu vois, dit Vallès tout haut, tu t'es acharné
à écrire cet acte-là. Il a jeté un froid.

M. Poupart-Davyl se contenta de sourire et
continua à lire.

Arriva un mot d'esprit, les amis rirent et applau-
dirent.

— Là ! qu'est-ce que je te disais ? fit Vallès en
regardant son collaborateur. Tu ne voulais pas le
mettre, ce mot-là, il est de moi !

Jusqu'au bout la lecture fut ainsi interrompue
par les observations et les réflexions de Vallès. Inutile de dire que cette collaboration n'eut pas de
suite.

Après Vallès, à la *Rue*, la plus curieuse figure était
Pipe-en-Bois. On connaît l'origine de ce surnom,

Il lui fut donné à la première d'*Henriette Maréchal*, le 5 décembre 1865. Voici une chanson qui courut alors le quartier latin :

De Pipe-en-Bois connaissez-vous l'histoire?
C'est le censeur du Théâtre-Français.
Penserait-il acquérir de la gloire
En voulant nuire à ces brillants succès ;
Dès qu'il paraît une pièce nouvelle
A l'instant même il vient dicter des lois ;
La voir tomber, qu'elle soit bonne ou belle,
C'est l'humble vœu de monsieur Pipe-en-Bois.

Ce Pipe-en-Bois qui fait tant de tapage
Est-ce un gamin ou quelqu'un du grand ton ?
Est-ce un mouchard, est-ce un grand personnage
Ou quelque fou sortant de Charenton ?
Ah ! c'est peut-être un être redoutable,
Un cabaleur, un jaloux, un sournois ;
Joyeux auteur dont l'âme est charitable
Prenez pitié de monsieur Pipe-en-Bois.

Le numéro 27 de la *Rue* fut cause de sa suppression. A propos de la loi militaire sur le remplacement, Vallès écrivit un article intitulé : *les Cochons vendus.*

C'était le lendemain de l'exécution d'Avinain. Il commanda pour la troisième page un dessin représentant la cellule d'un condamné à mort. On voyait sous le drap blanc qui formait linceul, un homme couché comme un cadavre. Près du poêle qui ronflait, un soldat était assis, tête bestiale, dos lourd, il se chauffait stupidement les mains ; c'était l'abrutissement de l'obéissance, l'exécution résignée et muette de la consigne funèbre ; ce dessin était malhabilement tracé, mais l'idée était grande dans sa simplicité et saisissait le cœur.

Le gérant, le père Scipion Limozin, fut condamné à deux mois de prison et 400 francs d'amende; le journal la *Rue* alla en appel, mais il dut, devant les tracasseries de l'imprimeur Kugelmann, disparaître le 11 janvier 1868.

Jules Vallès fit ainsi l'oraison funèbre de la *Rue* :

Nous continuerons ici ou là, chez nous ou chez les autres, tous ensemble, à frapper au cœur ou à rire au nez des plus redoutables et des plus illustres, les redoutables qui menacent de leur influence, et les illustres qui abusent de leur gloire.

Nous continuerons à battre en brèche tout ce qui, en dehors de l'Etat ou de l'Eglise, est caserne ou sacristie, attaquant l'ennemi par la colère ou l'ironie, cette arme blanche de l'esprit français.

Jules Vallès mourut en février 1885 ; il rédigeait depuis deux ans un journal : le *Cri du Peuple*.

Le journal *Paris*, au lendemain de la mort de Vallès publiait ceci :

Si Jacques Vingtras pouvait composer l'épitaphe de Jules Vallès, il écrirait sur sa pierre tombale :

CELUI QUI POURRIT ICI
SE MOQUA DU MONDE TANT QU'IL VÉCUT.
IL AVAIT DANS LE CŒUR
PLUS DE JALOUSIES QUE DE HAINES
ET PLUS DE PRÉTENTIONS
QUE DE PRINCIPES.

AVEC UN GRAIN DE FRANC TALENT,
AVEC UNE BONNE PLUME DE PROSATEUR,
TAILLÉE AUX VIEUX GRATTOIRS
DE L'UNIVERSITÉ,
IL ESSAYA DE FAIRE CROIRE
AU PEUPLE
QU'IL ÉTAIT A LA FOIS
LE PENSEUR PROFOND DU SOCIALISME
ET LE
RÉNOVATEUR IMPECCABLE DE LA LANGUE,
ET CEPENDANT
POUR TOUT BAGAGE,
IL LAISSE SUR LA CROUTE BOUEUSE
DU GLOBE,
SES VIEUX HABITS TROUÉS,
DONT IL S'ÉTAIT FAIT UN DRAPEAU,
QUELQUES ARTICLES VIOLENTS,
TOUJOURS RECOMMENCÉS,
DES LIVRES OU L'ENVIE
TIENT PLUS DE PAGES QUE L'ENTHOUSIASME,
ET LE SOUVENIR
D'UNE EXISTENCE ÉGOISTE, INUTILE,
FATALE A QUELQUES-UNS,
NULLE POUR LA PATRIE.

VII

Les *Nouvelles*. — La liberté de 1848. — A bas la Presse à
un sou. — Les yeux verts de la Morgue. — Entre quatre
planches. — Glatigny chez la princesse Mathilde. —
Les deux Aveugles. — Il ne l'embrassera pas. — La
paire de bottes. — Comédiens et spectateurs. — Où est
le caissier ? — Les *Nouvelles* de 1870.

Les Nouvelles, ce titre ne porte pas bonheur.
Aucun des journaux qui portaient ce nom ne
vécut au delà d'une année.

Les Nouvelles de Paris parurent pour la première fois le 25 Thermidor an VI jusqu'au 14 Ven-
demiaire an VII; pour la seconde fois du mois de
décembre 1859 au 11 mars 1860. Lemercier de
Neuville en était le rédacteur principal.

Les Nouvelles, troisième manière, virent le
jour rue Saint-Marc, le 21 septembre 1865. Ses
bureaux étaient les mêmes que ceux du *Comptoir
des Coupons*, propriété de M. Leraillé, un marchand de cochons du département de l'Orne.

Ce brave homme créa *Les Nouvelles* pour

faire concurrence au *Petit Journal* de Millaud. Il choisit une rédaction hors ligne : MM. Alexandre Dumas père, Jules Noriac, Alphonse de Launay, Ch. Bataille, Glatigny (Fantasio), Ernest d'Her-villy et J. Denizet. Ces écrivains rédigeaient quotidiennement une chronique.

C'était un journal gai, bien informé, bien administré par Ch. Henry; il est inexplicable qu'il n'ait pas eu de succès.

Aucun des journaux similaires ne réussit, d'ailleurs : l'*Étincelle*, la *Journée*, *Mon Journal* (1866-1867), pas plus que la *Liberté*, fondée le 29 février 1848 par Lherminier, et *le Journal*, créé par Alphonse Karr avec la collaboration d'écrivains qui tous devinrent célèbres : MM. Albéric Second, Théophile Gautier, Léon Gozlan, etc., etc.

— On est surpris, en lisant la collection du *journal* d'Alphonse Karr, de la distance qui le sépare des publications actuelles; on y trouve de la vraie littérature et de la vraie politique, sans morgue et sans pédantisme, remplie de verve et de bon sens.

Cette appréciation du *Journal* est de la *Petite Revue* elle s'applique aux journaux de 1865 à 1868.

La presse de province, qui voyait chaque jour baisser son tirage par les énormes quantités de petits journaux que Paris expédiait dans les départements, tirait à boulet rouge sur la presse à un sou. Pour combattre l'invasion elle en faisait un tableau des plus navrants : « La presse à bon marché,

7

disait le *Phare de la Loire*, a besoin de fouetter l'attention de sa clientèle. Les indifférents s'ennuient, ils ont cru échapper au malaise qui les tourmentait en fuyant la politique, pour lire exclusivement les journaux composés de *chroniques* et de *faits-Paris*. Cet aliment ne leur suffit plus. On leur sert tous les détails des crimes qui se présentent, on leur raconte tout ce que disent et font les condamnés à mort. Mais ce n'est pas assez. On ornemente M. Ponson du Terrail afin d'encourager, nous le supposons, le *rocambolisme*.

« Le goût s'affadit ; la France s'ennuie ; M. de Bismarck commençait a être amusant ; il nous promettait de se conduire comme un mandrin à Francfort ; il a eu peur et n'a pas osé continuer en si beau chemin.

« Il faut donc secouer le sel et le poivre sur les joies littéraires de la foule. Il faut ajouter du piment.

« Il y a quelques jours l'*Evénement* publiait le procès des *Chauffeurs ;* aujourd'hui il passe à *Mme Lafarge* et à l'*affaire Marcellange;* les *Nouvelles* publient les *Etrangleurs de l'Inde;* le *Petit Journal* et le *Soleil* publient les *Thugs,* toujours les mêmes étrangleurs. La *Petite Presse* annonce que M. Gustave Aymard va raconter l'histoire des Vaudoux, des récits d'anthropophages, d'étrangleurs, de cannibales, etc., etc.

« Quand un peuple ne s'occupe pas de ses affaires voilà où il en arrive; les mets qu'on lui sert, si relevés qu'ils soient, paraissent fades à son goût émoussé.

« Le dédain des nobles sentiments et des instincts énergiques, qui sont la base de la vie morale de l'homme, amène un résultat que n'ont pas ceux qui le manifestent.

« Ils tiennent l'intelligence si bas, qu'on s'aperçoit un jour que l'on ne peut plus la nourrir. Ce public, dont ils croyaient s'être réservé toute l'attention, leur échappe. Il s'ennuie, et pour le secouer il faut lui raconter le procès des étrangleurs de l'Inde.

« Il fut un temps sous Louis-Philippe où M. Millaud et M. Léo Lespès, qui était *commandeur* alors, s'associèrent pour publier un journal qui s'appelait l'*Audience*, car le *Petit Journal* eût son précurseur. A un moment où la vie publique était plus active, on n'avait pas besoin de ces grossiers stimulants.

« Alors comme aujourd'hui, les réclames bizarres sautaient aux yeux et les histoires les plus féroces remplissaient ce journal qui mourut inaperçu.

« Qui se rappelle *les Yeux verts de la Morgue* et *Entre quatre planches* ? M. Millaud était venu trop tôt et la gloire de Lespès n'était pas prête.

« Ils sont arrivés ces beaux jours et presque passés même ; car le goût en France n'abdique point, non plus que la raison et la conscience. »

Le *Phare de la Loire* avait raison pour le *Petit Journal*, ce comble de l'idiotisme et du dissolvant, moniteur officiel des portières, mais il avait tort pour le *Petit Parisien*, la *Lanterne*, le *Petit National*, la *Petite République Française*, qui obtiennent de jour en jour un succès légitime, succès qu'ils ne demandent pas à une littérature affadissante, ni à une politique de passion.

Plusieurs de ces « petites feuilles » comptent parmi leurs collaborateurs des écrivains célèbres.

Cette utile digression nous a éloigné des *Nouvelles*.

C'était une rédaction peu ordinaire. Le solennel en était banni, et le « sacerdoce » y était considéré comme une blague. On y riait franchement ; les jeunes l'étaient réellement ; chacun s'ent'raidait, discrètement, sans froissement d'amour-propre. Les anciens, comme Dumas et Noriac, donnaient l'exemple. Ils étaient les premiers à épancher leur verve intarissable, non sur les camarades, mais sur les pontifes, car à la rédaction il y en avait un qui « croyait que c'était arrivé ; » il se nommait Muraour. Petit financier, bombardé journaliste de par la volonté du propriétaire marchand de cochons, il prétendait donner des conseils à ceux devant lesquels nous nous inclinions avec respect. Rien n'était plus amusant que de voir le grand Dumas lire sérieusement sa chronique à Muraour et lui dire :

— Cher maître, qu'en pensez-vous ?

Tout en chroniquant aux *Nouvelles*, Glatigny se faisait une réputation d'improvisateur à l'Alcazar. Presque tous les journaux parlaient de lui avec grands éloges.

A Paris, il habitait un petit hôtel borgne de la rue de l'Ecole-de-Médecine, où se logeaient quelques pauvres cabotins de Bobino et de Montparnasse. Un matin, un vieillard décoré vint le prendre au saut du lit ; c'était un des officiers de la princesse Mathilde qui lui apportait une invitation à la soirée de cette dernière. Je vous laisse à penser la stupéfaction de Glatigny.

— Si c'est comme saltimbanque, répondit-il, j'irai.

Ce fut toute une affaire pour Glatigny d'aller à cette soirée, lui, l'insouciant bohème, en habit noir, cravaté de blanc, le claque sous le bras au milieu des Altesses !

Que diraient les camarades du *Café de l'Union* lorsqu'ils apprendraient cela ?

Enfin il prit son courage à deux mains, et un fiacre, et arriva à l'hôtel de la princesse.

Ce soir-là, le salon de la princesse Mathilde était trop petit pour contenir tout ce que Paris comptait d'illustrations, à l'exception, bien entendu, des quelques rares irréconciliables qui commençaient à faire grand bruit. En entrant, Glatigny récita un prologue dont voici les premiers vers :

> De même qu'une grande dame,
> Séduite par l'or des paillons
> Accrochant le soleil en flamme
> A de pittoresques haillons,
>
> Se prend d'amour pour les bohèmes
> Qui s'en vont libres sous les cieux

Racontant leurs charmants poëmes
Dans un calme délicieux,

En ce mêlant à ces doux pîtres
Maîtres de l'univers entier,
Ajoute un chapitre aux chapitres
Du vieux Scarron et de Gautier.

La Muse quelquefois se change
En saltimbanque à falbalas.

. . . .

Glatigny fut applaudi, fêté, choyé, et dut recommencer plusieurs fois ; on ne se lassait pas de l'entendre.

— Qu'as-tu éprouvé ? lui demanda-t-on le lendemain.

— Ça s'est admirablement passé. Pas bégueule Mathilde ! On a tout bêtement pris le thé avec Renan, Gautier, Flaubert. On ne m'a pas traité en cabotin ; c'est sans façon là dedans.

Glatigny est resté plus célèbre comme comédien que comme poète ; sa carrière dramatique est toute une épopée.

Aux Champs-Elysées existaient les Bouffes Parisiens dirigés par Offenbach ; il engagea Glatigny qui joua le passant qui traverse le pont en jetant un sou aux deux aveugles.

Il quitta les Bouffes et alla à Saint-Jean-de-Luz, où il devint amoureux de l'ingénue de la bande. Un soir elle jouait Gabrielle et lui Henri dans la *Chanoinesse* de Scribe. Il y a une scène où Henri, pour

obéir à tante Héloïse, doit embrasser Gabrielle. A
ce moment, Glatigny s'enfuit en s'écriant :

— Non, je l'aime trop. Jamais je n'oserai l'embrasser.

Il est inutile de dire que le directeur l'envoya se
promener.

De Saint-Jean-de-Luz il alla à Boulogne et fut
engagé aussitôt. Il ne put débuter et voici pourquoi :

Il devait débuter un samedi soir. La veille, il flâ-
nait sur la plage ; il rencontra la grande coquette
qui paraissait horriblement souffrir. Glatigny en
voulut connaître la cause. Elle lui montra ses sou-
liers de satin que les galets avaient crevés; ses pieds
étaient ensanglantés. Il retira ses bottes et les lui
offrit. Elle les chaussa sans façon. Le pauvre garçon n'avait pas réfléchi qu'il ne possédait que cette
unique paire de chaussures.

La grande coquette rentra chez elle ; son amant
fut stupéfait en lui voyant aux pieds une magnifique paire de bottes, mais, au lieu de s'en fâcher,
il s'en empara fort tranquillement. Glatigny, nu-
pieds, vint les réclamer. On le mit brutalement à la
porte et peu s'en fallut qu'il ne reçût une volée pour
son audace.

Quelque temps plus tard, il fut souffleur à ce
même théâtre.

Il était dit que le pauvre Glatigny n'aurait que des
malheurs sur la scène. Il était en tournée à Caen ;
on jouait le *Duc Job*. Il avait une table à apporter;

il n'avait pas grand effort de mémoire à faire pour retenir son rôle. Au moment convenu, il entra en scène. Aussitôt les spectateurs éclatèrent de rire. Cette hilarité intempestive avait ceci pour cause : Glatigny était long à n'en plus finir, maigre à rendre des points à Sarah Bernhardt; ses collègues qui étaient en scène étaient au contraire courts et gros, de véritables pots à tabac. Glatigny, auprès d'eux, avait l'air d'un mat de cocagne. La représentation ne put continuer. Le directeur furieux fit appeler Glatigny et lui déclara que, s'il voulait jouer la comédie, il fallait qu'il se fît engraisser!

Il recommença néanmoins ses pérégrinations théâtrales.

Dans une ville de province, il eut un bénéfice. Il n'y avait dans la salle qu'un vieil abonné du théâtre qui, quelque temps qu'il fît, venait dormir dans sa stalle.

— Monsieur, fit Glatigny en riant, qu'est-ce qui vous endort le mieux ?... Est-ce la tragédie, le drame ou la comédie ?

Mais l'abonné ne l'entendait déjà plus. Fidèle à son habitude, il s'était assoupi à peine assis dans son fauteuil.

Pour le réveiller et lui expliquer la situation, Glatigny se mit à crier. Le bonhomme continuait à ronfler. Il se mit à chanter, puis à frapper la grosse caisse à tour de bras. Rien n'y fit.

Alors, désespérant de le tirer de son sommeil avant l'heure à laquelle il s'éveillait, il prit le

parti d'aller s'asseoir à côté de lui. Quelques instants plus tard, il dormait profondément.

Vers onze heures, un pompier faisant une ronde,
les trouva tous les deux, le spectateur et le comédien, ronflant à qui mieux mieux, chacun dans son
fauteuil.

Or, quand il eut ouvert les yeux, sait-on quel
fut le premier mot de l'abonné?

S'adressant à son voisin qu'il ne reconnaissait
pas :

—Charmante, cette représentation!... Il a beaucoup de talent cet acteur !

— Il en a un énorme, fit Glatigny en bâillant.

Quand Glatigny racontait cette anecdote, il la
terminait toujours ainsi: « Le jour où j'ai eu le plus
de succès a été celui de ma représentation à bénéfice.... où je n'ai pas joué. »

Le pauvre Glatigny est mort, comme tant d'autres, après avoir éparpillé plus d'esprit que beaucoup n'en possèdent, qui sont aujourd'hui acadé-
miciens et au faîte des honneurs.

Le Père Dumas, comme nous l'appelions fa-
milièrement, venait très rarement à la rédaction
et c'était grand dommage. Quand il venait, il
oubliait toujours le motif de sa visite, motif qu'on
devine, pour nous raconter des histoires, sans
jamais se lasser. Quoique au déclin de sa vie,
quelle puissance, quel regard bienveillant, quel
bon et large sourire. Il bavardait des heures en-
tières, puis, revenant tout à coup à la réalité :

7.

— Le caissier est-il encore là ? disait-il d'un air inquiet.

Il y était toujours pour Alexandre Dumas.

J'allais oublier Ernest d'Hervilly et Denizet ; d'Hervilly cherchait la voie qui le conduirait au succès, il a trouvé ; Denizet cherchait le pain quotidien, il a trouvé la misère. Certes, les gens qui le rencontraient, toujours en habit noir, ne se seraient jamais douté ce que le pauvre garçon souffrait.

— Comprends-tu, me disait-il, comme le monde est bête, on vous offre un bock ou l'absinthe, mais jamais un bifteck.

Presque tous les rédacteurs des *Nouvelles* sont morts : Alexandre Dumas père, Jules Noriac, Ch. Bataille, Ch. Coligny, J. Denizet et Albert Glatigny.

Après des sacrifices considérables, les *Nouvelles* durent cesser de paraître.

Le 25 septembre 1870, un journaliste qui avait occupé un rang élevé au journal *la Presse*, M. de la Ponterie essaya de ressusciter les *Nouvelles*, mais sous une autre forme.

Il avait rêvé d'en publier quatre éditions qui se seraient appelées successivement *Nouvelles du Matin*, de *Midi*, du *Jour* et du *Soir*.

C'était une grosse entreprise qui demandait, pour réussir, d'énormes dépenses et une grande persévérance, mais sans l'argent il n'y avait rien à faire.

D'ailleurs, cette combinaison ne fut pas goûtée par le public.

Le 11 février 1871, après une lutte de cinq mois contre l'indifférence générale, *Les Nouvelles* allèrent rejoindre leurs aînées dans la fosse commune où gisent tant de journaux.

Il existe aujourd'hui une petite feuille qui porte le titre : *Nouvelles de Paris;* c'est une feuille exclusivement financière.

VIII

La *Lune.* — Lamartine, présent de Dieu. — Louis
Veuillot. — André Gill, — En place; un vis-à-vis. —
Pilotell et Raoul Rigault. — A la Chambre. — Evasion
d'un traversin. — Le noyé de la Morgue. — Citoyen, à
vous l'honneur. — Jules Vallès et André Gill. — La
sardine gigantesque. — La *foule* et la fortune à tous. —
Fin d'un faiseur. — *Paris-Caprice.* — Le suicide. de
Détouche. — Homme de lettres et blanchisseuse. — Un
journaliste fumiste. — Lafosse. — Un coup de revol-
ver. — Un chapeau légendaire. — L'*Électeur libre.* —
Ernest Picard et Veron. — Les chercheurs de truffes.
Voulez-vous la lune? — La cage aux poules. — Arthur
Picard et Lapalisse.

La *Lune* fut fondée en 1866 par Auguste Polo,
précédemment chroniqueur au *Nain Jaune.*

Tout n'était pas rose pour le directeur de ce
journal. Le très grand succès qu'il obtint, dès son
apparition, grâce aux caricatures d'André Gill,
lui valut toutes les tracasseries possibles de la part
de l'administration, qui, dans les dessins les plus

anodins, voyait des attaques contre le gouvernement Impérial.

Le décret du 17 février 1852, article 22, voulait
qu'aucun portrait charge ne fût publié sans l'autorisation du *caricaturé*.

Polo avait demandé l'autorisation à Lamartine ;
avril 1867 ; voici ce que le grand poète lui répondit :

Monsieur,

Quelle que soit ma reconnaissance pour l'article bio-
graphique dont vous parlez, je ne puis pas autoriser sur
ma *personne une dérision de la figure humaine* qui, si
elle n'offense pas l'homme, offense la nature et prend
l'humanité en moquerie. Je vous dis et je vous le répète,
cette fausse magnanimité de ma part, autoriserait, contre
d'autres, la même offense à la *dignité de créature de Dieu*.
Je ne veux pas m'en rendre complice.

Je vous l'ai dit, quand vous m'avez fait l'honneur de
venir chez moi à ce sujet, ma figure appartient à tout le
monde, au soleil comme au ruisseau, mais telle qu'elle
est. Je ne veux pas la profaner volontairement, car elle
représente un *homme* et est un *présent de Dieu*.

LAMARTINE.

P.-S. — Je vous autorise parfaitement à imprimer cette
lettre.

Elle fut en effet imprimée, et fit rire Paris pendant plusieurs jours. Le *Tintamarre* s'en donna à
cœur joie. M. de Lamartine dut amèrement regret-
ter sa lettre, car s'il n'eut pas le déplaisir de voir
profaner, sa figure *présent de Dieu*, il eut le

désagrément de se voir cribler d'épigrammes par
tous les petits journaux qui rivalisèrent avec le
joyeux Commerson.

Louis Veuillot ne refusa pas l'autorisation que
lui demandait Polo, mais il ne répondit pas à la
lettre qu'il lui écrivit. Polo, ayant malgré cela publié la charge de Louis Veuillot, celui-ci l'assigna
devant la 6ᵐᵉ chambre correctionnelle, le 10 mai
1867 et fit condamner le gérant Lévy a un mois de
prison et 100 francs d'amende.

Cette condamnation valut au célèbre polémiste
la reproduction des vers suivants :

> Il insulte l'esprit, l'écrivain dans ses veilles
> Et le penseur rêvant sur les libres sommets,
> Et, lorsqu'on va chez lui pour chercher ses oreilles,
> Ses oreilles n'y sont jamais.

Si Polo avait des difficultés avec ceux qu'il voulait *caricaturer*, il en avait de plus grandes encore avec ses dessinateurs. André Gll ne pouvait
parvenir à lui livrer ses dessins assez à temps pour
le clichage. Alors c'étaient des allées et venues con-
tinuelles. Polo dépêchait Picard qui se mettait en
quête de Gll, il le trouvait en train de *faire des
poids* chez Théodore, mais pas de dessin ! Il revenait raconter au malheureux Polo qu'il n'avait rien
pu obtenir. Polo s'arrachait les cheveux de désespoir, et, finalement, prenait une voiture et courait chez Théodore. Gll venait de partir; il était
allé chez Constans avec Vallès ou Glatigny. Polo

sarrivait chez Constans, tremblant de colère. Gill
bétait en manches de chemise, retroussé jusqu'aux
ocoudes, essayant de soulever à bras tendu une douzaine de chaises, et toujours pas de dessin !

— Mais gredin, grommelait le propriétaire de la
Lune, tu veux donc me ruiner ?

— Allons, ne te fâches pas, répondait Gill avec
un bon et large sourire, je me fais les biceps. Tu
verras tout à l'heure comme ton dessin aura du
nerf.

— Viens, disait Polo, j'ai une voiture ; je vais te
faire conduire chez toi.

— Chez moi ? par un temps de mai pareil, j'y
suis assez pour dormir ! Regarde donc les arbres
dont les bourgeons crèvent de joie de voir la lumière. Sens donc les effluves des lilas qui vous font
battre les tempes. Écoute donc les moineaux qui
font leurs nids et s'accouplent. On est trop bien ici.

Polo, à qui cette aventure arrivait souvent, avait
toujours la précaution, lorsqu'il partait à la recherche de Gill de se munir de tous les objets nécessaires pour confectionner un dessin sur *place*.

— Tu ne veux pas t'en aller ?

— Je te dis que non !

— Eh bien ! tu vas travailler là.

Aussitôt Polo sortait tout son attirail, et Gill se
mettait à dessiner, mais tout à coup on entendait la
ritournelle de l'orchestre et le cri bien connu : Messieurs les danseurs, en place, un vis-à-vis ! Alors
Gill posait son crayon sur la table et courait invi-

ter une jolie fille qui ne se faisait pas prier. Il n'y avait pas de bégueules chez Constant.

Le quadrille terminé, Gill reprenait son crayon et deux heures plus tard, Polo remontait en fiacre, se sauvant comme un voleur.

Parfois Polo enfermait Gill dans sa chambre et le retenait prisonnier jusqu'à ce qu'il ait son dessin.

Quand ce moyen ne réussissait pas, que Gill s'évadait, Polo lui disait à la première rencontre :

— Eh bien! ne te gênes pas. J'ai un autre dessinateur en vue.

Pilotell cherchait tous les moyens imaginables pour entrer à la *Lune*. Il tenait absolument à y faire son trou, il assiégeait littéralement Polo. Dans les escaliers, chez le coiffeur, au café, au restaurant, il rencontrait la longue personne de Pilotell. Alors Polo, de même que les mères menacent leurs enfants indociles d'appeler Croquemitaine, il disait à Gill :

— Je vais prendre Pilotell!

La menace produisait son effet, mais Pilotell était furieux de remplir le rôle de pis-aller. Il en garda une violente rancune contre Polo, quoique ce dernier lui publiât quelques dessins qu'il payait très généreusement, ce qui n'était pas son habitude, car Polo n'attachait pas ses chiens avec des saucisses.

Pilloteil, sous la Commune, devint l'exécuteur des hautes et basses œuvres de Raoul Rigault. Il s'en

donna à cœur joie ; ce fut lui qui présida aux per-
quisitions qui eurent lieu chez le malheureux Chaudey, et qui, suivant ce que raconte sa veuve, emporta une montre qu'il trouva sur le bureau du
journaliste, comme pièce à conviction.

Pilotell, tout-puissant, ne pouvait manquer de
faire payer à Polo les bontés qu'il avait eues pour
lui. Sous un prétexte quelconque, il arrêta le directeur de la *Lune*, mais cette arrestation fit tant de
tapage que Raoul Rigault dut le faire mettre en
liberté. Ce ne fut pas la faute à Pilotell si Polo ne
fut pas fusillé comme Chaudey. Pilotell avait la
rancune tenace ; il voulait faire fusiller Le Guillois.
Voici à quelle occasion :

— M. le comte des Courtis de Groye était l'associé de Le Guillois pour la publication du journal :
La Punaise dans le beurre. Pilotell avait connu
M. des Courtis à Poitiers ; il l'avait fait venir à Paris
et l'avait logé à l'*Hôtel-de-l'École* en face la mère
Moreaux. Aux yeux du maître de l'hôtel, il le fit
passer pour son oncle, et comme il logeait dans le
même hôtel, il se faisait payer ses dépenses. Un
jour... il emprunta un pantalon tout neuf à M. des
Courtis. Celui-ci furieux se mit à sa recherche. En
route il rencontra Le Guillois, ils allèrent droit au
Café de Suède. Pilotell se prélassait à la terrasse.
Aussitôt qu'il aperçut ces messieurs, il détala au
plus vite, mais Le Guillois le ratrappa au coin de
la rue Drouot. On le conduisit chez le commissaire
de police du Faubourg Montmartre ; il ne put pas

nier... l'emprunt, il avait le pantalon sur lui.

— Tu vas me le rendre, lui dit des Courtis, il ne te sera rien fait.

— Mais je ne puis pas m'en aller tout nu, répondit piteusement Pilotell.

— Ça m'est égal, je veux mon pantalon.

— Eh! bien, dit le commissaire qui riait à se tordre, envoyez-lui chercher une cotte de toile.

Un agent alla en acheter une dans un magasin de nouveautés. Pilotell rendit le pantalon et revêtit la cotte. Hélas! elle ne lui allait qu'au genou. Il dut traverser tout Paris dans cet équipage, coiffé d'un chapeau haut de forme, escorté de cinquante gamins qui criaient : A la chienlie!

A la suite des arrestations de Chaudey et de Polo, Pilotell fut surnommé : *Pill-Hôtel.*

La seule excuse de *Pill-Hôtel,* était que jadis il avait été fou à Poitiers, où il avait été envoyé. Sa folie consistait à croire et à dire qu'il n'avait plus de tête, ce que sembleraient confirmer les deux anecdotes suivantes :

Vers la fin de 1865, Pilotell fut condamné à la prison pour délit de presse. On l'incarcéra à Sainte-Pélagie.

Une nuit, on entendit un coup de feu, qui, en un clin d'œil mit les surveillants sur pied. Toute la prison fut sans dessus dessous. C'était Pilotell qui, ne pouvant dormir, s'était imaginé de déchirer ses draps de lit et d'en faire une corde au bout de laquelle il avait attaché son traversin. La sentinelle qui ne pouvait pas, à cause de l'obscurité, distinguer la nature du corps qui pendait par la fenêtre avait cru à une évasion et avait tiré sur le traversin.

Il reçut une réprimande sévère de la part du directeur. Il promit d'être sage à l'avenir. Voici comment il tint parole :

Le fenêtres du directeur donnaient sur la cour où se promenaient les condamnés politiques. Au milieu de cette cour il y avait une fontaine. Le lendemain de la scène du traversin, Pilotell descendit de sa cellule complètement nu et s'étendit sous la fontaine. Tous les détenus firent cercle autour de lui.

— Je joue le noyé de la Morgue, disait-il.

La femme du directeur, de sa fenêtre, voyant ce peu ragoûtant spectacle, jeta des hauts cris, les gardiens accoururent et Pilotell dut remonter dans sa cellule un peu moins majestueusement qu'il n'en était descendu.

Deux jours plus tard, il était transféré à Mazas.

La *Lune* avait pour collaborateur MM. Paul Mahalin sous le pseudonyme d'Emile Blondet, et F. Savard.

André Gill mourut fou, à Charenton, le 1er mai 1885. Sa folie avait pour origine une affaire de panorama ébauchée avec des financiers véreux dont Lepelletier était le chef.

Lepelletier lui avait fait faire les maquettes d'un panorama fantaisiste contenant toutes les célébrités contemporaines. Le plan de la société était fait. Du coup, Gill, le bohème par excellence, devenait millionnaire !

Lepelletier abandonna l'entreprise, oubliant de restituer les panneaux à Gill qu'il entretenait dans l'illusion que l'affaire se réaliserait un jour où l'autre.

Cette affaire de panorama était devenue l'idée fixe du pauvre artiste et c'est elle qui jeta la nuit sur son cerveau.

Le 3 mai 1885, Gill fut enterré au cimetière de Saint-Mandé. Ce fut le député Clovis Hugues qui prononça son oraison funèbre. Il revendiqua le malheureux artiste pour le parti communard; il fit son apothéose comme homme politique.

André Gill un homme politique ! ! Il est vrai que, sous la Commune, il fut administrateur délégué au musée du Luxembourg, et qu'un jour, en mai 1871, passant rue de Rennes, près d'une barricade où étaient braquées plusieurs pièces d'artillerie, un artilleur qui le reconnut s'approcha de lui et l'invita à tirer le premier coup de canon.

— A vous l'honneur, citoyen Gill ! lui dit le fédéré.

Gill s'approcha de la pièce, il la pointa sur... le cadran de la gare Montparnasse, le cadran fut brisé d'un seul coup.

Ce fut son seul exploit sous la Commune.

Jules Vallès, qui fut longtemps l'ami intime de Gill et qui le connaissait, écrivait ceci à son sujet le 31 octobre 1881.

. . . .

La misère même, la plate et vile misère, ne salit pas l'imagination des convaincus. La fierté sauve la douleur. Ils ne sont pas plus honteux de ronger des croûtes de pain et de traîner des bottes éculées que le bataillon de la Moselle ne l'était d'avoir des baudriers en ficelle et de marcher à la victoire en sabots.

— Tandis que Gill, que préoccupaient surtout la fortune et la gloire, rougit quand l'une s'amoindrit, et quand l'autre disparut eut honte et se cacha. Il n'eut pas une idée maîtresse pour lui soutenir les reins, comme la corde tendue sur le dos des lutteurs.

Pauvre Gill, s'il avait pu entendre M. Clovis Hugues, avec sa faconde méridionale, le revendiquer comme un des soldats de la Commune, comme un sectaire du drapeau rouge, ce qu'il aurait ri ! Lui, le bohème par excellence, ne songea jamais qu'à être couronné de roses, par les plus jolies femmes de Paris. La Commune il l'avait en horreur, et méprisait profondément tous ceux qui de près ou de loin y avaient touché. Non content de faire de Gill un homme politique, M. Clovis Hugues, au point de vue artistique, le compara aux plus grands peintres.

— Qu'aurait-il dit, fit Boisglavy, si nous enterrions Raphaël ?

Il oubliait que M. Clovis Hugues est du pays où les sardines sont si gigantesques qu'une seule peut boucher l'entrée du port !

M. Clovis Hugues voulut-il se venger de Gill,

qui disait à Alphonse Millaud lorsque le député des
Bouches-du-Rhône débuta à Paris :

— J'aime Clovis Hugues pour trois raisons. Il
est *chevelu* comme Clodion, il s'appelle *Clovis*
et *Hugues* ; deux noms de roi, et il est grêlé comme
Veuillot !

La Lune disparut en 1867 et fut remplacée par
l'*Éclipse*.

En septembre 1869, la quatrième page des
journaux était remplie par une annonce abraca-
dabrante, qui offrait aux porteurs de titres des divi-
dendes fantastiques. Les murs de Paris étaient
tapissés d'affiches flamboyantes qui promettaient
la fortune à tous, il suffisait de s'adresser rue
Turbigo, n° XX, à la *Banque générale des va-
leurs mobilières*.

Cette réclame formidable était l'œuvre d'un
nommé André Delprat qui, en 1867, fonda la
Foule. A l'aide de ce journal, il soutira de l'argent
à quelques niais, qui, lorsqu'ils s'aperçurent qu'ils
avaient été dupés, le dénoncèrent et le firent condamner pour escroqueries et abus de confiance, à
trois ans de prison.

Il fut enfermé dans la maison centrale de Melun
et sa peine fut commuée en deux années.

Au sortir de prison, il toucha une *masse* de
50 francs, juste de quoi donner un denier à Dieu
au concierge. Il loua un splendide appartement rue
Turbigo. Grâce à ses réclames, en peu de temps,

il eut un équipage, maison de campagne et maison de ville, des domestiques galonnés et des maîtresses de la plus haute marque.

Il donnait des dîners Sardanapalesques auxquels assistaient des députés, des grands seigneurs et certains hauts personnages qui le recevaient à leur table sur un pied d'égalité.

On le prit tellement au sérieux qu'il fut chargé par une compagnie de chemin de fer de l'émission de ses obligations.

Au moment où il allait lancer cette importante affaire, la police, qui avait l'œil sur lui, fit une descente dans les bureaux de la rue Turbigo, mais averti à temps par un de ses complices haut placé, il prit la fuite et se sauva à Bruxelles avec une valise pleine de billets de banque.

Il voulut tenter à Bruxelles ce qui lui avait si bien réussi à Paris, mais la justice belge, mise au courant par la police française, ne lui laissa pas le temps de faire de nouvelles dupes.

Arrêté en juin 1871, il fut condamné par la cour d'assises du Brabant à dix années de réclusion.

Il subissait sa peine à la prison de Vilvorde, lorsque dans les premiers jours de juillet 1871 il tenta de s'évader ; la sentinelle de faction lui envoya une balle qui le tua net.

Delprat était un étrange personnage, très connu comme boulevardier, habitué des premières et du café de Suède ; il avait le génie des affaires.

Son journal, la *Foule*, était rédigé avec une habi-

leté consommée. Celui-là, au moins, n'avait pas la
prétention de réformer la société; le journalisme
était pour lui un moyen, un levier.

Paris-Caprice parut vers la fin de novembre 1867. M. Eugène Schnerb en était le rédacteur en chef; les collaborateurs : Blanc-Bleu-Rouge
Baron de Clairfay; duc Job, Baron Riquiqui, le
Cousin Jacques (Ernest d'Hervilly), Fervacques
(Alphonse Duchemin), Ghist (Detouche), et le vicomte Oscar de Poli; les dessinateurs: MM. Grévin,
Lafosse et Régamey; ce journal fut supprimé le
27 août 1870, quelques jours avant l'investisse-
ment de Paris.

Lafosse et Detouche se suicidèrent dans des
circonstances particulièrement dramatiques.

Georges Detouches avait la monomanie du suicide. Il tenta plusieurs fois de se tuer. Une première
fois, il était, un soir, tranquillement attablé avec
Onfroy à la brasserie Fontaine. Vers onze heures
il sortit, tête nue, sans dire un mot. Onfroy qui
s'impatientait, sortit à son tour et se mit à sa recherche. Il le trouva, rue Pigalle, couché dans le
ruisseau, ayant passé sa tête dans la bouche de
l'égout, et faisant des efforts prodigieux pour y faire
passer son corps. Aidé de quelques passants, on
parvint à retirer Detouche de sa dangereuse situation. Une seconde fois, Detouche descendait de la
place Pigalle, sur l'omnibus. Dans la rue des Mar-
tyrs, à cause de la pente rapide, la voiture avançait

à fond de train. Tout à coup, Detouche détacha la chaîne de sa montre de son gilet, et donna les deux objets à son voisin d'impériale. Celui-ci la prit machinalement. Aussitôt Detouche se précipita du haut de l'omnibus et tomba lourdement sur le trottoir. Tout le monde le croyait tué : on le ramassa ; il n'avait aucun mal. Conduit chez le commissaire de police, il jura de ne plus recommencer.

Detouche avait beaucoup souffert moralement parce qu'il se croyait incompris, quoiqu'il eût été accueilli avec une faveur marquée par quelques grands journaux, notamment par le *Figaro*.

Un soir à la *Boule Noire,* bal public du boulevard Rochechouart, qui n'est pas précisément fréquenté par la fleur des pois du boulevard des Italiens, il lia connaissance avec une blanchisseuse qui, chaque soir de bal, captivait la galerie par un audacieux cavalier seul. Il en devint amoureux fou ; elle n'était pas cruelle. Le soir même, il était son amant. Bref, il se maria avec elle. Son ménage fut bientôt un enfer ; elle avait conservé son ancien amant qui régnait en maître à la maison. Un soir, quand il rentra, il trouva la maison vide. Elle avait déménagé. Il la chercha, la pleura, car il l'aimait sincèrement. Tout en poursuivant ses recherches, il fit la rencontre d'une fille nommée Louise, la plus admirable créature qui se puisse voir ; elle le consola rapidement. Malheureusement Louise avait une telle quantité d'amants que pour Detouche, la vie était un supplice. Elles les recevait chez

8

elle, à sa table, et quand le pauvre garçon qui,
seul payait pour tout ce monde, essayait une révolte, elle le frappait et le jetait sur le palier, tandis qu'elle continuait à ripailler ; il couchait sur le
paillasson, trouvant encore du bonheur à être près
d'elle. Detouche recevait de sa famille une somme
mensuelle de quatre cents francs, mais cette somme
était insuffisante pour les besoins insatiables de
Louise. Elle le forçait à aller chaque soir tenir les
livres chez un fumiste de la rue du Vertbois.
Abreuvé, honteux du rôle qu'il jouait, il résolut
d'en finir cette fois pour tout de bon. Vers la fin
du mois d'août 1868, Louise le quitta. Alors se
sentant abandonné, désespérément seul, il s'en
alla dans la banlieue du côté de Bicêtre.

Voici comment l'*Illustration* du 9 septembre
1868 raconte la mort de Detouche.

. . . .

Il cherchait pour s'y jeter un de ces puits pro-
fonds des carrières. A l'horizon se découpait,
comme une araignée immense, une de ces roues
qui servent à monter et à descendre les pierres.

Detouche y alla tout droit. Il se penchait sur le
bord lorsque quelqu'un lui dit :

— Tiens ! vous avez donc la même pensée que
moi, compagnon ?

C'était un errant aussi, un pauvre diable, affamé et sordide qui, assis près du gouffre laissait
pendre ses jambes dans le vide.

— Vous voulez vous tuer ?

— Oui, dit Detouche.

— Moi aussi, dit l'autre ; mais on s'y décide avec bien de la peine, je suis là depuis une heure à hésiter...

A son tour Detouche s'assit. Ces deux jeunes gens qui ne se connaissaient point, se regardaient l'un l'autre avec curiosité.

— Vous avez donc bien souffert ? dit le littéra·teur.

— Oui, de l'estomac.

— Moi, du cœur.

— C'est plus grave.

Et ils ne se précipitaient pas.

Au bout d'un moment l'inconnu se leva.

— Ma foi ! dit-il, ce ne sera pas pour aujourd'hui.

Et il salua Detouche qui regardait maintenant le trou noir et béant.

L'inconnu s'éloigna. A peine avait-il fait quelques pas qu'il entendit un cri. C'était le journaliste qui décidément s'était laissé tomber.

Mais le malheureux Detouche n'était pas mort.

Il s'était brisé, broyé les membres, en tombant dans ce puits sans eau, il gisait au fond, les jambes en bouillie ! L'autre accourt, aperçoit vaguement le misérable ensanglanté, appelle du secours, des aides. Des carriers viennent. On tend une sorte de panier au blessé, mais le panier accroche en passant une pierre mal scellée de la muraille du puits ; la pierre se détache, et le pauvre diable, couché là, au fond, voyait, — double supplice — tomber cette pierre qui descendait sur son front pour l'écraser.

Le moribond fit un mouvement, la pierre tomba à quelques lignes de sa joue.

C'est dans cet état effrayant que Georges Detouche fut transporté à l'hôpital.

Detouche vécut encore sept à huit jours et ne mourut qu'après avoir enduré d'atroces souffrances. Son dernier cri fut : Louise !

Louise vit encore, à Montmartre, vieillie, avachie, horrible et malgré cette décrépitude, teinte en blond.

Lafossé était un dessinateur de grand talent. De *Paris-Caprice*, il passa au *Journal amusant* et en dernier lieu au *Triboulet*. Atteint d'une maladie de poitrine vers le commencement de 1880, il était condamné. Le jour que son médecin avait fixé pour sa mort, la sentant venir, il se leva vers sept heures du matin, fit sa toilette comme s'il allait rendre une visite, s'assit sur son canapé et se tua roide d'un coup de revolver.

M. Schnerb, l'ancien rédacteur — en — chef de *Paris-Caprice*, pourrait, s'il en avait le talent, écrire un joli traité sur l'art de parvenir en prenant pour point de départ un *chapeau*.

Chacun se singularise comme il peut ; les uns sont arrivés par le chapeau mou ; d'autres par le chapeau correct ; lui M. Schnerb est arrivé par le chapeau monumental. Il s'était tenu ce langage :

«Je n'ai pas assez de talent pour percer, j'ai bien la souplesse mais cela ne me fera pas remarquer. Alors, à l'instar de M. Floquet, je vais me faire confectionner un chapeau énorme, avec des ailes si larges que, forcément, quand je passerai sur les boulevards, on se demandera : «qui est donc ce monsieur? » Mon joueur de flûte répondra en paraissant étonné de la question :

— Mais c'est M. Schnerb, un journaliste de grand avenir. C'est étonnant que vous ne le connaissiez pas. »

Cela lui a réussi : son chapeau est devenu légendaire, lui aussi, dans la Gironde.

M. Schnerb était criblé d'épigrammes, cela l'ennuyait, mais on parlait de lui. A ce propos, je trouve ceci dans la *Punaise dans le beurre* (1868):

« Schnerb rencontra un jour Couturier, l'auteur du *Comte d'Essex*.

— Qu'arrive-t-il, lui demanda Schnerb, quand on a fait le *comte d'Essex* ?

Couturier, le regarda, ahuri.

Schnerb se mit à rire et ajouta :

— Quand on a fait le *compte des sexes* on en trouve toujours trois : les hommes, les femmes et les Auvergnats !

M. Schnerb est commandeur de la Légion d'honneur et dans les honneurs jusqu'au cou.

Décidément le chapeau mène à tout.

L'Électeur libre fut fondé en 1869, par Ernest

8.

Picard, le frère d'Arthur. Cette feuille prétentieuse n'était destinée qu'à faire l'apologie du célèbre irréconciliable.

Ernest Picard était un de ces hommes bien doués, nés sous une heureuse étoile, auxquels tout réussit, sans efforts, parce qu'ils sont servis, en même temps que par un imperturbable égoïsme et par une admirable satisfaction d'eux-mêmes, par un merveilleux instinct naturel.

Les gens de ce caractère ne connaissent pas d'obstacles parce qu'ils n'en ont jamais rencontré.

Ils ne sont pas méchants d'ailleurs, et sont incapables de vous faire aucun mal, à moins que vous ne vous mettiez en travers de leur route, mais encore, en ce cas, ils vous dévorent avec tant de bonhomie que vous n'avez pas le cœur de leur en vouloir, et eux, de leur côté, ne vous en gardent aucune rancune.

Avec sa grosse face réjouie, épicurienne, et sa bedaine majestueuse, Ernest Picard était un des derniers types du bourgeois de Paris, sans idées, sans savoir, sans aucun fonds sérieux, mais par contre vaniteux, présomptueux, suffisant, tout gonflé de son importance, d'ailleurs bon vivant et facile à vivre.

Quoiqu'il n'ait pas inventé la pâte Régnault, qu'il n'ait pas été directeur de l'Opéra et qu'il n'y ait pas de comparaison à établir entre le *Constitutionnel* et l'*Electeur libre*, Ernest Picard pouvait être comparé en tous points au docteur Véron. C'étaient deux esprits de la même race et de la même famille. Au moral comme au physique leur graisse les portait et les protégeait; jamais ils n'auraient pu se noyer, parce qu'ils auraient surnagé naturellement.

Il ne faut pas trop médire de semblables natures, car si elles aiment les truffes elles savent aussi les trouver, ce qui est une qualité inappréciable dans une société démocratique.

Le député Ernest Picard devint ministre, hélas ! Ce ne fut pas un père pour ses amis, car malgré toutes les sollicitations dont il fut accablé il n'en plaça aucun.

— Je les connais, disait-il en souriant.

Il ne fermait pas la porte de son cabinet, elle était ouverte à tout venant. Que de quémandeurs il vit passer ! Il avait un mot aimable pour chacun ; il encourageait les gens à revenir le voir ; on lui eût demandé la lune qu'il n'aurait pas sourcillé.

— Vous voudriez la lune ? aurait-il répondu. J'en prends bonne note et j'en causerai avec mon sous-secrétaire d'Etat.

Si par hasard ce dernier était entré en ce moment, Ernest Picard lui aurait présenté le solliciteur en lui disant tranquillement :

— Monsieur, me demande la lune. Je lui ai répondu que nous en causerions.

M. Calmon, qui était son sous-secrétaire d'Etat alors, était un type tout particulier. Son binocle ne

le quittait jamais ; sans lui, Calmon n'aurait plus
été Calmon. Il comprenait Ernest Picard sans
même qu'il lui expliquât rien. Aussitôt il aurait
regardé le solliciteur.

— Ah! monsieur demande la lune, lui aurait-il
dit, nous verrons cela avec monsieur le Ministre.
Il n'est peut-être pas impossible que nous puis-
sions en disposer en faveur de monsieur.

Le solliciteur s'en allait ravi. Dame! songez donc,
des gens aussi gracieux!

Il attendait et ne voyait rien venir. Nouvelle
visite, nouvelle promesse. Bref, lassé, ennuyé
d'attendre, il envoyait Ernest Picard et Calmon au
diable.

C'était un ennemi de plus.

Il en comptait pourtant assez parmi ses collégues
qui ne lui pardonnaient pas d'avoir appelé le corps
législatif : *la cage aux poules!*

Son frère, M. Arthur Picard, qui signait autrefois
de *Lambessis* ou d'*Ambessis* avant d'être républicain, avait été en 1859 sous-préfet de Blaye et de
Forcalquier. C'est lui qui fut, dans cette dernière
ville, chargé de l'exécution des mesures de rigueur
prises contre les insurgés de Manosque. De Forcalquier il passa à La Palisse et sollicita de l'Empereur
une sous-préfecture de première classe. Au lieu de
lui donner de l'avancement, il fut remercié.

M. Arthur Picard n'a pas mauvais cœur, car,
avant de quitter son poste, il écrivit la lettre suivante :

La Palisse, 27 septembre 1858.

Monsieur le Maire,

Par décret de l'Empereur je suis remplacé à la Palisse.

Je ne veux pas partir sans vous faire mes adieux et sansvous exprimer mes regrets sincères de vous quitter.

Continuez à aimer l'Empereur comme moi et à le servir avec dévouement. Tel est mon dernier vœu.

Agréez, Monsieur, etc.

PICARD.

M. A. Picard est aujourd'hui député républicain!

L'*Electeur libre* disparut après la guerre, sans bruit. En le publiant, ces messieurs n'avaient pas perdu leur temps.

IX

L'*Avenir National* — M. Etienne Arago — La baignoire
de M. Haussmann — Trois galons pour un bain — Le
maire de Paris et Grille d'Egout — Mahias pour extrait
— M. Thiers est trop petit — La *Patrie en danger.* —
Une partie d'échecs — La veillée des armes — Un
propriétaire difficile — La grande citoyenne et la
Révolution sociale — Le préfet de police, apologiste de
Blanqui — *la Gaule libre* — Georges Berry journaliste.

L'*Avenir National* fut créé le 10 janvier 1865
et mourut le 26 octobre 1873.

La révolution du 4 septembre fut une mère pour
la rédaction de cette feuille.

M. Etienne Arago fut maire de Paris.

M. Henri Brisson, secrétaire du gouvernement,
plus tard président de la Chambre, des députés et
président du conseil des Ministres.

M. Alain Targé, préfet du Maine-et-Loire,
ministre des Finances et ministre de l'Intérieur.

Mahias, un comble, remplaça M. Blanche comme secrétaire général du préfet de la Seine.

Je suis, je crois, dispensé de dire que cette feuille était républicaine.

Quand M. Etienne Arago alla prendre possession de l'Hôtel de Ville, il commença par visiter les appartements qui lui étaient réservés, précédé par un laquais en grande tenue qui lui indiquait la destination de chaque pièce.

Arrivés tous deux devant la salle de bains, le laquais ouvrit la porte; ô stupeur! un grand gaillard se prélassait dans la baignoire de l'ex-préfet. Sa figure exprimait un bien-être inouï. Il lisait fort tranquillement l'*Avenir National* et ne détourna même pas la tête à l'approche des visiteurs.

M. Etienne Arago s'avança.

— Vous savez que je suis maire de Paris, dit-il au baigneur.

— Qu'est-ce que ça me fait, lui répondit-il.

— Comment! qu'est ce que cela vous fait? Mais de quel droit êtes-vous ici?

— Et vous? ajouta l'homme.

— Moi! j'ai été acclamé par le peuple. C'est de par sa volonté que je suis ici?

— Moi aussi. J'ai demandé une place à Ernest Picard. Il m'a répondu : « Allez vous baigner! » J'ai obéi.

— Qui êtes-vous?

— Je suis ouvrier feuillagiste, j'ai aidé à faire

la révolution en écrivant dans de petits journaux, et je ne m'en irai pas d'ici sans être casé.

— Allez vous-en; On s'occupera de vous.

— Jamais de la vie, je la connais, vous me diriez ensuite de repasser.

Puis, tranquillement, le baigneur, s'adressant à M. Arago, ajouta :

— Vous permettez que je réchauffe mon bain. Je commence à avoir froid.

Ce disant, il ouvrit le robinet d'eau chaude et se replongea voluptueusement dans la baignoire municipale.

Arago, impatienté, lui dit cette fois d'un ton bref :

. — Enfin quelle place voulez-vous ?

— Je veux être capitaine.

— Bien, habillez-vous. Je vais vous signer votre commission.

Voilà comment M. Lucien Rabuel débuta dans les honneurs.

Quelques temps plus tard, il était nommé sous-préfet de Mostaganem.

La baignoire de M. Haussmann lui avait porté bonheur, et quand il raconta, entre amis, cette aventure, il ne put s'empêcher de la terminer en disant : « C'était je premier bain que je prenais de ma vie. »

M. Etienne Arago était un joyeux compère, il avait toujours manifesté des préférences pour la carrière diplomatique, il se croyait appelé un jour à jouer un rôle dans les relations internationales et s'y était préparé de longue main par des études approfondies, souvent sur les lieux mêmes. Il avait un faible pour l'Italie.

Exilé volontaire ou involontaire après le 2 Décembre, d'homme aimable qu'il était, il réussit à se caser dans les rangs des hommes dangereux.

Notre ministre plénipotentiaire eut ordre de le faire *filer*... Des émissaires habiles furent mis aux trousses de M. Arago ; le jour et la nuit, ils enregistraient scrupuleusement le nombre de glaces qu'il consommait au café ou ailleurs.

On apprit par les agents que notre exilé menait une existence des plus athéniennes, se rasait deux fois par jour, et qu'il recevait des conspirateurs, qui, tous, finissaient par lui emprunter une pièce de quarante sous pour confectionner des bombes afin de tuer l'Empereur.

Un soir, il fut invité à un bal de bienfaisance, terrain neutre, où réfugiés et ambassadeurs se coudoyaient. Toute l'aristocratie de Turin se pressait dans les salons et naturellement notre ministre s'y trouvait.

La soirée fut très brillante, mais il y eut, ce soir-là, un coin des salons où la gaîté fut poussée au delà du folichon. On était alors en Piémont dans toute la nouveauté de la danse illustrée par la fameuse *Finette* ; et M. Etienne Arago en donnait un exemple mouvementé à faire pâlir de jalousie la célèbre Grille d'Egout.

9

Huit jours après, notre ministre en riait encore.

— Depuis que je lui ai vu faire le grand écart et danser le pas du *chameau turbulent*, je ne l'ai plus fait surveiller, disait le ministre.

Dans toutes les familles, il y a comme cela des enfants terribles et je ne sais si c'est sérieusement que le grand François disait :

— Je donnerais bien Jacques pour être débarrassé d'Etienne.

Heureusement que pendant qu'il gouvernait Paris, la parole était au canon et non à l'orchestre d'Arban !

J. Mahias que le Tout-Paris journaliste a connu, — pas comme écrivain, il n'avait pas du reste cette prétention, — était le meilleur homme du monde. Sous une apparence insouciante, il cachait une volonté de fer ; il voulait arriver quand même, peu lui importait les quolibets dont on l'assaillait à chaque instant, il marchait droit devant lui.

A la *Presse* on avait l'habitude de faire précéder son nom de ces mots : *Pour-extrait*, le nom lui resta.

Au café de Madrid, la pépinière des hommes d'Etat du jour, on se souvient encore de ce gros réjoui, jovial, à face de Silène, sans prétention à l'homme politique, qui ne prit jamais au sérieux ni l'Empire, ni la République, qui réservait toutes ses tendresses pour les chiens enragés, les suicidés par amour et surtout pour les pochards qui tombaient du cinquième étage sans se faire aucun mal. Il trouvait qu'ils étaient veinards.

Avec quel soin particulier il confectionnait son
« perroquet ». Avec quelle béatitude il « l'étouffait! »
Ah! la loi sur la « récidive » ne l'inquiétait
guère. Perdu au milieu des flocons de fumée qui
s'échappaient d'une vieille pipe culottée, il rêvait à
ses grandeurs futures. Il était vraiment, ces soirs-là,
pour l'extrait... Pernod ou Pontarlier.

Sa persistance fut récompensée, il fût nommé
préfet et débuta par la ville d'Oran. Quand on
apprit sa nomination, ce fut un immense éclat de
rire.

A peine débarqué, il alla au chef-lieu de sa préfecture et fit prévenir les autorités qu'il recevrait
le lendemain.

Le général, commandant la division, se présenta
accompagné de tout son état-major.

Malheureusement pour Mahias-Pour-Extrait, il
n'avait pas eu le temps de faire confectionner son
costume et c'est en habit noir qu'il reçut ses visiteurs.

— Comment, vous n'avez pas d'uniforme ? lui
dit le général.

— Non, vous le voyez.

— Pourquoi cela ? Je suis bien en grande tenue
moi.

— C'est vrai, mais l'habit noir est plus démocratique en république.

— Je trouve cela inconvenant, et je vais me retirer, je viendrai quand vous serez en état de me
recevoir.

— Mais, général, M. Thiers qui est le chef du gouvernement n'a pas de costume.

— Eh! M. Thiers fait ce qu'il veut... et puis... l'uniforme ne lui irait pas, il est trop petit !

Le général allait se retirer. *Pour-Extrait* eut une inspiration.

— Si vous voulez, mon général, je vous fais une tournée au domino en cent cinquante sec ?

Son apprentissage du café de Madrid lui fit éviter un conflit. Le général accepta.

L'*Avenir National* cessa sa publication sans motif. Si, il y en avait un, tous ses rédacteurs étaient au pouvoir, il devenait donc inutile de vouloir sauver le peuple plus longtemps.

La *Patrie en danger* du célèbre conspirateur Blanqui dut le jour à une partie d'échecs.

En 1862, étaient détenus, à la prison de Sainte-Pélagie, dans le quartier des princes, MM. Taule, Tridon, Germain Casse, Jules Miot et Blanqui. Ce dernier avait été surnommé *l'Ours* par ses camarades de prison, parce qu'il croyait voir partout des mouchards. Blanqui était toujours seul et ne parlait à personne ; cette monomanie le rendait intraitable.

Blanqui était de première force aux échecs. Il eût pu lutter avec avantage contre Philidor et Labourdonnais.

Un jour, Tridon, qui n'avait de ce jeu compliqué que des notions confuses, se hasarda timidement et proposa une partie au farouche Blanqui. Celui-ci croyant qu'on voulait le *moutonner*, refusa d'abord, mais Tridon revint à la charge le lendemain, et Blanqui, dont l'envie de jouer était fort grande, ne résista pas plus longtemps.

Il céda.

Dès lors les parties devinrent quotidiennes et quinze jours après, les deux prisonniers étaient intimes.

Tridon était relativement riche. Aussi quand Blanqui voulut créer la *Patrie en danger*, il songea à lui. Tridon accepta et le journal parut le 7 septembre 1870.

Ses collaborateurs étaient MM. Tridon, Casimir Bouis, H. Verlet, etc., etc.

La *Patrie en danger* fut le premier journal qui attaqua la préfecture de police. Il publia, comme le *Pilori*, quelques mois plus tard, une liste fantaisiste de noms, qui, suivant lui, étaient des agents secrets.

Ce journal mourut le 9 décembre de la même année.

Dix ans plus tard, le 23 novembre 1880, Blanqui, qui avait la manie du journalisme pour faire triompher ses doctrines, fit paraître un journal quotidien sous ce titre étrange : *Ni Dieu ni maître*.

Ces trois paragraphes de son programme, méritent d'être conservés.

— Les moines et les évêques intriguent avec les magistrats et les généraux contre la République. Personne ne peut répondre qu'un complot de *caserne-sacristie* ne brusquera pas à l'improviste la situation, ou qu'un retour monarchique ne mettra pas la France sous ses pieds.

. . . .

Républicains, faisons sans relâche la veillée des armes autour de la République enveloppée elle-même de conspirateurs infatigables qui ont juré sa destruction! Faisons, je le répète, la veillée des armes, c'est le plus impérieux de nos devoirs.

. . . .

Nous ne sommes plus à Londres, Genève ou Nouméa, nous sommes à Paris; nous avons, en attendant mieux, poings, pieds et bâtons, et pouvons, à l'occasion, *prendre mesure de la résistance des carcasses réactionnaires.*

Quel espoir charmant!

Ce journal avait pour collaborateurs MM. A. Breuillé, Ed. Vaillant, A. Goullé, F. Cournet, Feltesse et Ledrux.

Tout entier aux doctrines de Blanqui, ce journal fit peu de bruit, excepté au Tribunal de la Seine.

M. le comte de Rohan-Chabot, propriétaire du passage de l'Opéra, où Blanqui avait installé ses bureaux, lui prouva la « résistance des carcasses réactionnaires » et que, s'il ne reconnaissait pas de *Dieu,* il avait un *maître* dans la personne de son propriétaire.

M. de Rohan-Chabot envoya à Blanqui une sommation par huissier qui se terminait ainsi :

. . . .

... Que le requérant proteste de toutes ses forces contre

de pareilles enseignes qui *déshonorent* sa propriété et font agglomérer dans la galerie un public nombreux, ce qui empêche la circulation au détriment des autres voisins.

Qu'en un mot le requérant ès-nom n'entend en quoi que ce soit tolérer plus longtemps les enseignes susdites qu'il considère comme *injurieuses* et *blessantes* pour sa *dignité* et sa *réputation* de *propriétaire*.

Le Tribunal donna gain de cause à M. de Rohan-Chabot, mais il fut cruellement puni, car tous les jours des « citoyens » venaient hurler dans la galerie :

> Si tu veux être heureux,
> Nom de Dieu !
> Pends ton propriétaire !

La clientèle était rétive. Comme le soldat du *Chalet*, le socialiste n'est pas riche, et puis le journal n'était pas « rigolo », ce qui fit que Blanqui, qui n'aimait pas faire la guerre à ses dépens, le 14 décembre 1880, transforma *Ni Dieu ni maître* en journal hebdomadaire.

Louise Michel, la grande citoyenne, fut à peu près la seule dans la Presse parisienne qui entonna de sa voix virginale un *de Profundis*, dans *la Révolution sociale*, sur la mort de la feuille quotidienne du « vieux lutteur ».

— *Ni Dieu ni maître* du citoyen Auguste Blanqui, d'organe quotidien devient hebdomadaire.

C'est le cas de dire : *Les fétiches s'en vont*.

La *Révolution sociale*, commanditée par M. Andrieux, couvrant de fleurs le vieux Blanqui !

La préfecture de police lui devait bien cela. Il lui avait fourni assez de besogne pendant sa longue carrière de conspirateur.

Ni Dieu ni maître disparut définitivement après la mort de Blanqui.

Il n'y a pas que les journaux ennuyeux qui meurent d'inanition. La *Petite Gaule,* qui parut le 27 juin 1880, tomba à son neuvième numéro; mais, plus forte que *Ni Dieu ni maître*, elle annonça qu'elle se transformait en organe de grand format, sous ce titre : *la Gaule libre.*

Voici cette annonce qui est un petit chef-d'œuvre :

— Notre *vaillant* directeur, M. Georges Berry, ainsi que notre *sémillant* rédacteur en chef Pagès de Noyez, ont eu, il est vrai, le *talent* de savoir grouper autour d'eux toute une phalange de confrères *zélés et intelligents* qui, stimulés par leur chef de file, ont fait tous leurs efforts pour mériter le titre de *champions* de la *Petite Gaule,* et cela dans un ordre restreint, ayant surtout à lutter avec dame Censure qui, en matière politique, dans un journal littéraire, ne plaisante jamais.

C'était une manière originale de disparaître, car la *Gaule libre* ne parut jamais.

X

Le Monde pour rire fut fondé en 1868 par M. Alfred Paz, Elie Frebault et moi. Nous étions chargés de la rédaction, le dessinateur était Henry Oulevay.

Pour le premier numéro, Oulevay avait dessiné la charge de M. Havin, alors directeur du *Siècle*. Il avait représenté le célèbre journaliste vêtu d'une robe de satin blanc, la tête couronnée de fleurs d'orangers, enveloppé d'un voile de mousseline blanche, comme une mariée. Il tenait un arrosoir de chaque main ; il en vidait le contenu sur un parterre de fleurs de lys.

9.

Oulevay lui avait fait un nez, auprès duquel celui de l'ami Hyacinthe paraissait un bouton de rose, ce nez émergeait d'un fouillis de rides profondes.

Cette charge était entourée d'un cadre doré qu'une Renommée, complètement nue, accrochait à la muraille d'un salon.

Comme c'était l'usage, j'allai au ministère de l'Intérieur demander l'autorisation de publier ce dessin. Le censeur prit un air solennel, ajusta ses lunettes sur son nez, jeta un coup d'œil rapide sur l'épreuve, et me la rendit aussitôt en se signant avec horreur. Puis il laissa tomber ce mot qui résonna douloureusement à mes oreilles :

— Jamais! Monsieur! Jamais!

— Mais pourquoi? lui dis-je.

— Votre Renommée est nue! me répondit-il.

Sur son bureau était un Christ en bronze qui lui servait de presse-papiers.

— Mais, lui dis-je en lui montrant ce Christ, il me semble qu'il n'est guère plus vêtu que ma Renommée, pourtant il ne vous offusque pas, puisque vous l'avez tous les jours sous les yeux ?

— C'est une chose sainte, monsieur!

Je restai abasourdi de cette pyramidale réponse.

Je le suppliai, il fut inflexible. Je n'avais plus qu'à partir.

A peine avais-je fait quelques pas dans le couloir qu'il me rappela :

— J'autorise votre dessin, me dit-il, à la con-

dition que vous mettrez un pantalon à votre Renommée.

Le bonhomme n'admettait pas la Renommée.
sans culotte !

Je le remerciai.

— Ah! à propos, ajouta-t-il, vous savez qu'il
vous faut l'autorisation de M. Havin, non par
lettre, mais sur le dessin même.

J'allais chez M. Havin, au *Siècle*. Il me fit
dire de venir le lendemain, rue d'Aumale, à l'heure
du matin. Je fus exact. Il était couché sur un petit
lit de fer, les draps montés jusqu'au menton, la
tête couverte d'un immense bonnet de coton orné
d'un nœud de rubans roses.

Je lui exposai le but de ma visite.

— Vous avez le dessin ? me dit-il.

— Le voici.

Il le déroula. A peine l'eut-il regardé qu'il
poussa un cri d'horreur. Il rejeta sa couverture,
s'assit sur son séant et appela plusieurs de ses rédacteurs qui causaient dans une pièce voisine.
Ceux-ci, croyant sans doute à un attentat à la pudeur sur la personne sacrée de leur patron, s'empressèrent d'accourir.

— Voyez, leur cria Havin pourpre de colère,
est-ce que jamais j'ai été aussi laid que ça ?

Ce dessinateur est une croûte !

Il demanda une glace à main et se compara à sa
charge.

— Je vous prends à témoin, me dit-il, ai-je un

nez pareil ? ce n'est pas un nez, c'est une trompe !

J'étouffai d'envie de rire de cet accès de coquetterie chez un homme de sa valeur, et je fus forcé de convenir qu'il avait raison.

Il me rendit le dessin et d'un geste majestueux me congédia en disant :

— Quand votre dessinateur me peindra comme je suis (il avait plus de soixante-dix ans), vous aurez mon autorisation.

J'étais extrêmement embarrassé, que faire ? Je retournai au bureau de rédaction ; par hasard, Oulevay y était. Je lui racontai l'histoire.

— Ah ! il veut paraître jeune, me dit-il, envoie le garçon de bureau acheter des couleurs et des pinceaux.

Il peignit sur l'épreuve un Havin à vingt ans, les rides étaient remplacées par des joues fraîches, rubicondes, rebondies, à faire envie à un enfant de chœur, le nez en vitelotte était remplacé par un nez à la Roxelane, les yeux agrandis et ombragés de longs cils noirs étaient substitués aux yeux chassieux et pochés du vieillard, un vrai amour de Boucher.

Je retournai chez M. Havin. Comme la veille, il était couché. A la vue du dessin maquillé, il se pâma d'aise.

— A la bonne heure, me dit-il cette fois, votre dessinateur est un homme de talent !

Il me signa aussitôt l'autorisation.

— Excusez-moi si je ne vous reconduis pas, me dit-il en riant.

De retour au journal, Oulevay s'empara d'une éponge et lava le portrait qui reprit sa laideur primitive.

Le journal fut imprimé; j'en envoyai plusieurs exemplaires à Havin. Quelques heures plus tard il accourut tremblant de rage.

— Mais je n'ai jamais autorisé une pareille monstruousité! dit-il en suffoquant.

— Pardon! lui répondit Oulevay en lui montrant l'épreuve.

Il se mit à rire.

— Une autre fois je garderai un double, dit-il.

C'est au *Monde pour rire* que l'idée de *la Lanterne de Bocquillon* prit naissance. Humbert, chagrin et malheureux, car ses dessins ne se vendaient guère, venait presque tous les jours nous offrir de la lui publier.

— Vous verrez, nous disait-il, que c'est une fortune.

Personne n'y croyait. Pourtant Humbert avait raison, cette lanterne fut un immense succès et une grosse affaire d'argent.

M. Alfred Paz, un personnage aujourd'hui, ministre plénipotentiaire s'il vous plaît, décoré sur toutes les coutures, n'avait d'autre ambition alors que de signer *les Échos de Théâtres*, que Frébault rédigeait. Je n'ai jamais vu un homme plus heureux, le samedi, lorsque le journal était tiré; il accourait avec un numéro, encore humide « des baisers de la presse » et nous disait :

— Hein! comme c'est bien écrit, il a tout de même du talent Gaston Zap ! !

Il croyait que c'était arrivé !

Manie innocente qu'on lui pardonnait en raison de son bon cœur.

Le Monde pour rire disparut au moment de la guerre de 1870.

Le 9 février 1869, *le Centre gauche* fit son apparition sous la direction de M. Pierre Baragnon (Petrus, pour les fanatiques du magnétisme). Il avait pour collaborateurs MM. Florian Pharaon, Thomas Puech, Marc Fournier, Jules Hatté, Violet-le-Duc, le comte Alfred de la Gueronnière, Camille Farcy, A. Bitard, Chirac, E. d'Avray, Ch. Brun, Henry Duchesne et votre humble serviteur.

Si jamais journal vécut par des prodiges d'habileté, ce fut assurément celui-là.

Tous les jours il devait cesser de paraître, et tous les jours M. Baragnon trouvait des ressources.

C'était une rédaction absolument amusante.

Florian Pharaon ne songeait pas alors qu'un jour il éclipserait la gloire du baron Brisse. Il rédigeait *la Gazette de Paris* qu'il signait du nom de *Baalbak*.

Tous, nous le plaisantions sur ce nom barbare, pourtant il lui appartenait réellement :

Lors de la campagne d'Egypte (1798), Napoléon Ier emmena avec lui plusieurs membres de l'Institut, orientalistes distingués, pour servir d'in-

terprètes à l'armée. Malheureusement, une fois là-
bas, ils s'aperçurent que tout ce qu'ils savaient,
c'est qu'ils ne savaient rien. On dut alors avoir re-
cours à un brave homme qui, depuis longues années, exerçait les fonctions d'interprète : c'était le
père de Florian Pharaon. Il rendit de réels services. Pour le récompenser, Napoléon lui conféra
le titre de comte de *Baalbek*. Chacun sait que cette
ville, l'antique Héliopolis ou cité du soleil, fut dé-
truite, ou du moins ce qui en restait, en 1759, par un
tremblement de terre. C'était donc un pauvre comté.

Les pièces furent adressées à la chancellerie,
à Paris, mais l'employé chargé d'établir les lettres
de noblesse, ne put jamais lire *Baalbek*. Pas embarrassé pour si peu, il écrivit simplement *Baalbak*, ce qui fait que notre pauvre confrère était
comte d'un comté imaginaire.

Il s'en souciait au reste fort peu. En fait de noblesse il avait celles de l'esprit et du cœur ; celles-là
n'étaient pas imaginaires.

Thomas Puech rédigeait *le Bulletin politique*.
En voilà un qui était convaincu qu'il exerçait un
sacerdoce !

Il s'enfermait dans le réduit qui lui servait de
cabinet de rédaction. Il écrivait, raturait, geignait,
soufflait, puis finissait par jeter la *copie* si laborieu-
sement pondue au panier. Alors il recommençait,
et à une heure de l'après-midi, après cinq heures
de travail, il en était encore à son titre. Le metteur
en page, impatienté, le suppliait de terminer.

— Encore cinq minutes, disait Puech ; la France a les yeux sur *le Centre gauche* et le *bulletin* c'est le journal !

Douce illusion !

Le pauvre Puech, compromis dans l'affaire de *la Probité financière*, mourut à l'Hôtel-Dieu, juste à temps pour éviter une condamnation.

Henri Duchesne *faisait* les *échos*, il excellait à démarquer la prose de ses confrères. C'était toute son ambition ; ce n'était pourtant pas un homme parfaitement heureux, il enrageait, parce que son nom s'orthographiait comme celui du fameux dentiste Duchesne et qu'on affectait dans les petits journaux de le confondre avec son homonyme.

Le *Centre gauche* publia, dès son début, un feuilleton dont le titre était : UN MAGISTRAT, *étrange récit* par Camille Farcy. Un jour, un compositeur distrait ou en veine de malice, transposa le titre, et les abonnés ahuris purent lire : ÉTRANGE FARCY par *Camille récit.*

Ce feuilleton n'eut vraiment pas de chance. Farcy l'écrivait au jour le jour. Un matin il oublia de m'envoyer sa *copie* ; M. Baragnon, homme de ressource, à qui je contai mon ennui, me dit :

— Faites le feuilleton aujourd'hui !

— Mais je ne l'ai jamais lu, ajoutais-je.

— Que toute la rédaction s'y mette, me répondit-il.

Avec M. Baragnon il n'y avait qu'à s'incliner.

Toute la rédaction se mit à l'œuvre. Sans avoir

lu les précédents feuilletons, tant bien que mal nous fîmes la suite, mais en introduisant dans l'action trois personnages nouveaux, un médecin, une sage-femme et un nouveau-né.

Le lendemain, le pauvre Farcy arriva à la rédaction, son feuilleton à la main. Il entra dans une colère épouvantable, d'autant plus grande qu'il avait la prétention d'égaler, sinon de surpasser, comme romancier, Alexandre Dumas père et Paul Féval. Heureusement que, pour le consoler, M. Émile Ollivier, quelques jours plus tard, le nomma sous-préfet à Yssingeaux, ce qui le dispensa de terminer son feuilleton et de faire périr de mort violente les trois personnages qui le gênaient.

Quand Farcy fut nommé sous-préfet, son premier soin fut d'aller acheter une épée, et, le soir, il se promena sur les boulevards avec son épée sous le bras. Au café de Madrid, Duchesne voulut absolument qu'il ceignît la fameuse épée, pour voir comment cela lui irait. On finit par le décider et, comme il n'avait pas de ceinturon, Joseph, le garçon, nous donna une ficelle. C'était à mourir de rire.

Farcy avait un gros chagrin, surtout quand on lui demandait s'il emmènerait dans sa sous-préfecture, sa belle-mère, la grosse industrielle de la rue Joubert. Il n'avait de commun que le nom avec cette femme célèbre, mais il avait si peur qu'on le crût son parent, qu'il ne négligeait pas en

vous abordant, de vous dire : Vous savez, je n'ha-
bite pas rue Joubert !

Pauvre Farcy, il est mort de dépit, de n'avoir
pu être député !

L'homme le plus distrait du monde après Mirès
était M. le comte Alfred de la Gueronnière, il
passait sa vie entre son magnifique château de
Thouron, dans les montagnes du Limousin, l'hôtel de M. Thiers, place Saint-Georges, et le numéro 17 du faubourg Montmartre où étaient en premier lieu les bureaux du *Centre gauche*.

Il entrait comme une trombe, renversant tout
sur son passage, nous apportant à chaque visite
un nouvel article, toujours le même, d'une lon-
gueur effroyable, un panégyrique de M. Thiers,
en quatre colonnes. Pour lui, M. Thiers était un
dieu, il en était fanatique à tel point, qu'il faisait, avant de quitter sa chambre, ses dévotions
devant une photographie du petit grand homme.

Le comte Alfred de la Gueronnière était un
type particulier. Il mettait la poudre dans les encriers, s'asseyait sur nos chapeaux, sur le chat de
la concierge qui ronronnait doucement sur le canapé. Il se trompait de chapeau, ou de pardessus.
On riait quand même, car c'était l'homme le plus
charmant du monde, un spirituel causeur, un
conteur inépuisable, doué d'une mémoire extraordinaire.

Ses distractions étaient passées à l'état de légende. Un jour il oublia un fiacre à la porte du

bureau du *Centre gauche*. Le cocher, après plusieurs heures d'attente, entra nous demander si nous
n'avions pas chez nous un monsieur dont il nous
donna le signalement.

— Si, lui répondit Brun, mais il est parti.

— Reviendra-t-il ? fit le cocher. Oui, ce soir ou
demain.

— J'attendrai.

Le cocher attendit en effet et le lendemain
M. de la Gueronnière avait trente-six heures de
fiacre qu'il paya sans sourciller.

Une autre fois, il reçut d'un de ses amis une
dépêche, le priant d'accourir en toute hâte (il était
à son château). Obligeant et serviable à l'excès, il
prit une valise, le chemin de fer et accourut.

Son ami avait eu une querelle, il avait choisi
M. de la Gueronnière comme témoin. Quand il
fallut s'habiller pour aller chez l'adversaire, il ouvrit sa valise, elle était vide, il avait oublié de la
garnir des objets nécessaires.

— Oh ! ce n'est pas une affaire, dit-il à son ami,
allons chez le chemisier.

Bras dessus bras dessous, ils arrivent chez un
chemisier en renom, rue Richelieu. Le magasin
était plein de demoiselles qui s'empressèrent autour du comte. On lui prit mesure. Alors il ôta sa
redingote, son gilet, ses bretelles, il allait débou-
tonner son pantalon, quand le patron l'arrêta...

— Monsieur n'a sans doute pas remarqué qu'il
est entouré de jeunes filles.

— Tiens, c'est vrai, répondit-il, une minute de plus et je changeais de chemise.

Après 1870, il repartit pour son chateau de Thouron; Il y est mort entouré de l'estime de tous, et pensant sans doute aux heures joyeuses d'antan.

Marc Fournier venait très rarement à la rédaction, à notre grand regret à tous, car c'était un homme aimable, s'il en fût. Bonne et douce figure. il n'avait jamais un mot amer pour ses ennemis.

Il rédigeait au *Centre gauche* le feuilleton dramatique. Ses appréciations faisaient autorité dans le monde artiste.

Les directeurs adressaient le service des premières au bureau du journal. Malgré une active surveillance, on lui dérobait ses places. Voici comment il se plaignait :

..... Vous continuez, mon cher Virmaître, à ne pas plus vous occuper de moi, quant aux services, que si je n'existais pas. Si je n'avais pas eu le soin de demander des places à l'auteur de *Polichinelle*, je n'aurais pas pu voir la pièce, comme hier, au Vaudeville, une première représentation dont je n'ai eu connaissance que par les journaux et ainsi de suite.

Avouez que vous êtes bien heureux d'avoir affaire à moi, *chez qui désormais une douce indifférence tient lieu de tout.*

Marc Fournier est mort à Saint-Mandé dans la maison de santé de madame Brière de Boismont, le 4 janvier 1879. Il n'est pas mort sans espérances, car ses dernières paroles furent celles-ci : « Elle viendra demain ! »

Elle! tout un poème de regrets et de souvenirs! C'est une histoire trop intime pour être racontée.

C'est à M. Pierre Baragnon que l'on doit d'avoir, le 15 août 1870, baptisé l'empereur Napoléon : *Sa Majesté invasion III*

Il avait la double vue, une réminiscence de son jeune âge, sans doute. Malheureusement, le général Trochu à qui ce qualificatif déplut, fit saisir le journal par le commissaire de police Marseille.

Le *Centre gauche* se composait 17 faubourg Montmartre et s'imprimait chez Chaix. Pendant que le commissaire apposait les scellés sur les portes de l'atelier de composition, les presses tiraient le journal à toute vapeur. Les porteurs et les rédacteurs enlevaient les feuilles au fur et à mesure et les vendaient à la foule qui se les disputait à n'importe quel prix au coin du faubourg et du boulevard Montmartre.

Quand on vint prévenir le commissaire, vingt mille exemplaires au moins étaient répandus dans le public. Il était furieux du tour que nous lui avions joué, et, sans la révolution du 4 septembre, assurément M. Baragnon eût été poursuivi, mais les extrêmes se touchent : au lieu de la paille humide des cachots, il fut nommé préfet des Alpes-Maritimes. Ce département peut se vanter de n'avoir jamais eu un semblable préfet. Ses administrés gardent encore son souvenir.

M. Pierre Baragnon est un caractère et un
écrivain de talent. Ayant longtemps habité l'Orient,
il a conservé de son séjour dans ces pays l'habitude du silence. C'est un taciturne et il est
regrettable qu'il ait émietté ses qualités maîtresses dans la publication d'une foule de journaux et de brochures qui n'ont laissé aucune
trace.

Après la disparition du journal, la rédaction se
dispersa à tous les vents.

Le *Journal de Paris* parut le 27 août 1867
avec cette devise : *Fluctuat nec mergitur* ;
MM. JJ. Weiss et Hervé en étaient les deux rédacteurs en chef. Cette feuille avait été créée pour soutenir la cause de la monarchie constitutionnelle ;
mais dirigée dans un esprit très libéral, elle avait
plusieurs rédacteurs appartenant au parti républicain, comme MM. Spuller et Ranc.

Le ministère Rouher-Lavalette était plus inquiet
de la publication de ce journal que de toutes les
feuilles appartenant au parti républicain. Il voyait
avec terreur ce groupement d'hommes de talent :
MM. Edouard Hervé, J.J. Weiss, Spuller, Ranc,
Fouquier et Sarcey, qui se disposaient à faire une
guerre acharnée à l'Empire ; guerre d'autant plus
dangereuse, qu'elle serait faite en un beau langage, appuyé sur des doctrines sérieuses, et que le
Journal de Paris, le seul de sa nuance, allait rallier une grande partie de l'opposition libérale.

Le premier article du premier numéro dû à la plume de M. J.J. Weiss, le second écrit par M. Edouard Hervé, donnèrent immédiatement la mesure de ce que serait ce journal. Après les avoir lus, le ministère ne pouvait plus avoir aucun doute. Le *Journal de Paris* prenait rang. Il fallait désormais compter avec lui.

M. J. J. Weiss quitta le *Journal de Paris*, en janvier 1870, appelé par le ministère Ollivier, au poste de secrétaire général des Beaux-Arts. M. Edouard Hervé devint alors le seul directeur politique et rédacteur en chef du journal. Tout en étant fidèle à ses traditions, il lui donna une impulsion nouvelle et lui imprima ce caractère particulier, froid, profond, réfléchi, qui fait sa force et le fond de son talent.

M. Edouard Hervé combattit énergiquement la déclaration de guerre à la Prusse, ce qui prouve qu'il mettait les intérêts de la France au-dessus de ses sentiments personnels, car, homme politique, il devait prévoir, d'après l'état des esprits, que l'insuccès des armes impériales amenèrait fatalement la chute de l'Empire.

Le *Journal de Paris*, après le départ de M. J.J. Weiss, s'adjoignit MM. Louis Joly, Louis Teste et Jules Delafosse. Tous restèrent fidèles à leur poste de combat pendant le siège et pendant la Commune.

Sous la Commune, malgré ce qu'en disent ses apologistes, le danger était grand pour les rédac-

teurs d'une feuille qui affichait hautement ses principes monarchiques, d'autant plus que M. Hervé
avait signé la protestation des journalistes contre
les actes arbitraires de la Commune vis-à-vis de la
Presse. Néanmoins le *Journal de Paris* continua
courageusement son œuvre, jusqu'à sa suppression,
le 15 mai 1871, par ordre du délégué à la Sûreté
générale.

M. Edouard Hervé ne quitta Paris que dans les
premiers jours de mai. N'ayant pas quarante ans, il
eût été infailliblement incorporé dans les bataillons
de la Commune.

Il rentra dans Paris, les derniers jours de mai,
et aussitôt fit reparaître le *Journal de Paris*. Le
premier acte de M. Hervé, alors que les ruines de
l'Hôtel-de-Ville, des Tuileries, du ministère des
finances, fumaient encore, fut de demander l'amnistie pleine et entière, sans restrictions, sans conditions, pour les malheureux, simples gardes, victimes de grands coupables qui avaient fui au travers les lignes prussiennes, les abandonnant au
châtiment. M. Hervé ne fut pas écouté. L'exemple
d'un royaliste prêchant le pardon au nom de l'humanité et de la France encore en larmes par suite
de nos récentes défaites ne fut pas suivi par les
républicains au pouvoir.

Le *Journal de Paris* continua sa campagne ;
il soutint constamment les droites à l'Assemblée
Nationale, il appuya et il était logique en cela le
24 Mai. Après le vote de la Constitution, en

1875, et l'échec des droites en 1876, le *Journal de Paris* fut *supprimé volontairement* par M. Édouard Hervé. Le service des abonnés fut continué par l'*Estafette*, journal de même nuance, publié sous la direction de MM. de Villemessant et Ernest Daudet comme rédacteur en chef.

M. Edouard Hervé ne pouvait rester inactif. Il voulut assurer l'existence du *Soleil*, le continuateur de l'œuvre entreprise par le *Journal de Paris*. Il y réussit grâce à son talent, à celui de ses rédacteurs et par son administration vigilante.

Il me faudrait un volume pour faire la biographie de M. Hervé. Il me suffira de dire que l'Académie française, en l'admettant dans son sein, a honoré l'homme que le journalisme français est heureux de saluer comme un maître.

Aux beaux jours du *Journal de Paris*, MM. Ranc et Spuller ne songeaient pas qu'ils tiendraient quelques années plus tard une grande place dans le parti républicain.

M. Spuller, caractère froid, méthodique, n'a pas eu grand effort à faire pour arriver : il était l'ami de Gambetta, il n'a eu qu'à se laisser porter par le flot.

Quant à M. Ranc, sa vie fut plus orageuse. Il débuta, chacun sait ça, par conspirer contre l'Empire. Un détail curieux à ce sujet:

Au lendemain d'un complot dirigé contre la vie de l'Empereur, M. Ranc fut appelé dans le cabinet du juge d'instruction. Il arriva à l'heure fixée

10

par le mandat de comparution, il était très inquiet.

Le juge le regarda à peine, fouilla dans son dossier et en retira une pièce contenant l'interrogatoire du principal accusé M. R...

— Vous connaissez R... dit le juge à M. Ranc?

— Beaucoup.

Le magistrat parcourut de nouveau l'interrogatoire de R..., puis il reprit :

— R... vous a confié qu'il avait l'intention de tuer l'Empereur?

M. Ranc allait répliquer, le magistrat ne lui en laissa pas le temps et continua :

— ... Vous l'en avez dissuadé...

M. Ranc respira, mais avant qu'il eut le temps de reprendre haleine

— ... Oui, vous l'en avez dissuadé, vous lui avez dit : « Tu es myope, tu le manquerais! »

Quelques mois plus tard, M. Ranc était à Lambessa, d'où il s'évadait peu de temps après. Il ne rentra à Paris qu'après l'amnistie de 1860.

Victor Noir était *reporter* au *Journal de Paris*, cela peut paraître invraisemblable, mais cela est exact.

Pourquoi le malheureux garçon n'y est-il pas resté!

XI

Le Père Duchêne. — L'Impératrice et Maroteau. — On nous a saisis. — Lebiez et Barré journalistes. — *Le Faubourg.* — Delesveau et M. Bazin. — Puissant et M. Francis Enne. — *La Misère.* — Désiré et Gustave Flourens. — *Le Jocko.* — Le *Rrrrran!* Le *Salut.* — Les rastaquouères de lettres. — Les louanges de mademoiselle X... — Le lampiste allume; M. de R... éclaire. — Le *Sifflet* et Michel Anézo. — M. de Broglie et le cochon du *Sifflet.* — Saint Joseph. — Une victime de la réaction. — Le *Carillon.* — Encore saint Joseph et le maréchal. — Pensées et maximes sur la femme. — Un dizain réaliste.

Le Père Duchêne parut le 3 décembre 1869, sous la direction de G. Maroteau, avec MM. Passedouët, Alexis Bouvier, G. Puissant, La Palférine, E. Vermérsch, E. Pouvillon et Prosper Duchemin ; le gérant était M. Mourot.

Plus loin, au chapitre : *La Presse en 1871,* les lecteurs apprécieront Maroteau comme homme politique. Le numéro cinq du *Père Duchêne* nous donne la mesure du littérateur :

ELLE.

C'est toujours elle, mais comme elle est vieille.

Toujours l'œil grand, curieux, velouté, qui respire et quête le plaisir, mais l'amande andalouse s'éraille en patte d'oie. La voilà toujours cette lèvre orientale, toute prête à suçoter l'ambre d'un narghilé, mais la bouche s'est usée à tant d'œuvres profanes, qu'elle boude, elle boude le présent. Le menton replet indique la femme exigeante en amour, mais il s'enfonce dépité dans l'avenir.

Ces joues ovales, épanouies, voluptueuses, insatiables de caresses, on les reconnaît à première vue, mais voyez-les, bouffies, retomber en fanon des deux côtés, ratatinées de baisers, brûlées de comestiques, elles ne s'occupent plus qu'à mâcher, mâcher encore et toujours.

Que c'est hideux une femme qui mange le pain des autres gagné comme on sait! que c'est hideux!

Mange et bois, gonfle-toi, vieille fille, puisque ton amant en titre, ramolli d'épines, bourrelé de remords de vessie, est impuissant lui-même à satisfaire les convoitises jamais assouvies de ta chair.

Tu le dégoutes! qui voudrait de toi? Mange, bois et va à la messe : rebut des soudards eux-mêmes, te voilà mûre à présent pour les prêtres.

C'est toujours elle, la vieille fille, mais comme elle est vieille!

Cette citation suffit pour apprécier l'ignominie de cette feuille.

Dans le numéro sept et dernier du *Père Duchêne* se trouvait cette note :

On nous a saisis.

Nous avons voulu la liberté, nous l'avons prise.

Nous la défendrons jusqu'au bout, même contre les solats qu'ils feront marcher sur nous, drapeau dans le vent, bavant dans les clairons, dandinant les pompons comme les balles de sang caillé.

Ils ont cassé nos plumes.

Aux jours de l'émeute nous leur casserons la gueule.

La rédaction du Père Duchêne.

Plus tard, en 1878, parut un *Père Duchêne* qui n'avait rien de commun avec ses devanciers pour le style, il était rédigé par M. Amandru, lequel fut condamné par la cour d'assises de la Seine à six mois de prison, pour avoir commis le délit d'excitation à la haine et au mépris.

Un incident curieux se rattache à la création de cette feuille;

Le 6 avril 1878, la déclaration suivante fut dressée à la Préfecture de police :

« En exécution des articles 1er et 2e de la loi du 11 mai 1868, je soussigné, Buffenoir (Hippolyte), né à Vougeot (Côte-d'Or), le 16 octobre 1847, professeur de littérature à Paris, rue Jacob, 25, puissant de tous mes droits civils et politiques, déclare avoir l'intention de publier un journal, traitant de matières politiques et d'économie sociale, qui sera intitulé : le *Père Duchêne.*

Le gérant du *Père Duchêne* sera M. LEBIEZ (Paul-Louis), né à Angers le 31 juillet 1853, professeur de sciences, à Paris, rue des Fossés-Saint-

10.

Jacques, 3 ; réunissant toutes les conditions prescrites par la loi. »

Hipp. Buffenoir-Lebiez.

Paris, 6 avril 1878.

On se rappelle que Lebiez, en compagnie de
Barré, qui devaient rédiger au *Père Duchêne* les
tribunaux et les *crimes*, assassinèrent la veuve
Gillet, la laitière de la rue Hauteville, et que tous
deux furent exécutés place de la Roquette.

Lebiez avait donc raison de déclarer qu'il *réunissait toutes les conditions prescrites par la
loi*, pour être le gérant d'un journal qui voulait
reprendre la tradition de la grande époque de
1792 au 9 Thermidor.

Le *Père Duchêne illustré* qui parut, du 17 Fri-
maire 87 au 10 Ventose 87 (1878-1879), était rédigé par Raoul Fauvel, L. de Gramon et H. Bré-
geot, sous les pseudonymes : la Marianne et Mas-
troque, Pasquin le dessinateur, signait : Le fils
Duchêne.

C'était une feuille d'un réaliste achevé. J'y trouve
cette historiette :

— Un beau soir, étant sorti pour aller gambiller au
Vieux-Chêne, où alors les gens chouettes pinçaient leurs
rigodons plutôt sur le cul et la tronche que sur les gui-
bolles, j'éprouvai après deux canons et autant de saladiers,
le besoin d'aller me délester l'estanfale aux goguenos.
Comme j'arrivais devant la porte de l'antichambre à

Richer, je vois radiner derrière moi une gonzesse.... Oh mais là! une gonzesse tapée!

Ça vous avait des yeux à faire sa raie dedans, et des cheveux.... Oh! des cheveux à la défaire!

Et la pauvre bougresse arrivait là, en serrant les dents et les fesses d'une façon qui ne permettait pas d'avoir le moindre doute sur ce qui se passait à l'intérieur de son âme et de..... mais, suffit!

Ma foi, parole d'honneur, je me sentis tout ému.

— Voyons, me dis-je, père Duchêne, tu es un homme. Tu es fort.

Tu peux dissimuler tes émotions plus longtemps que cette gosse-là!

Laisse-lui donc ton tour.

Aussitôt fait que pensé, je la laisse pénétrer dans le centième ciel.

Et dix secondes après, la garnison de mon for intérieur effectuait une sortie, avant le signal, chargeant à *fond celui* de mon culbutant!

. . . .

Mais aussi, ce qu'elle m'a remercié!

Ah! oui! entre nous la glace était rompue...

Si bien rompue que la gonzesse en question est devenue la mère Duchene.

La misérable a répondu à mon acte héroïque en m'épousant!

Et il y a des gens qui soutiennent encore que la vertu est récompensée!

Et ce dizain :

LE LITRE A DOUZE

Pour les rich's qu'ont l'palais blasé
Par les excès et par l'orgie,
Et d'qui l'estomac est usé,
C'est bon d'avaler d'l'eau rougie,

Ou du vin fade et délicat,
Comm' le Frontignan ou le Muscat ;
Mais les zigs poilus qu'ont une blouse !
C'qui fait leur blot, c'est l'litre à douze !

Ce vin douceâtre, je l'veux bien,
Ça fait du plaisir quand ça entre :
Mais, assurément ça n'vaut rien
Pour vous foutre du cœur au ventre.
Pour rester d'aplomb d'vant un choc,
N'y a rien de tel que l'vin du broc.
Les bons soldats, si je n'me blouse,
Doivent aimer le litre à douze.

Ne m' parlez pas d'une gonzesse, qui
Fait sa sucrée et devient blême
D'vant un p'tit verre d'riquiqui,
Et n'os' même pas boire un cintième !
La vrai' femme c'est cell' qu'a pas l'taff
D'licher du bleu, d'licher d'leau d'aff...
Bref, n'ayez jamais d'aut' épouse
Qu'une dame qui gob' le litre à douze.

                                    Mastroque.

Le premier numéro du *Faubourg* parut le
26 février 1870, avec G. Maroteau, J. Cavalier,
Francis Enne et G. Puissant. Cette feuille était
la suite du *Père Duchêne.* Son troisième et dernier
numéro est extrêmement curieux. Voici les deux
articles principaux :

A M. le Président de la septième chambre,

Le *Faubourg* a paru dimanche. Vous allez le condamner

aujourd'hui, essuyer avec votre hermine de juge le cra-
chat dont j'ai éclaboussé la joue d'Ollivier.

Il vous en a envoyé l'ordre hier, et vous êtes forcé d'être
infâme !

L'Empire vous paye et Bonaparte vous a piqué au sein
le ruban de décembre comme un papillon sanglant.

J'irai chercher jusque sous vos jupons le drôle qui s'y
cache et il vous faudra encore mouiller vos fourrures
blanches sur la face de ce gredin comique.

Bonnet bas, mon président.

Je vous condamne à me juger tous les vendredis.

Le *Faubourg* tué, je fonderai la *Révolte*, et quand vous
aurez déchiré encore mon papier, épointé ma plume, je
ferai feu sur du papier d'affiches avec le rouge d'une allu-
mette.

Et malgré vous, la foule, la grande foule en blouse achè-
tera notre feuille d'un sou ; et avec notre papier et son
cuivre, nous ferons pour le jour de l'émeute des bourres
et des balles,......

Nous écrirons l'histoire de ce césar de carnaval, puant
le vin, le sang !

Nous vous jetterons par poignées la cendre de Baudin
dans les yeux et, pour effaroucher l'aigle du Bas-Empire,
nous tiendrons debout sur ses os qui cassent le cadavre de
Victor Noir dans l'arbre de la Liberté.....

LA JUSTICE

Après l'élimination — par pudeur — de l'ignoble Delesvaux, les naïfs espérèrent qu'il ne se rencontrerait point
sous la calotte du ciel de l'Empire, un homme qui eût
assez toute honte bue pour accepter cette ignominieuse
fonction d'inquisiteur forcé.

Un champignon pousse l'autre : un Bazire succède à un
Delesvaux. C'est une loi de botanique et de putréfaction
sociale.

On ne le croirait jamais : Bazire est encore d'un échelon

inférieur à Delesvaux. Celui-ci avec sa face d'ours en travail de digestion et son grognement de boule-dogue, inspirait une certaine crainte : on redoutait, suivant l'expression populaire, qu'il ne plantât ses crocs au fond de la culotte.

Bazire, ce n'est plus que la pie suspendue dans sa cage d'osier au plafond de l'échoppe du savetier, sautillant, caquetant, bavarde, sotte et fatigante.

Toute sa personne est bourgeoise, étriquée, cassante et papillonnante. Examinez cette face qui a le blanchâtre et le grassouillet d'un tête de veau échaudée, ce nez en bec d'épervier, crochu et remuant ; ce front têtu haché de plis verticaux, cette toque bourrée, en crâne qui lui donne l'air d'un sergent de la garde nationale en goguette, ce creux en forme de fer à cheval tombant des narines jusqu'au menton et pinçant une bouche mince broutant son éternel papotage ainsi qu'un cochon de lait broute une feuille de bette-rave ; cet œil à la fois satisfait, insolent et sournois, ces sourcils rappelant les piquots du hérisson ; écoutez cette voix de claquette de bois. On peut être tranquille, celui-là n'a pas volé ses nombreux chevrons de servilité.

. . . .

A ce monomane furieux, il fallait, pour que la justice impériale fût noblement représentée, accoupler un digne compagnon de chaîne. On a cherché bien longtemps ; mais enfin, heureusement pour nous, on l'a déniché : Un Cazeau avait été créé pour compléter la paire.

Cazeau, une vipère blanche, voyez sa figure plate et livide, écrasée d'un coup de poing et relevée sous le menton par un revers de chausson, ce nez creusé au milieu effilé de la pointe, ces favoris étirés, semblables à un pinceau trempé dans un pot de colle ; ces cheveux pommadés et roulés ; cette lèvre inférieure qui pend ainsi qu'un fanon cassé de hareng ; cette bouche ouverte aux coins comme pour souffler des boules de bile ; cette voix enrouée, éteinte, rogue, haineuse ; ce geste qui dessine la chute d'une lame de couteau...

. . . Autour de ces deux êtres — ce serait avilir le nom d'homme que de leur appliquer — gravitent des rondes d'officiers de paix et de sergents de ville. Le mot de ralliement de cette bande éhontée, c'est *police et infamie*....

G. Maroteau et G. Puissant furent inventés par Jules Vallès qui les fit débuter dans son journal *la Rue*. Maroteau devint même son secrétaire. A cette époque il avait environ dix-neuf ans, de longs cheveux récalcitrants. Timide, osant à peine parler, paraissant très pauvre, son aspect n'eût jamais fait supposer que, quatre ans plus tard, il dépasserait dans ses écrits les énergumènes les plus odieux et les plus féroces.

Il débuta à la *Rue* par un article intitulé : *Un malheureux*.

Après sa condamnation à mort par le conseil de guerre, la presse radicale essaya de soulever un courant sympathique en sa faveur, en démontrant qu'il avait agi sans discernement. Elle ne réussit pas. L'homme, qui avait écrit de si abominables choses, savait parfaitement ce qu'il faisait et les conséquences qu'elles pouvaient avoir.

G. Puissant, l'auteur du *Moulin* et des *Écrevisses*, n'eut pas comme son confrère la chance de mourir en exil. En 1879 il écrivait aux journaux la *Révolution* et la *Lanterne*.

Dans le commencement de mars, la *Révolution* publia la note suivante :

M. G. Puissant nous a envoyé, hier, sa démission de chroniqueur théâtral de *la Révolution Française*. Nous nous préparions à la lui demander.

La *Lanterne* publia celle-ci plus laconique encore :

A partir d'aujourd'hui, M. G. Puissant ne fait plus partie de la rédaction de la *Lanterne*.

Ce qui motivait une aussi dure exécution, c'était une révélation de la *Petite République*. Suivant elle, M. Puissant était un agent de la préfecture de police attaché au cabinet sous le *numéro cinq* !

M. Puissant ne protesta pas contre cette accusation qui souleva dans la presse de toutes nuances, d'ardentes polémiques.

La *Petite République* publia à ce sujet l'anecdote suivante :

« Il y a quelques années, un de nos confrères républicains s'était réfugié dans un village des environs de Paris, pour échapper à une condamnation par contumace. Il avait pris un nom quelconque Jean ou Benoît. Notre M. Benoît s'était attiré l'estime et la considération du voisinage, si bien qu'un brave bourgeois de l'endroit l'avait choisi comme parrain de son dernier-né.

» Bien que Benoît n'allât jamais à Paris, et pour cause, force lui fût d'y venir un soir, un peu tard, pour acheter les dragées et les présents du baptême qui avait lieu le lendemain.

» Le hasard lui fit rencontrer Puissant. On se

reconnaît, on échange une poignée de mains, puis viennent les questions : « Où loges-tu, maintenant? — A tel endroit, sous tel nom. — Viens me voir un de ces jours. » La visite est promise et les amis se séparent.

» Le lendemain, pendant le repas du baptême, au moment où l'on buvait au filleul et au parrain, deux personnages inconnus demandent à parler à M. Benoît, celui-ci quitte un instant la salle du festin et... il est arrêté.

» Notre confrère est curieux par profession. En route il fit causer les agents.

» — Comment avez-vous fait pour me découvrir ? demanda-t-il.

» — La chose est des plus simples, lui fut-il répondu. On surveillait vos amis, et c'est une personne de la famille de l'un d'eux, M. Puissant, qui a donné votre adresse à quelqu'un qu'il était loin de supposer de la police.

» Notre confrère trouva que M. Puissant était vraiment maladroit. Son opinion a du changer depuis. »

La victime de Puissant était M. Francis Enne.

M. Puissant écrivit aussi à l'*Intransigeant*, sous le nom de *Jean Meunier*; ses rapports à la préfecture de police étaient également signés de ce pseudonyme.

La Misère, numéro 1, 6 février 1870, collaborateur MM. Maxime Wuillaume, L. Sornet, Henri Bellenger. Rien à citer. De ce journal il

11

parut 7 numéros seulement ; le dernier porta la date du 22 février. Il fut remplacé par *le Jocko* qui parut le 16 février.

Dans le premier numéro sous le titre : *Variétés,* nous lisons ceci :

Madame *Désiré*, l'orateur non *désiré* des réunions publiques, se propose de faire prochainement un journal qui s'appellera *la Vérité.*

La Vérité, madame, mais la vérité sur *qui*, la vérité sur *quoi* ?

La *vérité*, toute la *vérité*, rien que la *vérité* sur les relations tendres et ardentes à la fois, qui ont existé entre *Madame Désiré* et *Gustave Flourens.*

— Oui, s'écriait il y a trois jours, devant quinze personnes, *Madame Désiré*, oui je *dirai* sa poursuite opiniâtre, ses discours brûlants, ses lettres de feu ; je *dirai* ses baisers les plus *opiniâtres*, plus *brûlants*, plus *enflammés* encore ; je *dirai* les premiers combats que se livrèrent dans mon âme, un amour sans frein et une pudeur aux abois. Je *dirai* comment, faible et jeune, je cédais au trop pressant Gustave et... le peuple nous jugera, moi et l'ingrat qui m'abandonne.

Pauvre dame, nouvelle Ariane abandonnée, nous n'avons aucune influence sur M. Gustave Flourens et, s'il laisse chômer vos charmes, que voulez-vous que nous y fassions ?

Nous ne pouvons en *vérité* que pleurer sur votre lamentable sort.

Dans *Paris-Oublié* le lecteur trouvera l'histoire de Désiré.

Le Jocko disparut le 27 février. Le 28 *les Gueux* paraissait, même format, mêmes rédacteurs. Un

numéro seulement. *Le Misérable* lui succéda
et parut six fois jusqu'au 6 mars. *Le Rrrrran* clôt
la série de ces petits journaux qui succombèrent
sous les amendes et la prison.

Un jour, un homme du monde, un sporstmann
distingué, membre d'un cercle des plus aristocra-
tiques de Paris, rencontra, à une première du
théâtre des Variétés, un journaliste dont le nom
m'échappe.

— Voulez-vous fonder un journal? dit le sports-
mann au journaliste.

— Certainement, répondit le journaliste, mais
vous connaissez mes opinions. Ma nuance vous
va-t-elle.

— Peu m'importe, soyez rouge, rose, blanc,
bleu, soyez ce que vous voudrez.

— Avez-vous de l'argent?

— Autant qu'il en faudra.

— Vous savez qu'un journal coûte fort cher.
Vous devez avoir un mobile : la croix, la députation?

— Mon Dieu, non! Je suis l'amant d'une actrice
célèbre. Elle me coûte les yeux de la tête De plus
elle exige que je paye la réclame que lui font les
journaux de théâtres et même certaines feuilles
politiques qui vivent de la louange à tant la ligne,
et cela m'ennuie d'avoir des relations avec ce
monde de rastaquouères. Je préfère créer un journal, pourvu que tous les jours vous écriviez que

mesdames Favart, Fargueil et Desclée ne sont que de la Saint-Jean auprès de Mlle X... Je vous laisse libre de jouer sur votre serinette l'air qui vous plaira.

— C'est convenu.

Le journaliste engagea des rédacteurs et le journal parut le 18 juillet, 1871 sous ce titre : *le Salut*.

En tête de ses colonnes figurait un programme ronflant, lequel devait enfoncer dans le troisième dessous toute la presse parisienne. Mais, emporté par la passion politique, le journaliste oublia complètement les éloges quotidiens qu'il devait décerner à Mlle X...

Celle-ci, furieuse, pesta, jura, fit à son protecteur une scène à tout casser. Bref, le journaliste fut remercié et remplacé par un de ses confrères qui, suivant l'usage, s'empressa de changer la rédaction.

Pendant quelques mois, tout alla bien, le journal marchait comme sur des roulettes. Malheureusement si les louanges de mademoiselle X... allaient *crescendo*, il n'en était pas de même de la vente et des annonces.

La rédaction était pourtant composée de gens de talent, mais les événements de 1871, encore récents, et l'état de siège, empêchaient toute polémique sérieuse sous peine de voir le journal supprimé. La fameuse épée de Damoclès était remplacée par le sabre du général de Ladmirault.

M. Constant Améro publiait deux fois par semaine des lettres signées *Philinte*, lettres très remarquées qui commencèrent la réputation de leur auteur. C'était de la bonne littérature, mais l'odeur de sang qui s'échappait des pavés à peine remis en place, et l'odeur de poudre qu'on sentait encore, étaient peu propices aux choses de l'esprit.

Edouard Waldteuffel, un disparu, rédigeait le bulletin politique. J'ignore s'il avait été dans sa jeunesse un fort en thème, mais jamais il n'écrivait un entrefilet, n'eût-il que dix lignes, sans y glisser une ou deux citations latines, cela faisait bondir Fontaine surtout quand les compositeurs faisaient volontairement des coquilles qui dénaturaient absolument la citation.

Léon Mirès et A. Péri étaient les rédacteurs militaires. S'crongnieugnieu! fallait pas discuter la théorie. Mirès poussait l'amour de la vérité jusqu'à avoir dans son tiroir une légion de petits soldats en plomb, dont il passait la revue fréquemment, Albert Hesse jouait du clairon avec son nez. Pour compléter l'illusion, Andréï frappait sur la table, en cadence, avec un couteau à papier. Péri, qui se souvenait d'avoir été colonel pendant le siège, faisait faire l'exercice au garçon de bureau, avec un manche à balai, en guise de fusil.

Henri Chabrillat était notre courriériste théâtral et, ma foi, ses critiques valaient bien celles des pontifes d'aujourd'hui. Il y avait toujours de la jeunesse et de l'esprit.

Il arriva à Chabrillat une singulière aventure.

Un jour, M. Rabuel vint dans nos bureaux. C'était l'heure à laquelle les rédacteurs se réunissaient. Chabrillat s'y trouvait. Après une conversation générale, Chabrillat s'en alla dans les bureaux du *Figaro*. C'était également le moment où les rédacteurs préparaient la besogne pour le numéro du lendemain. Tout en causant, Chabrillat parla de l'évasion d'Okolowicz. De Villemessant répondit que cette évasion n'avait rien de surprenant, que Jacclard venait d'en faire autant. Chabrillat ajouta qu'il y en avait bien d'autres en liberté, qu'il avait, la veille, aperçu Secondigné, l'ancien rédacteur de l'*Estafette* et qu'il venait de rencontrer M. Lucien Rabuel, faubourg Montmartre.

Le *Figaro* imprima ce renseignement. C'était son métier d'être bien informé. Je n'ai pas à juger si ce fut honnête.

Le lendemain de l'insertion de cette information, M. Lucien Rabuel alla au *Figaro* et répudia énergiquement la Commune. On lui donna acte de cette protestation.

Tout semblait terminé; mais M. Rabuel, ayant appris que c'était Chabrillat qui avait donné le renseignement, m'apporta une lettre injurieuse pour mon collaborateur, en me priant de l'insérer dans le *Salut*. Je refusai, comme avait refusé M. J. de Précy pour la *Liberté*. Alors il me demanda de lui rendre le service de la remettre à Chabrillat, ce que je fis quoique à regret. Celui-ci la lut et apprit fortuitement que M. Rabuel commentait sa lettre dans certains cafés du boulevard. Il résolut alors d'envoyer deux de ses amis à M. Rabuel, afin de lui demander soit une rétractation écrite, soit une réparation par les armes.

Il y a ici une nuance de délicatesse et de loyauté qui n'échappera à personne.

Chabrillat, par égard pour la situation particulière de M. Rabuel et pensant que ce dernier ne jouissait que d'une liberté relative, ne voulait donner à cette affaire aucun retentissement. Afin de l'éviter, il fit donner à son adversaire, par deux amis, une explication qui ne pouvait être imprimée.

Pour justifier la pensée de Chabrillat, il faut se souvenir que les deux co-signataires de la déclaration, insérée à l'*Officiel* de la Commune, le mercredi 29 mars, étaient Alexandre Lambert fusillé place Vendôme, et M. Calvinhac, détenu à Satory depuis cinq mois, aujourd'hui député.

M. Rabuel pouvait certainement, sans honte, reconnaître que M. Chabrillat n'était pas un délateur. Il se méprit sur le mobile délicat qui guidait mon collaborateur. Il prit cette démarche honorable pour de l'hésitation et répondit que Chabrillat devait par écrit déclarer qu'il n'était pas l'auteur de la note et qu'ensuite il verrait ce qu'il aurait à faire.

Cette prétention intervertissait les rôles. Chabrillat, insulté gravement par une lettre destinée à la publicité, ne pouvait plus avoir de rapport avec M. Rabuel que par intermédiaire de témoins, chargés de régler une rencontre. Elle fut convenue pour le lendemain à Champigny. Chabrillat avait pour témoins MM. Pradel et Justament, comme médecin le fameux docteur Bonnières.

M. Rabuel était assisté des « citoyens » Edmond Tribalet et Lucien Combatz, ancien directeur des télégraphes et plus tard colonel de la 6ᵉ légion.

Arrivés sur le terrain, au moment où le combat allait commencer, les témoins de Chabrillat firent remarquer à M. Rabuel que, pour garant de son honneur, il n'avait pas eu la main heureuse, qu'un de ces témoins, le « citoyen » Combatz, avait été chassé de son poste de directeur des télégraphes, par la Commune, laquelle pourtant était peu scrupuleuse, que le *Journal Officiel* (avril 1871) avait mentionné son départ en dévoilant son passé. Bref, qu'il fallait choisir d'autres témoins; le chef de gare de Champigny, M. C..., et un cantonnier, remplacèrent les deux « citoyens ». Alors se passa un incident curieux, Chabrillat prit M. Justament à part et lui parla quelques instants. Le chef de gare voulut connaître les motifs de la rencontre, on le mit rapidement au courant.

— Mais, fit-il, est-il bien vrai que M. Chabrillat n'a pas commis l'acte de délation qu'on lui reproche ?

M. Justament s'avança et jura sur l'honneur qu'il répondait de Chabrillat.

Le combat n'eut pas lieu, et un procès-verbal fut rédigé séance tenante. Chabrillat avait pleine satisfaction.

Voici ce qu'il avait dit à M. Justament :

— On m'accuse d'avoir dénoncé M. Rabuel. Eh bien, justement depuis quatre mois je cache Pilotell chez moi !

Chabrillat payait une dette à Pilotell, lequel l'avait averti que la Commune l'avait désigné comme otage.

L'amiral Darricau rédigeait les articles maritimes. Ce bon réjoui nous racontait des histoires de matelots à faire dresser les cheveux sur la tête. Il serait impossible de reproduire la plus anodine. C'était un marin de l'ancienne école.

Malgré tout le talent déployé par les rédacteurs, le *bouillon* affluait à l'administration. Le cabinet de l'administration était une véritable succursale des *Dix-Huit marmites*.

Le 31 décembre 1871, le rédacteur en chef fut mandé par l'administrateur du journal.

— Vous savez, lui dit-il, le journal ne paraîtra pas demain.

— Pourquoi ? Un petit effort de plus, le succès viendra.

— Il est inutile d'insister, M. de R... en a décidé ainsi.

— Mais les louanges de mademoiselle X...?

— Il n'en veut plus entendre parler. Imaginez-vous que la petite Z... lui a appris que mademoi-

11.

selle X... était en même temps la maîtresse d'un lampiste. Si le lampiste *allume*, M. de R... ne veux pas *éclairer !*

Voilà pourquoi la France fut privée du *Salut*, le 1er janvier 1872

M. Clément Duvernois acheta le titre ; il voulait en faire un journal impérialiste, mais il ne trouva pas de commanditaires.

Pour une feuille qui tombe, dix poussent. *Le Sifflet*, journal humoristique, parut le 2 janvier 1872 sous la direction de M. Michel Anézo. Ses collaborateurs, dessinateurs et journalistes étaient : MM. A. Humbert, H. Mayer, Molock, Desmare, Le Guillois, Laffitte, Charles Lecoq, Gabillaud et *Brun*.

Les hommes du 16 Mai qui redoutaient la guerre que pouvait leur faire et que leur faisait le journal à images, avaient rétabli au ministère de l'Intérieur une censure des plus rigoureuses. Dessins et textes étaient épluchés avec un soin méticuleux. Anastasie était enragée.

Anézo lui porta un jour un dessin tellement compliqué, que le dessinateur lui-même n'aurait pas su dire ce qu'il avait voulu représenter.

Le censeur l'interpela brutalement :

— Ce dessin n'est pas clair, Il fourmille d'allusions blessantes pour le gouvernement. Vous n'aurez pas l'autorisation.

— Mais monsieur, répondit Anézo ahuri, dites-moi au moins quelles sont ces allusions. Vous me rendrez service.

— Ce cochon qui est là, dans un coin, caché, barbottant dans une auge ?

— Eh bien ?

— Il ressemble à M. de Broglie... Et ce bûcheron qui, de sa cognée, frappe à coups redoublés sur cet arbre ? Nierez-vous que ce bûcheron ne représente pas M. de Girardin, et l'arbre qu'il veut abattre le ministère qui veut sauver la France ? Allons, remportez votre dessin, vous êtes un ennemi de la famille, de la propriété et de la religion.

— C'est bien, ajouta Anézo, je vais le remplacer par le portrait de saint Joseph.

— Ah ! fit le censeur attendri, le ministère vous prend cinq mille numéros !

Malheureusement les lecteurs préféraient les bonnes charges qui, depuis cinq années, assuraient le succès du *Sifflet*. Si l'image de saint Joseph fait la joie des compagnons charpentiers, elle causa la chute du vaillant journal qui mourut peu de temps après.

Parmi les rédacteurs, j'ai souligné le nom de Brun.

Brun, qui se disait le neveu de M. Lucien Brun, n'était autre que le compagnon anarchiste Martinet qui fut depuis condamné sous les noms de Pol Roche, Emile de Bloche et Henri Bornert à un nombre respectable d'années de prison pour des faits absolument étrangers à la politique.

A propos de saint Joseph et de la censure, *le Carillon*, journal hebdomadaire, humoriste et littéraire... quand il pouvait, me dit son fondateur Louis Lambert, parut le 11 novembre 1876. La rédaction était composée de *jeunes*, inconnus pour la plupart, mais pleins de bon vouloir et d'espérance. Plusieurs tiennent aujourd'hui une place distinguée dans la grande presse. Parmi eux, Louis Lambert, Léo Trezenick, L. de Gramont, etc., etc.; les dessinateurs étaient : G. Lafosse, Henri Desmare, Pasquin, G. Marquet, A. Bourgevin, G. Darré et Pépin.

Le Carillon, tout comme *le Sifflet*, luttait avec la censure. Impossible de dessiner un animal quelconque sans qu'elle y vit la figure du maréchal de Mac-Mahon. Quand c'était une ménagerie complète, toujours clairvoyante, elle déclarait finement reconnaître le ministère entier.

Dans son message adressé à l'Assemblée nationale, le maréchal de Mac-Mahon avait dit :

...Je considère le poste où vous m'avez placé comme celui d'une sentinelle qui veille au maintien de l'intégrité de votre pouvoir, et je resterai le premier gardien de la France.

S'emparant de ces paroles, *le Carillon* soumit à la présidence un superbe portrait du maréchal de Mac-Mahon en *gardien de la paix de la France*; la Présidence lui accorda l'autorisation par la lettre suivante :

Présidence de la République :

Monsieur,

M. le vicomte d'Harcourt, en réponse à la lettre que vous lui avez adressée, me charge de vous informer qu'il ne voit aucun inconvénient à ce que vous fassiez publier dans votre journal la gravure représentant le maréchal. de Mac-Mahon, président de la République, dont vous lui avez envoyé l'original.

Recevez, etc., etc.

Comte de TANLAY.

Lambert porta son dessin à la censure, ainsi que l'original de la lettre de M. de Tanlay. Le censeur lui dit de revenir le lendemain. Il revint ; on lui refusa son dessin et on refusa de lui rendre la lettre. C'était un procédé des plus commodes, mais peu honnête. Emile de Girardin, qui eut connaissance du fait, envoya au spirituel *Carillon* la pensée suivante :

Où ne règne pas la liberté, c'est la peur qui gouverne.

Un jour Louis Lambert alla porter un croquis à la censure. Voici la scène racontée par lui :

Il s'agissait d'un dessin représentant une scène de l'adoration des Mages : la Vierge (la France), les Mages (plusieurs *leaders* du parti républicain), saint Joseph (Mac-Mahon) tenant un poupon (la République).

— Monsieur, dit le grand maître de la censure, impossible d'autoriser un pareil dessin.

— Pourquoi ?

— Je veux bien croire qu'il n'y a pas une intention malveillante de votre part, mais nous ne pouvons permettre la reproduction des traits du chef de l'Etat dans la figure de saint Joseph. Voyons, entre nous, ajouta le farouche censeur, vous connaissez la réputation dont jouit saint Joseph ?... et, dame ! pour l'honneur du maréchal... Non ! cent fois non ! l'allusion serait trop transparente.

Quelques jours plus tard, un de nos dessinateurs aux abois — on refusait dix ou douze dessins par semaine — Desmare, toujours gouailleur, fit le dessin suivant :

La leçon de lecture. Un mouton épelait devant un tableau noir plusieurs lettres de l'alphabet : S. A. C. Q.

Trop anodin pour ne pas recéler les intentions les plus subversives. Le censeur mit en œuvre toutes les ressources de son esprit peu subtil pour découvrir le sens vrai.

Quand il crut avoir trouvé, son œil lança un éclair ; toute la bile contenue dans sa majestueuse personne ne fit qu'un tour. Il prit son air le plus rogue pour nous menacer de toutes les rigueurs de la loi.

Ce à quoi il réussit, car grâce à son amabilité, *le Carillon* alla sonner dans le prétoire des 8e et 9e chambres correctionnelles ; il fut condamné. Il n'en tinta pas moins gaiement jusqu'au 26 février 1883.

Les boutades que publiaient Louis Lambert dans *le Carillon* étaient des plus amusantes ; parmi elles, je cueille celle-ci :

Une femme et un miroir ne peuvent se séparer.

Quelle différence, pourtant, il y a entre les deux... charmantes futilités : la femme parle beaucoup et ne réfléchit pas ; le miroir réfléchit et ne parle jamais.

Si vous vous mariez, prendre une femme petite, en souvenir du proverbe : Moins on en a, mieux ça vaut.

Ce dizain réaliste mérite également de n'être pas
oublié :

La scène est dans un bal de barrière. Un Alphonse
Entre, coiffé de sa casquette, qu'il enfonce
Très peu, pour ne pas nuire à ses accroche-cœurs.
Les filles, sous le feu de ses regards vainqueurs,
Tressaillent. Mais il est rejoint par sa maîtresse,
Heureuse que son homme ait l'air si comme il faut.
Ils s'attablent. On leur sert un bol de vin chaud.
L'homme le boit et dit à la femme : « Allons, paye ;
Et tu me passeras ensuite la monnaie ! »

LOUIS DE GRAMONT.

XII

Le *Parlement* est resté légendaire dans le monde du journalisme, et fut le dernier journal du grand, de l'inénarrable Ganesco.

Grégory Ganesco, de son vrai nom, fut une des figures les plus curieuses de 1860 à 1867. Il était Valaque d'origine et français par droit de naturalisation.

Après avoir usé dans les antichambres orientales l'influence que ses talents divers et la splendeur contestée de son origine semblaient devoir lui assurer pour de longues années, il vint, apportant avec lui les dégoûts du bas empire, essayer de prendre une place au festin d'Occident. On le vit, après une étape à Francfort, descendre à Paris, d'un pied léger. Il avait pour tout bagage une forte dose de civilisation, grecque ou turque, même les deux à la fois.

L'une suffit à Paris pour faire la fortune d'un homme. Aussi Ganesco ne tarda-t-il pas à avoir un journal : *Le Courrier du dimanche*; immédiatement il devint un homme d'importance. Les tendances de ce journal valurent à Ganesco les honneurs de la persécution. Cela ne suffisait pas à son ambition. Il voulut entourer son front de l'auréole de martyr.

Il y réussit, aidé par un ministre maladroit mais très honnête homme dont le cœur se soulevait de dégoût. Il rejeta Ganesco hors de nos frontières.

Plus tard le « martyr » rentra en France et en grâce, il se réconcilia avec les Tuileries et fut même candidat officiel.

Il fallait que l'empire fût bien pauvre d'hommes pour aller chercher ses candidats jusque dans le limon du Danube.

Ganesco était un audacieux, mais plus encore un *chançard*.

Le *Figaro* le décrivait ainsi :

— Vous souvient-il de cet arlequin des anciens Funambules, si souple, si retors, si fugitif, si changeant, tapant sur Pierrot et sur Cassandre, se donnant des coups de pied à lui-même pour amuser le public, buvant dans votre verre, vous subtilisant votre chapeau, vous escamotant votre mouchoir, le tout pour rire! Arlequin n'est plus, mais Ganesco reste. C'est une compensation. Grand, maigre, imberbe, chiffonné, onctueux, prolixe, expansif, hâbleur, sanglé dans une redingote à collet de velours, ayant des gestes de marchand d'orviétans, parlant la langue italienne comme Pasquin ou Marforio, insinuant, compromettant et bruyant, il y a en lui du Fontanarose, du Machiavel et du Pulcinello.

Il est *roumain*, mais il devrait être *romain*.

Sceptique et ambitieux, il a toutes les ressources de Quinola et toute la hardiesse de Gil Blas, il sera docteur chez Sangrado, enfant de chœur chez l'évêque de Grenade, et courtisan chez le duc de Lerme.

Il se transforme comme un acteur du cirque et riposte aux quolibets par des lazzis souvent spirituels.

Il a fait des journaux sans savoir écrire et de l'administration sans savoir compter. Donnez-lui demain une bonne idée de pâte dentifrice ou d'onguent pour les engelures, il lâchera ses électeurs gorgés de mazagrans, mettra un casque, louera une voiture et une grosse caisse et parcourra les foires avec la permission de M. le maire de Montmorency.

Ce portrait était rigoureusement exact.

Le *Courrier du dimanche* fut supprimé par l'empire pour ses *tendances orléanistes*, quoiqu'il comptât parmi ses rédacteurs plusieurs républicains.

Il est assez curieux de remarquer que, quelques années plus tard, Ganesco dénonçait à l'Empereur les *Orléanistes* qui lui avaient fait une réputation grâce à son expulsion.

Voici la lettre, elle est de haut goût :

M. Grégory Ganesco à l'empereur.

Paris, 30 Janvier 1870.

Sire,

N'ayant ni le goût ni l'habitude de faire à personne des révélations mystérieuses : mais voyant le *flot orléaniste* monter vers les Tuileries pour y submerger le trône napoléonien, j'ai publié hier soir dans le *Parlement* la première partie d'un travail que Napoléon III, et comme souverain et comme père, fera peut-être bien de daigner lire.

Les *Orléanistes* sont gens sagaces, en m'empêchant de servir l'Etat. L'Empereur, lui, me permettra sinon de le convaincre du péril, au moins de l'en avertir.

Je suis, sire, de Votre Majesté, le très obéissant et fidèle serviteur et sujet.

GRÉGORY GANESCO.

Après le 4 septembre, cette lettre fut trouvée dans les papiers des Tuileries,

Ganesco tenait absolument à être élu conseiller général dans le canton de Montmorency. Il loua dans la vallée une superbe villa, fit construire de splendides étables dans lesquelles il installa une dizaine de vaches des meilleures races.

Comme tout le monde, il eût pu faire apposer un écriteau :

Lait chaud matin et soir

ou vendre son lait en gros à un laitier parisien, mais pour lui, Ganesco, fi donc ! Vendre du lait, c'était bon pour des manants.

M. M... rédacteur de l'ancienne *France*, était voisin de Ganesco. Sa femme était atteinte d'une maladie de poitrine, Ganesco l'apprit. Aussitôt, pendant toute une semaine, il lui envoya une boîte coquettement enrubannée, contenant environ un litre de lait sortant du pis de la vache. Tout naturellement ce lait fut accueilli avec joie par la pauvre malade. Le journaliste reconnaissant, ne sachant comment remercier Ganesco, se disposait à lui envoyer sa carte lorsqu'un matin il le rencontra à la gare.

Ganesco vint droit à lui, la bouche en cœur et les mains tendues suivant son habitude. Après l'étreinte traditionnelle, il fit mine de fouiller dans ses poches ; il les retournait avec des gestes désespérés, tout en murmurant dans un langage incompréhensible des mots entrecoupés... Dans le lointain, on entendait siffler la locomotive qui arrivait à toute vitesse.

M. M... suivait ce manège sans y rien comprendre. Tout à coup, au moment où le train entrait en gare, Ganesco s'approcha et lui dit rapidement :

— J'ai oublié mon porte-monnaie, prêtez-moi quelques louis, je vous les rendrai demain.

Le moyen de refuser à un homme aussi prévenant.

M. M... lui prêta quatre louis. Le lendemain... il ne reçut plus de lait.

Ganesco vendait donc son lait onze francs le litre ! !

Il existait à Montmorency une société de secours mutuels. Ganesco en était le président. Un dimanche, les sociétaires se réunirent. Il parla *deux heures un quart.*

Le *Parlement* rendit compte de la « solennité » en deux immenses colonnes ; on y lisait les paragraphes suivants :

· M. Ganesco a parlé, avec son abondance d'improvisation accoutumée et la chaleur qu'il met toujours en ses paroles comme en *toutes choses,* de la société qu'il préside et qu'il a fondée.

. . . .

Un puissant effet a été produit par le récit du poème de M. F. Coppée, la *Grève des Forgerons :* déclamée par M. Garraud de la Comédie-Française avec une *force de pathétique* qui a fait couler bien des larmes dans l'assistance.

Le *Parlement* terminait l'immense panégyrique de Ganesco par ces mots :

Le concert fini, en revenant de Montmorency, les artistes chantaient la *Marseillaise;* M. Ganesco les pria de cesser en disant qu'il était *trop connu et que ça le compromettrait.*

Ganesco compromis, c'était un comble !

Un jour que Ganesco était en tournée électorale, il arriva dans un village du canton, en poste, s'il vous plaît, et les chevaux avaient des grelots.

Cet équipage faisait un tapage de tous les diables. Les paysans sortaient sur le pas de leur porte; les chiens aboyaient en courant. Ganesco saluait à droite et à gauche tout comme un souverain.

Ayant soif, il entra à l'unique auberge, c'était précisément un dimanche. Elle était pleine de paysans des villages voisins.

Ganesco, homme de décision, vit dans cette réunion un moyen de propagande. Il demanda un litre et réclama le silence.

Il commença : — Mes amis, l'ordre... la paix... nos institutions... je suis un martyr... j'ai combattu pour la liberté... je suis l'ami du peuple...

Il ne tarissait pas.

Malheureusement pour lui, l'assistance était mal disposée. La récolte des cerises avait été mauvaise ; celle des foins s'annonçait médiocre ; les blés étaient versés et menaçaient de pourrir et de germer sur le sol, ce qui fit qu'un silence glacial accueillit sa péroraison.

Un paysan se leva et lui dit :

— Vous êtes journaliste, et vous voulez être conseiller général ?

— Oui, mes amis... pour votre bien à tous... mon dévouement...

— Eh ! bien moi, simple cultivateur, gagnant trois francs par jour, et qui ne crois pas à vos belles phrases, je vous déclare que je préfère mon humble métier à celui que vous faites en allant ainsi, de porte en porte, vanter vos mérites négatifs et colporter vos promesses vaines. Restez chez vous, si vous avez une valeur sérieuse, nos suffrages sauront aller vous chercher!

Des applaudissements unanimes couvrirent l'éner-

:gique sortie du paysan, et, Ganesco s'enfuit.., dans un autre village.

Avant d'arriver à Montlignon, il rencontra une vingtaine de paysans qui cheminaient tranquillement :sur la route, la faulx sur l'épaule : Je vais me rattraper, pensa-t-il, il descendit de la voiture et s'approcha d'eux.

— Vous avez bien chaud, mes chers camarades. Voulez-vous vous rafraîchir, leur dit-il.

— Tout de même, bourgeois, répondirent-ils comme un seul homme.

Voilà Ganesco marchant en tête, les vingt paysans le suivant ; la calèche fermait la marche.

Arrivés à l'auberge, il commanda du vin comme s'il en pleuvait et recommença son éternel discours.

Les paysans l'écoutaient religieusement et à chaque période redemandaient à boire.

Quand Ganesco eut fini, sans avoir été interrompu, il descendit d'une table dont il avait fait une tribune et serra avec effusion les mains de ses auditeurs :

— Je puis compter sur vous, vous voterez pour moi, n'est-ce pas mes amis ? leur dit-il.

— Nous voudrions bien, dit l'un d'eux, mais nous sommes Belges !

Ganesco faillit tomber à la renverse. Il rentra chez lui en proie à une forte fièvre. Il fit appeler son médecin qui lui conseilla de changer d'air pendant quelques jours.

Ganesco partit pour Fontainebleau.

Un matin, il prenait le frais dans la forêt, cherchant le calme qui convient à l'éclosion des grandes pensées, lorsqu'au détour d'un sentier, près des gorges d'Apremont, il fut abordé par un gamin qui portait sous son bras un paquet de journaux.

— Avez-vous *le Parlement?* demanda d'une voix inquiète le futur conseiller de Montmorency.

Le gamin étonné regarda son interlocuteur puis répondit :

— *Le Parlement*, m'sieu? Il y a beau temps qu'il est épuisé... A peine reçu, aussitôt enlevé, ça se vend comme du pain. J'en attends par le train de midi. En v'là un chouette journal, ça dégotte *la Marseillaise* et quand il y a des articles de m'sieu Ganesco, ça coupe la chique à la feuille à Rochefort; je vends deux cents *Parlement* à moi tout seul *dans la forêt!*

Ganesco écoutait cet éloge sans sourciller, il se pâmait d'aise! Ah! Paris ne se doute pas de ma popularité, pensait-il.

Il tira de son gousset une belle pièce de cent sous et la donna au gamin, en lui disant :

— C'est regrettable que tu n'aies pas *le Parlement;* j'aurais été curieux de lire les articles de l'écrivain qui, par son talent, fera ta fortune. Enfin tu n'auras pas perdu ton temps.

Le gamin empocha l'argent, salua et partit.

A peine eut-il fait une cinquantaine de pas qu'il se retourna et cria :

— Merci, m'sieu Ganesco !

Ganesco mourut à l'hôtel du Louvre en 1880.

Ganesco avait pour collaborateur au *Parlement* un écrivain de mérite, M. Jean Laroque qui, sous la Commune, devint directeur de l'artillerie.

Le Parlement fut créé le 26 octobre 1869, dans des circonstances particulières, par M. Bravay.

M. François Bravay était en Egypte, au moment où l'Impératrice y fit un voyage. M. Bravay lui fut présenté et la croix fut demandée pour lui. Elle promit sans difficulté; mais le ministre refusa opiniâtrement de réaliser la promesse de l'Impératrice. Grande fureur de cette dernière, en présence de la résistance du ministre! Elle voulut connaître les motifs du refus de décorer son protégé. C'était assez difficile à lui expliquer; néanmoins, on lui fit comprendre que M. Bravay devait une partie de son immense fortune à l'industrie qui, dix années plus tard, illustra à jamais M. Duhamel. C'était sans doute une calomnie, mais le ministre n'en voulut pas démordre.

L'Impératrice n'insista pas. M. Bravay, qui tenait absolument à la croix, créa *le Parlement* pour forcer la main à l'Empereur.

L'Empire tombé, *le Parlement* n'avait plus raison d'être. Aussi disparut-il le 9 septembre 1870 après avoir englouti une très grosse somme.

Quelques années plus tard M. Dufaure créa une feuille qui s'appelait également *le Parlement*. Ce journal vécut sans bruit et mourut de même.

12

XIII

Le *Courrier de France* — Le Mirabeau de Brioude — Le
fumeur hollandais — Un pilier d'antichambre — Les
trente millions de Guyot-Montpayroux — Les diamants
de mademoiselle B... — Bismarck rend l'Alsace et la
Lorraine à la France — Tu gouverneras le monde —
M. Leonce Détroyat ambassadeur — Le boudin et les
cochons.

Le *Courrier de France* parut du 4 décembre
1871 au 2 mars 1873 et du 30 novembre 1874 à
la fin de décembre 1877, sous la direction de
deux écrivains remarquables à différents titres :
MM. Guyot-Montpayroux et Robert Mitchell.

Le *Courrier de France*, sous la direction de
Guyot-Montpayroux, dit le Mirabeau de Brioude, ne
fit aucun bruit. On ne pouvait croire au républicanisme de Guyot, qui dans une brochure publiée
en 1864, sous ce titre : *l'opposition dynastique*,
affirmait son sincère dévouement à l'Empereur, et
jurait que ce gouvernement seul pouvait assurer la
stabilité de la France. Quant à la République,

ajoutait-il, la France n'en voulait pas en 1851, elle n'en veut pas davantage aujourd'hui.

Après le 4 septembre, Guyot écrivait dans l'*Indépendant de Brioude* (17 septembre 1870) que l'Empereur était un fumeur hollandais, fils anonyme de la reine Hortense; que l'Empire avait commencé par un crime pour finir dans la boue.

Guyot-Montpayroux, à qui sa situation personnelle imposait le silence, attaquait avec fureur la plupart de ses confrères. La polémique avait atteint une violence extraordinaire. Cet entrefilet donnera la note; il est du *Pays*.

— Un autre journal mérite, dans ce concert de bêtes fauves dont on a trompé la faim, un petit compte à part.

C'est *le Courrier de France*.

M. Guyot-Montpayroux nous attaque avec une imprudence que seule peut expliquer une nature pacifique et qui sait le mettre au-dessus de toute éventualité.

Quand on a été l'Impérialiste enragé que l'on sait;

Quand on a été à l'Exposition universelle le fonctionnaire bizarre que l'on se rappelle;

Quand on a été Jérômiste, Thiériste, Mac-mahonien, et qu'on a donné le spectacle de toutes les platitudes, de tous les changements, de toutes les variations;

Quand on a refusé de se battre pendant la guerre:

Quand on s'appelle Guyot-Montpayroux, enfin, on se tait, et on n'injurie pas le noble parti qui aurait l'honneur d'être à tout jamais débarrassé de lui, s'il était possible d'affirmer qu'on pût bâtir une antichambre sans que M. Guyot-Montpayroux n'éprouve le besoin de l'inaugurer immédiatement par sa présence.

Guyot-Montpayroux rédigeait *le Courrier de*

France presque seul. Il était doué d'une facilité
de plume extraordinaire, d'une grande facilité de
parole, bon et joyeux compagnon, aimable, d'une
très grande facilité de relations, mais malheureusement sa morale était aussi facile que le reste. Le procès retentissant qu'il eut à soutenir à propos de l'Exposition universelle de 1867, le prouve sura-
bondamment; il faillit y laisser son honorabilité.

Guyot était un *déséquilibré* par excellence; pour
avoir voulu monter trop vite il s'est perdu dans
l'espace.

En 1870, la veille de la guerre, il disait à Emile
de Girardin: « J'ai trente milliards pour faire le
premier journal du monde. » Quelques jours auparavant, à Saint-Cloud, il disait à l'Empereur : « Quand
je serai le ministre de Votre Majesté, tout marchera
mieux. »

Un peu avant qu'il ne devînt fou complètement,
il jonglait dans son journal avec les millions. Les
derniers numéros du *Courrier de France* sont
des plus curieux à lire. Ils attestent l'état mental du
malheureux, atteint de la folie des grandeurs et du
délire de la persécution.

Il avait pour amie une actrice bien connue. Se
trouvant un soir à causer au coin du feu, il se
leva précipitamment, saisit un coffret dans lequel
étaient ses diamants et ses perles, et le vida dans le
foyer, elle voulut l'arrêter.

— Ne vous inquiétez pas, lui dit-il, bientôt je vous
offrirai en échange des mines de Golconde !

Ce soir-là Guyot Montpayroux alla trouver Ernest Verdier, le propriétaire de la Maison d'or, et lui demanda de mettre à sa disposition sa maison, pour y réunir dans un grand dîner, le dimanche suivant, les quarante plus grands personnages de la terre.

Il prétendait être possesseur de l'Alsace et de la Lorraine, que M. de Bismarck venait de lui remettre pour qu'elles fussent rendues à la France, à condition qu'il en serait le gouverneur. « Dans peu de temps, disait-il à un ami, le monde entier n'aura plus qu'une seule langue, une seule religion, un seul gouverneur, et j'en suis naturellement le chef désigné ! »

Tous ces résultats avaient été obtenus à l'aide d'une souscription universelle de cinq cents milliards.

« Et, expliquait-il à son ami, savez-vous à quel moment me sont venues ces grandes conceptions ?... Vous ne le devineriez jamais ! C'est pendant que j'étais à l'audience, lors de mon procès avec M. Assezat de Bouteyre. Quel service ils m'ont rendu ! ajoutait-il en riant. Ils ne le croiront jamais. Figurez-vous qu'au cours des débats, quand j'ai entendu M. l'avocat général Laval dire : « M. Guyot Montpeyroux reste donc un homme » sans honneur, sans probité !... » A ce moment j'ai ressenti dans ma tête un immense craquement ; il m'a semblé que mon crâne s'était entr'ouvert et que ma cervelle volait en éclats ! Je serrai ma tête

12.

dans les mains comme pour en comprimer les douleurs effroyables, mais en levant les yeux, je les portais sur le grand Christ placé derrière les juges et alors je vis se détacher en traits de feu, ces mots : *Tu gouverneras le monde !*

» J'eus beau détourner les regards de cette apparition céleste. Malgré moi j'étais obligé de regarder le Christ et je voyais toujours en lettres de feu : *Tu gouverneras le monde !*

» Eh bien ! la divine prophétie se réalisera, car avant huit jours, je gouvernerai le monde. »

Poursuivi par l'idée de rendre l'Alsace et la Lorraine à la France, il se rendit le 31 octobre 1877 chez M. Grévy pour s'entendre avec lui au sujet du rachat des provinces annexées. Il n'y avait plus de doute, le pauvre garçon était complètement fou.

Voici comment il fut conduit à Ivry, dans la maison de santé du docteur Luys.

M. Léonce Détroyat, qui avait été invité au fameux dîner des quarante, s'adjoignit le docteur Voisin, le célèbre aliéniste, qu'il présenta à Montpayroux comme un riche américain du nom de Johnson, venu de New-York pour participer à la souscription universelle.

— Pour quelle somme en désirez-vous ? demanda Montpayroux à M. Voisin.

— Pour dix milliards, répondit le docteur.

— C'est pour votre compte personnel alors, car si vous veniez souscrire pour le gouvernement américain je ne jugerai pas cette somme suffisante.

C'est donc bien entendu, c'est pour vous que vous souscrivez ?

— Maintenant, dit M. Léonce Détroyat, il s'agit de vous entendre avec Bismarck. Il n'y a pas de temps à perdre. Allons le trouver immédiatement.

— C'est à lui de venir, dit le pauvre fou.

— Non, remarquez bien ceci, M. de Bismarck n'a pas cru devoir entrer dans Paris. Il vous attend à Ivry dans une villa louée exprès pour votre entrevue. En y allant, vous lui épargnerez une démarche pénible.

— Alors partons, fit Guyot-Montpayroux.

MM. Montpayroux, Voisin et Léonce Détroyat montèrent en voiture et, une heure plus tard, le triste cortège était introduit dans le salon de la maison de santé. Ce n'était pas chose facile pour les amis du malheureux fou de partir sans éveiller ses soupçons. M. Détroyat employa le moyen suivant.

— Le prince de Bismarck est là qui vous attend, dit-il à Guyot-Montpayroux, mais avant de le voir, il est nécessaire d'établir officiellement que ce n'est pas vous qui venez à lui, mais que c'est lui qui vient à vous, nous allons en conséquence rendre une visite au chancelier.

— C'est fort juste, dit Guyot, seulement il faut que vous soyez en règle, comme vous allez remplir les fonctions d'ambassadeur, je vais vous signer un décret de nomination.

Il signa le décret et ces messieurs partirent.

Guyot-Montpayroux mourut oublié après huit années de souffrances, en 1885.

Le *Courrier de France*, sous la direction de M. Robert Mitchell avait une physionomie spéciale ; c'était un journal amusant. Sa rédaction, à part M. Jude Delafosse, qui échoua en police correctionnelle pour l'affaire des vidanges du fameux Lepelletier, n'a pas laissé de traces. Le journal, c'était M. Robert Mitchell.

A cette époque, la *Brasserie moderne* était le Brébant d'un certain nombre de journalistes, tous jeunes, qui préféraient la cuisine du père Génin, assaisonnée d'éclats de rire à la cuisine luxueuse du restaurateur des lettres. Si Joseph, leur garçon habituel, écrivait ses mémoires?

Un des plus assidus était M. Robert Mitchell, et son inséparable Oscar Sandré. A déjeuner c'était des discussions interminables sur les questions politiques et littéraires. Jean Laroque soutenait que Ganesco était le plus grand homme des temps modernes. Le docteur Thévenet nous initiait aux mystères des maisons chères à M. Duhamel. M. Jules Clère rêvait dans son coin du pauvre Vermorel. Charles Schiller mangeait régulièrement un potage aux pâtes d'Italie et contemplait amoureusement les croix étalées dans le fond de son assiette ; mais le plus étincelant du petit groupe était M. Robert Mitchell.

Un jour Jouvin discutait avec lui de la valeur d'un auteur dramatique.

— Il a un talent énorme, disait-il.

— Oui, riposta Sandré, mais quel caractère abominable.

— Son caractère n'a rien à voir ici, dit le docteur Thévenet.

— Enfin ajouta Sandré, il n'y a pas de relations possibles avec lui.

— Qu'importe, dit Mitchell, j'adore le boudin, mais je ne me crois pas pour cela obligé de vivre avec des cochons !

Un de nos confrères, aujourd'hui célèbre, assidu de la fameuse table de la *Brasserie moderne*, avait pendant le siège fait partie de la garde nationale. Il devait se marier après le 4 septembre, mais à cette époque on battait le rappel tous les jours, pour des piquets, des patrouilles, des désarmements. Ces appels incessants l'avaient obligé de retarder son mariage indéfiniment. Le premier jour, le tambour l'avait surpris comme il mettait ses bottes ; le second, au moment où il passait son pantalon... et chaque fois, l'infortuné fiancé se voyait forcé de quitter l'habit nuptial pour endosser la tunique d'ordonnance. « Sambleu, disait-il, j'ai préféré rester garçon, car le rappel aurait pu me surprendre dans un drôle de moment ! » Je ne le nomme pas, car l'homme grave d'aujourd'hui ne me pardonnerait pas d'évoquer ce souvenir du joyeux farceur d'autrefois.

Robert Mitchell, sans être amoureux des grandeurs, voulait être député. Un jour, en déjeunant, il

nous dit : « Je pose ma candidature dans la Gironde. » Tous prirent cela pour une plaisanterie, mais
le lendemain il était parti en compagnie de Sandré,
faire sa tournée électorale. Ce n'était pas lui qu'on
aurait accusé de corrompre ses électeurs avec les
rastells et le célèbre veau de Calvet-Rognat; car
l'argent ne le gênait guère. Mais en revanche, si sa
caisse était vide, il avait un bagage énorme de bonhomie et de belle humeur. Comme il ne pouvait
louer des salles pour réunir ses électeurs, il choisissait les jours de marché, et là, monté sur des trai-
teaux, il réunissait autour de lui les paysans et leur
exposait son programme.

Son concurrent, M. Curé, qui voyait chaque
jour sa candidature perdre du terrain, était furieux.
Mitchell avait fait apposer des affiches, dans lesquelles il promettait tant de beurre aux paysans
qu'on ne voyait plus le pain. Il s'aperçut que la plupart de ses proclamations, au-dessous de sa signature étaient ornées de plaques jaunes, noires ou
vertes suivant la localité, lesquelles n'avaient rien
de commun avec l'odeur de la rose. C'était son concurrent, disait-on, qui avait placé cette marchandise
qui illustra Cambronne. Mitchell vit là un pronos-
tic en vertu du proverbe que la m... porte bonheur.
Étant dans une usine, il termina ainsi son discours :

— Mes amis, mon succès est assuré ; mon concurrent abandonne sa candidature, en voulez-vous
la preuve ! Allez lire mes affiches, il a apposé sa
signature au-dessous de la mienne.

Robert Mitchell fut élu.

Il y a de cela à peine dix années, et aujourd'hui, nous assistons à ce spectacle curieux. Le bon Mitchell d'autrefois est chef du parti impérialiste, ou du moins son porte parole écouté et il fait cela sérieusement, si sérieusement qu'il ne parle plus aux camarades de jadis de crainte qu'on ne lui rie au nez, qu'on ne le salue par le couplet de la célèbre chanson :

C'est qu'à tout il faut s'attendre
Pour ne s'étonner de rien.

XIV

Une fêlure. — Ici l'on pave. — Un bon discours. — Je
ne me sers pas de ce papier. — 5oo francs ou 2000. —
Stamir et Marchal. — Les fonds secrets et les réunions
publiques. — Gaston Vassy. — Arrêtez le train. — Pas
de pain, mais des truffes. — Une bonne oraison funèbre.
— Guillemot et les badingoins. — De la vraie ou de la
faux... — La croix d'officier de la Légion d'honneur
pour l'Alsace-Lorraine. — Un gendarme et M. Fontaine.

M. Louis Ulbach, racontant récemment dans le
Gil Blas l'histoire de *la Cloche*, disait avec une
désinvolture charmante : « Il ne me reste que le
souvenir d'un petit tapage suivi d'une fêlure irré-
médiable. »

Le *Cri du peuple* reproduisit l'appréciation de
l'ancien rédacteur en chef de *la Cloche* et ajouta
cette réflexion : — « *Fêlure* n'est pas mal pour
dire une faillite des plus carabinées.

« Aujourd'hui encore, douze ans après, il y a
des rues où l'on pave pour M. Ulbach : ce sont

les rues où habitent les anciens rédacteurs de *la Cloche!* »

En 1868, *la Lanterne* faisait un bruit considérable, son succès envié ne pouvait manquer de lui susciter des concurrents. C'est alors, le 15 août, que M. Louis Ulbach, sous le pseudonyme de *Ferragus*, fit paraître *la Cloche*. Si *la Lanterne* faisait les délices des amateurs de réunions publiques il n'en fut pas de même de *la Cloche*. Voici comment elle était jugée :

Réunion de la salle de la Redoute, 28 janvier 1869, compte rendu des journaux de l'époque :

M. Ducasse. — Nous sommes attaqués, non plus de la part de la Presse gouvernementale, qui a été honnie, flétrie, méprisée à *la Redoute* comme au *Vieux-Chêne*, comme à Belleville (Bravos), mais de la part d'une presse plus adroite, se prétendant plus libérale, ayant même dans ses jours de goguette des velléités républicaines, (Rires) de la presse démocratique, enfin !

L'orateur donne lecture du passage suivant d'un article de *la Cloche* : ... un de mes amis qui fréquente... etc. etc. faisait allusion aux pièces d'or qui avaient été trouvées parmi les gros sous, dans le tronc placé à la porte de la réunion.

Cette lecture soulève l'assemblée.

Voix. — Il faut giffler Ulbach ! (Rumeurs, insultes contre M. Ulbach).

M. Ducasse, qui, en désignant l'auteur de *la Cloche*

13

avait dit : le *citoyen* Ulbach, regrette d'avoir employé cette expression et la rétracte. (Bravos.)

Voix. Faites-nous passer Ulbach un peu. (Bruit.)

Compte rendu de la réunion de la Chapelle, 31 janvier 1869.

M. Ducasse. Celui qui a prétendu que nos réunions étaient soudoyées est celui qui, comme la vermine qui vient sur un corps mort, est venu enter un journal de 40 centimes sur le cadavre de *la Lanterne* (Bravos).

Ce Louis Ulbach n'a d'ailleurs jamais appartenu qu'à cette démocratie obèse et bourgeoise, à la graisse malsaine qui a fait fusiller le peuple le 15 mai, le 22 juin et à toutes les réactions (Bravos). C'est un repris du despotisme venu sur le cadavre du peuple, non sur un cadavre mort, se repaître de lambeaux de chair pourrie.

L'assemblée déclare que Louis Ulbach en a menti. (Plusieurs salves de bravos.)

Compte rendu de la salle Favié (Belleville), 1er février 1869.

M. Ranvier. Citoyens, lorsque les réunions publiques se sont ouvertes, c'était dans l'intérêt d'y faire l'instruction du peuple, il y avait pas mal d'années qu'on nous avait caché l'instruction, elle était mise sous cloche.

Enfin on nous a donné les réunions. Voici qu'un certain monsieur s'est permis, dans une espèce de brochure, machine bonne à faire du papier pour aller à certains endroits que la pudeur me défend de nommer (Rire général.)

Voix. Vous en servez-vous?

... Non, quand j'y vais je ne me sers pas de ce papier, je carindrais qu'il me salisse! (Rires). Ce monsieur donc a prétendu que l'administration payait pour nos réunions publiques, je ne crois pas cependant que l'administration pense beaucoup à nos réunions, si j'en juge par certains discours.

L'orateur analyse un passage de *la Cloche*.

Voix. C'est Ulbach !

L'orateur. Oui, le ventru de notre temps !

L'orateur proteste vivement contre les faux démocrates et les écrivains de la presse bourgeoise. Il termine en mettant à l'index *la Cloche* d'Ulbach et en recommandant de ne plus l'acheter.

M. Gaillard père. J'ai deux mots à dire sur le même sujet que le citoyen Ranvier, et qu'il a oubliés : c'est que ce misérable calomniateur d'Ulbach a fait devant mes yeux ce que je vais vous citer : Il a eu un procès le même jour que moi, il est venu pleurer en présence des juges, en disant au sujet de l'article qu'il avait écrit, qu'il avait été très fâché, huit jours après, de l'avoir écrit. Bien ! le président lit le jugement, il se trompe et condamne M. Ulbach à 500 francs ; je jette les yeux sur lui ; je le vois sourire, mais tout à coup le président dit qu'il s'est trompé et que c'est à 2000 francs que M. Ulbach est condamné et nous à 500 francs ; à ces mots, Ulbach pâlit et s'en va comme un péteux, parce qu'après avoir renié son article il n'en avait pas moins été condamné à 2000 francs.

Ce misérable calomniateur des réunions publiques, on sait ce qu'il a fait.

L'orateur met à l'index *la Cloche* qui fait vivre Ulbach.

Salle Favié, Belleville, 3 février 1869.

M. Ducasse... Lorsque la calomnie se produit au grand jour, il est facile de reconnaître où sont la vérité et le mensonge ; tandis qu'aujourd'hui, dans nos réunions publiques, alors que *le Pays* travestit nos réunions, tandis que *la Cloche* sonne un autre son et nous accuse d'être soldés par la police... agent infâme qui se couvre du manteau des républicains.

M. Ribal relit l'article de *la Cloche* contre les réunions publiques ; puis s'adressant à l'assemblée : — Citoyens, dit-il, il est probable que quelques-uns de vous ont dit : ceci est signé *Stamir* ou *Marchal de Bussy* (Rires). Buffon a dit, il est vrai : le style, c'est l'homme, mais il n'a pas dit que l'homme portait toujours le même nom ; hier, l'homme en question, s'appelait *Stamir* ou *Marchal* ; aujourd'hui il s'appelle *L. Ulbach* (Bravos).

Il n'y a pas d'atténuations possibles lorsqu'on parle d'hommes qui ont des sentiments si bas, des pensées aussi cyniques, un langage aussi impertinent (Bravos).

Il y a plus que de la platitude là-dedans, il y a lâcheté et paresse. Je n'ajouterai qu'un mot :

Cet homme qui, tous les samedis, écrit des brochures pour proclamer devant toute la France son républicanisme, cet homme nous insulte aujourd'hui, mais si vous étiez maîtres demain, il se prosternerait devant vous en vous proclamant les *héros de Belleville ! !*

Malgré toutes ces injures qui n'atteignaient certainement pas M. Ulbach, mais qui donnèrent à *la Cloche* une grande publicité, *la Cloche* ne réussit pas. M. Ulbach transforma sa brochure hebdomadaire en journal quotidien, un grand nombre de journalistes firent partie de la rédaction de ce journal. Parmi eux : G. Perodeau, connu sous le pseudonyme de Gaston Vassy, Gabriel Guillemot, etc., etc.

Vassy avait le génie de la réclame. C'était un puffiste de premier ordre. Il pourra être égalé, mais il ne sera dépassé. Un soir, autour de la table, dans la salle de rédaction, on causait de choses et autres. Tout à coup Vassy, poursuivi par son idée fixe, dit en étendant un journal tout ouvert sur la table :

— Tenez, je vais jeter cette pièce de un franc sur ce journal. Je m'engage à tirer une réclame des lignes qu'elle couvrira. Il la lança ; elle tomba sur un paragraphe ainsi conçu :

« La librairie Hachette vient de mettre en vente l'*Histoire de l'empereur Maximilien*, par M. le comte de Beust.

» Nous y lisons que la trahison de Lopez a été payée un million. »

— Je n'ai pas de veine, dit Vassy, c'est trop simple.

Il découpa les lignes, les colla sur un morceau de papier et ajouta au-dessous :

« Un million la conscience de ce misérable!

» Quand pour vingt-neuf francs on a un *complet* chez Godchau! »

Vassy se croyait absolument célèbre. Un jour, il allait à Lyon, il était accompagné d'une femme. Il arriva trop tard à la gare; il se précipita sur la voie juste au moment où l'employé fermait les portière et où le train partait :

— Je suis Gaston Vassy, s'écria-t-il, arrêtez, arrêtez le train!

— On ne t'a sans doute pas entendu, dit la femme, sans quoi on t'aurait obéi!

C'est là, je crois, le comble de la vanité!

Vassy n'était pas un caractère, c'était un égoïste

comme on n'en verra jamais, plus personnel que
Timothée Trimm, ce qui n'est pas peu dire, il
gagna des sommes énormes qu'il dépensa au jour
le jour, sans jamais rendre service à un ami.

Un écrivain malheureux, affligé d'une femme et
de trois enfants, lesquels n'avaient pas mangé
depuis près de deux jours et qui crevaient de froid
dans un taudis derrière les Buttes-Montmartre,
rencontra Vassy sur le boulevard et lui exposa son
horrible situation.

— Prêtez-moi cent sous, lui dit-il. Ce n'est pas
pour moi, c'est pour les autres !

Vassy lui refusa.

Notre confrère, pensant à ceux qui attendaient,
pleurait, suppliait. Rien ne put attendrir Vassy.

Tout à coup Vassy lui dit :

— Je m'embête ce soir, viens dîner avec moi
chez Brébant.

Le pauvre diable accepta et Vassy dépensa plusieurs louis !

Lorsque Gaston Vassy mourut, en février 1885,
un de nos aimables confrères, M. Georges Duval,
qui l'avait connu intimement, termina ainsi dans
l'Événement du 25 février l'article nécrologique
qu'il lui consacrait :

...Dans cet article écrit à la hâte, je n'ai pu citer la centième partie des anecdotes qui en feront un des types les
plus curieux que je sache, comme journaliste, annoncier,
faiseur...

...Mes sévérités de la fin me seront pardonnées, parce que Vassy ne laisse pas d'amis.

Le type de Vassy était et est, heureusement, une exception dans le monde du journalisme.

Gabriel Guillemot formait un contraste frappant avec Vassy. Il avait débuté à l'Hôtel-de-Ville avec Henri Rochefort. C'est même à cette cause qu'il dut d'entrer au *Charivari* et plus tard à *la Marseillaise*.

Tout le républicanisme de Guillemot consistait en une haine terrible qu'il avait vouée à Napoléon III, haine qu'il manifestait à tout instant. Ce fut lui qui créa le fameux mot : *Badingoins*.

Voici l'alinéa de l'article dans lequel il employa cette expression :

— Pour la honte de notre temps, il y a des peintres qui ont fait son portrait, des sculpteurs sa statue, des poètes sa cantate, des orateurs son éloge, mais l'inflexible histoire fera son oraison funèbre. Un jour elle dira qu'aucun prince, même en y comprenant l'insensé Charles VI, n'aura tant abaissé, ni tant avili la France, et elle constatera, que même sous son règne, le peuple de Paris ne l'appelait pas autrement que *l'affreux Badingue*.

Tout naturellement Guillemot haïssait les bonapartistes. C'était la conséquence de sa haine pour Napoléon III.

En 1869 il rédigeait pour *la Cloche* le compte rendu des débats de la Chambre. A cette époque

la presse parisienne s'occupait énormément de la
personnalité de M. Dugué de la Fauconnerie.

Guillemot agacé en traça le portrait suivant :

Un très grand garçon haut en couleur. Il a l'air bien content de lui-même. Cela se conçoit. Ah! comme il est donc
décoré! Qui est-ce donc qui l'a attaché ainsi au ruban
rouge? Pardieu, l'Empereur lui-même! Pourquoi? Mon
cher, vous êtes trop curieux! — Son nom? — Dugué de
la Fau... Non! non Dugué de la Vraiconnerie.

Gabriel Guillemot tomba paralysé vers 1880, il
souffrit d'une façon épouvantable, et lui qui avait
une peur si effroyable de la mort, il l'appelait chaque jour comme une délivrance, il mourut en
1885.

Mathorel, un autre genre d'égoïste, venait souvent au journal, il portait constamment sous son
bras gauche un énorme rouleau de papier, les camarades prétendaient qu'il couchait avec. C'était
son système développé en plusieurs mille lignes.
Mathorel avait son système! Il consistait à vouloir
nous faire rendre par l'Allemagne l'Alsace et la
Lorraine sans qu'il nous en coûtât ni un homme ni
un sou.

Il voulut soumettre son projet à M. Thiers. Un
député le conduisit place Saint-Georges. Là il fut
reçu par M. Barthélemy Saint-Hilaire. Il développa
longuement sa théorie. Quand il eut terminé, le
factotum du président de la République lui demanda quelle somme il désirait?

— Je ne veux rien fixer, répondit Mathorel. quand M. Thiers aura lu et apprécié mon système, il fixera lui-même la récompense à m'accorder.

— Je ne soumettrai votre projet, dit M. Barthélemy Saint-Hilaire, qu'avec le chiffre de la somme que vous demanderez. Vous pourriez demander un million, ce ne serait pas trop pour un pareil service.

— Je ne veux pas d'argent, ajouta Mathorel, je veux être officier de la Légion d'honneur.

— Alors, vous êtes déjà chevalier ?

— Non ! mais il y a des précédents, n'a-t-on pas nommé Emile Ollivier grand-croix ?

— Cela est vrai, mais il était ministre.

— Il n'avait pas ma valeur !

— Allons, va pour la croix d'officier; et M. Barthélemy Saint-Hilaire inscrivit gravement en marge du manuscrit : M. Mathorel demande pour récompense la croix d'officier de la Légion d'honneur.

Il va sans dire que Mathorel n'entendit jamais parler de rien.

Pour bien apprécier cette anecdote, il faut savoir que Mathorel était un orateur de réunion publique, un farouche à tous crins, d'une saleté repoussante, qui demandait avec acharnement la suppression de la Légion d'honneur.

Après la Commune, M. Louis Ulbach écrivit dans *la Cloche* un article justement indigné contre un jugement du 3ᵉ conseil de guerre. Il reçut

13.

assignation à comparaître devant le capitaine rapporteur de ce conseil, le gendarme qui apportait
l'assignation au rédacteur en chef de *la Cloche* en
avait une autre pour M. Fontaine, gérant du journal, qui habitait 15, rue Porte-Foin.

— Mais, lui dit-on, il n'y a pas et il n'y a jamais
eu à *la Cloche* de gérant de ce nom.

— Si le capitaine l'a écrit, répliqua le gendarme
impassible, c'est que ça y est!

Le brave pandore partit avec la conviction qu'on
le trompait et qu'on lui cachait le gérant.

On causait de cet incident dans la salle de rédaction de *la Cloche*, quand tout à coup un des
rédacteurs s'écria :

— Mais le gendarme a raison, le gérant Fontaine
existe. Voyez plutôt.

Et faisant passer le numéro incriminé, du doigt
il désigna une annonce insérée au bas de la troisième page, annonçant la convocation des membres de la société des secours mutuels la *Confiance*
en assemblée générale et signée :

> Le gérant : Fontaine
>
> 15, rue Porte-foin.

Le rapporteur du 3e conseil de guerre avait
confondu le gérant de la société *la Confiance* avec
le gérant du journal.

On voulut connaître la fin de cette méprise. On
apprit que le gendarme avait porté l'assignation à

M. Fontaine, lequel avait eu toutes les peines du monde à faire comprendre au capitaine rapporteur qu'en fait de *cloche* il ne connaissait que celle de son atelier.

La Cloche disparut le 11 décembre 1872.

XV

Paris sous la Commune. — Un fiacre pour le dépôt. — L'*Action*. — L'*Affranchi*. — Le *Mot d Ordre* et Racine de Buis. — L'*Ami du peuple*. — Le *Vengeur*. — Félix Pyat et Henri Rochefort. — Fusillés. — Un lapin qui bat du tambour. — Le *Bien Public*. — Le *Bonnet rouge*. — Le *Bon Sens*. — *Caïn et Abel*. — Le *Châtiment*. — La *Commune*. — La *Caricature*. — Le *Corsaire*. — Le *Cri du Peuple*. — La *Discussion*. — L'*Estafette*. — Le *Faubourg*. — Le *Fédéraliste*. — Le *Père Duchêne*. — La *Mère Duchêne*. — Le *Fils du Père Duchêne*. — Les jambonneaux sacrilèges. — Le *Grelot*. — Le *Journal officiel*. — Le *National*. — Le *Mont-Aventin*. — La *Nation Souveraine*. — *Paris-Libre*. — Le *Pilori des Mouchards*. — L'*Union française*. — Un obus indiscret. — La liberté de la presse sous la Commune.

Sous le siège, de septembre 1870 à février 1871, Paris était bien curieux pour un observateur. Sous la Commune, de mars à mai 1871, il l'était davantage. On ne redoutait plus les ennemis de l'extérieur, les Allemands; on redoutait les ennemis de l'intérieur, les communards, cette poignée de bandits autrement dangereuse pour la bourse, la liberté et la vie des citoyens.

Paris était un vaste camp retranché. Des barricades formidables avaient été construites, sur les points les plus importants, sous la haute direction de Gaillard père, qui s'intitulait orgueilleusement : professeur de barricades. A chaque pas on se heurtait dans des groupes d'hommes armés qui se rendaient aux remparts, en chantant : *Mourir pour la patrie*, mais qui eussent, à coup sûr, préféré rester chez eux à boulotter tranquillement la pièce de trente sous nationale.

Le boulevard Montmartre était le point le plus mouvementé de Paris. La plupart des chefs de la Commune étant des boulevardiers revenaient nécessairement au bercail, les cafés de Suède, de Madrid, des Variétés, la Brasserie Moderne, jusque chez Nezer rue Halévy, étaient encombrés d'une foule de gens galonnés, empanachés, bottés, éperonnés, à rendre des points à tous les écuyers des cirques forains. Tous parlaient haut, gesticulaient, prenaient des airs de tranche-montagnes, faisaient sonner leur sabre sur le trottoir, ce qui avait le don d'agacer les chiens et de les faire aboyer avec fureur. De tous côtés, on n'entendait que le bruit des clairons et le roulement des tambours. Par instants, une estafette, qui rappelait par sa tenue les singes de chez Corvi, arrivait bride abattue, conduit par un cheval aussi empanaché que son cavalier. L'estafette apportait un ordre à un des buveurs. Sans façon, le soldat-citoyen, en vertu du principe égalitaire, s'asseyait en face du citoyen-chef et en avant les bocks et l'absinthe.

Souvent il arrivait que l'ordre était oublié. Alors colonel et soldats s'en allaient fraternellement manger une choucroute à la brasserie. Dame! le soldat du jour pouvait être le colonel du lendemain et *vice versa*. Avec le système d'*ôte-toi de là que je m'y mette* employé par les aimables délégués à toutes les *ex*-administrations, toutes les surprises étaient possibles.

De temps en temps apparaissait, conduit par une bande de vauriens, déguisés en *vengeurs de la République* ou en *marins de la Commune*; (des bons bougres ceux-là), apparaissait, dis-je, un pauvre diable qu'ils avaient cueilli chez lui pour avoir commis le crime de refuser de combattre l'armée française; c'était un *réfractaire*.

Les gens de la terrasse l'injuriaient : lâche, réactionnaire, bourgeois, fainéant. Puis, tous criaient : Vive la Commune, excepté le malheureux qui courbait la tête en pensant à sa femme et à ses petits.

Tout à coup, un grand brouhaha s'élevait: c'était un bataillon de Belleville qui faisait une promenade militaire sur les boulevards pour épater les *réacs*.

Ce bataillon, vêtu de longues capotes confectionnées avec des draps de billards, présentait l'aspect le plus cocasse qu'on puisse imaginer.

Les hommes armés de revolvers de fort calibre, attachés au ceinturon au moyen d'une chaînette d'acier, — quelques-uns en portaient deux, — avaient des airs féroces, heureusement qu'ils n'en avaient que l'air, car ils buvaient fort bien avec le bourgeois, le litre de l'amitié, à condition que celui-ci régale.

Les crieurs de journaux arpentaient les boulevards, par groupes, les uns coiffés du bonnet rouge, d'autres de casquettes à trois ponts, sur lesquelles ils attachaient le titre de leur journal avec une ficelle. Il y avait aussi des femmes, filles publiques en rupture de trottoir, déguisées en cantinières fédérées, la taille serrée par une immense ceinture en flanelle rouge. Tout ce monde, piaulait, hurlait, pour attirer l'attention des passants.

Ceux qui vendaient le *Père Duchêne* se signalaient entre tous :

— Lisez, disaient-ils, lisez le *Père Duchêne*. Il est bougrement en colère, il a cassé sa pipe et ses lunettes, il a foutu une danse à sa femme qui plaignait ces canailles de Versaillais, il a bien fait d'assommer c'te vieille saucisse. Il a cassé sa marmite et ses fourneaux. Lisez le *Père Duchêne*.

La plume la plus naturaliste ne saurait reproduire et même donner une idée, des expressions avec lesquelles une de ces femelles qui vendait : *la découverte des cadavres de l'église Saint-Laurent*, annonçait cet ignoble placard.

C'était odieux, ce qui faisait pâmer d'aise les consommateurs des terrasses.

Pendant la période aiguë du 12 au 22 mai, il ne faisait pas bon sur les boulevards, pour les journalistes qui avaient le courage d'écrire dans leurs journaux que la Commune n'était pas le plus libéral des gouvernements. Ils étaient traqués, chassés, pourchassés. Dix mandats pour un étaient lancés sur le même individu.

Un de nos confrères fut arrêté pour ce motif, on le dépouilla de ses papiers et tout naturellement de 107 francs qu'il avait sur lui.

Trois jours après il fut relâché, mais on lui rendit seulement 104 francs 75 centimes.

— Mais la différence ? hasarda-t-il timidement.

Ferré prit la plume, et, majestueusement écrivit ceci : « La différence de 2 fr. 25 centimes représente le prix de la voiture qui a amené le citoyen au dépôt. »

— Et ils m'ont conduit à pied, soupirait le malheureux journaliste, chaque fois qu'il nous racontait son histoire, en nous montrant l'autographe du délégué à l'ex-Préfecture de police.

Si Ferré l'avait envoyé rue Haxo ?

De temps en temps passait un corbillard, empanaché de drapeaux rouges, escorté de fedérés, et précédé de clairons et de tambours. Les consommateurs des terrasses se levaient et hurlaient : « Vive la commune, nous te vengerons. »

Les tambours et les clairons battaient et son-

naient aux champs. On criait aux promeneurs:
« Chapeau bas : » Malheur à ceux qui n'auraient
pas obéi. Ils auraient été immédiatement arrêtés.

L'historique des journaux publiés sous la Commune est curieuse. Il nous démontre jusqu'à l'évi-
dence que les journalistes qui ne cessent de demander la liberté de la presse aussitôt qu'ils sont au
pouvoir, s'empressent... non de bâillonner les
journaux, mais ce qui est plus simple, de les supprimer.

Cet historique est curieux à un autre titre.

Il n'y a guère que les Parisiens restés à Paris qui
pouvaient se procurer les journaux et les collec-
tionner. Les Parisiens étaient peu nombreux. D'ailleurs bien peu songeaient à classer les élucubra-
tions communardes, car personne ne savait si le
jour aurait un lendemain. D'un autre côté, en arri-
vant à Versailles, des agents apostés, dans les deux
gares, rive droite et rive gauche, saisissaient impitoyablement tous les journaux de la Commune que
pouvaient apporter les voyageurs. Ces agents for-
maient une sorte de cordon sanitaire afin d'empêcher l'épidémie communarde de contaminer les
populations rurales.

Aussitôt que l'entrée des troupes françaises dans
Paris fut signalée, les marchands de journaux, de
crainte d'être compromis, s'empressèrent de brûler
les feuilles invendues. Les collections des journaux
de cette époque sont donc très rares, et le peu qui
existent coûtent fort cher.

La collection du *Journal Officiel* sans le numéro du 24 mai, introuvable aujourd'hui, valait 200 francs, — le *Cri du Peuple*, 60 francs, — *la Commune*, 45 francs, — *le Vengeur*. 60 francs, *le Réveil*, 35 francs, — *la Sociale*, 60 francs, et enfin le *Paris-Libre*, 45 francs.

L'*Action* eut six numéros, du 4 au 6 avril; rédacteurs : Lissagaray, Henry Maret et Charles Lullier.

Dans son dernier numéro, ce journal, ne sachant sans doute comment justifier sa disparition, inséra cet avis en tête de ses colonnes :

Les ateliers étant fermés demain dimanche de Pâques, l'*Action* ne paraîtra pas.

L'*Affranchi*, journal des hommes libres, fit paraître son premier numéro le 2 avril, il mourut le 25; ses collaborateurs étaient MM. Paschal Grousset, A. Arnould, Edm. Barrère, J. Morot, Raoul Rigault, L. Bonsin, Charles et Gaston Dacosta, Simon Dereure, A. Breuillé, G. Gaulet, A. Grandin, O. Pain, L. Picard, A. Régnard, E. Kunemann et F. Vésinier.

Toute la fleur du panier.

C'est dans le numéro du 20 avril que Vésinier publia un artile intitulé : *le Venin réactionnaire*; cet article fut cause d'une polémique curieuse entre son auteur et M. Henri Rochefort.

Voici l'entrefilet :

Un journal qui a la prétention d'être républicain et qui. chaque jour tourne de plus en plus au *Figaro*, se livre à des charges à fond contre les dernières élections.

L'ancien acolyte de son rédacteur en chef, le sieur Villemessant, ne ferait pas mieux.

Voici son chef-d'œuvre d'imagination :

« J'ai eu deux voix, la mienne et celle de mon fils. C'est le douze millième des électeurs inscrits, mais comme il n'y a à cet égard aucune base établie, je ne vois pas pourquoi j'hésiterais à me considérer comme élu. »

On peut juger, après cet échantillon, du sérieux de son auteur.

Décidément, il fera bien de rentrer au *Figaro*, d'où il n'aurait jamais dû sortir, dès que cet honnête journal reparaîtra.

Le *Mot d'Ordre* avait pour rédacteur en chef M. Henri Rochefort et pour collaborateurs MM. Henri Maret et Mourot.

Il parut le vendredi 3 février 1871.

Le 22 avril, M. Rochefort répondit à Vésinier.

Je suis insulté dans les termes suivants par le sieur Vésinier, membre de la Commune, à la minorité de faveur (pas même le huitième) et rédacteur d'un journal auquel collaborent deux autres membres du gouvernement de l'Hôtel-de-Ville...

Ici l'entrefilet de Vésinier cité plus haut :

Toutes les impertinences des Vésinier connus, eussent-ils obtenu ce fameux huitième après lequel ils courent encore, ne modifieront en quoi que ce soit, on le pense bien, des opinions aussi arrêtées que les nôtres, sur les questions communales, mais si le gouvernement de Paris persiste à laisser ainsi quelques-uns de ses membres faire le coup de poing dans des colonnes de journaux, nous croyons devoir l'avertir que sa dignité y laissera des plumes, car en tolérant les grossièretés qui s'y étalent, il s'en fait pour ainsi dire le complice. Or, ce serait réellement trop d'avoir à la fois, à son service, les suppressions et les injures.

Dans le *Mot d'Ordre*, M. Rochefort fut le parrain de Vésinier; il le baptisa : *Racine-de-Buis*.

Le maréchal de Mac-Mahon, suivant le *Mot-d'Ordre*, avait manifesté l'intention de donner sa démission à M. Thiers. Suivant un bruit qui courut alors, il ne la retira que sur les instances de Napoléon III. Voici comment ce journal racontait ce fait :

C'est à la suite d'une violente discussion en conseil de guerre, que le maréchal-duc avait cru devoir prendre cette détermination extrême; Petit Thiers persistait à imposer son plan, et son plan c'était naturellement le plan de Bonaparte devant Toulon.

Voilà le fort de l'Eguillette, n'est-ce pas? Non, je veux dire le fort d'Issy... Eh bien ! Je le foudroie avec de l'artillerie pendant deux jours, après quoi je l'attaque sur deux colonnes et je l'enlève... C'est simple comme bonjour.

A toutes les objections, Petit Thiers, imperturbablement, répondait, le doigt sur la carte :

— C'est là qu'est Toulon... Non, je veux dire : C'est là qu'est Paris !

A la fin, Mac-Mahon, impatienté, finit par dire en montrant du doigt un autre point de la carte :

— Et c'est là qu'est Charenton !

Le petit bonhomme frissonna de colère de la tête aux

pieds. Il se contint pourtant, et d'un air narquois il dit au maréchal :

— J'ai indiqué mon plan, maréchal, daignerez-vous nous indiquer le vôtre ?

— Mon plan ! fit le maréchal, le voici : Je pars de Novare à trois heures du matin, en ayant soin d'obliquer à droite dans la direction de Turbigo. Vous, avec vos grenadiers, vous allez tout droit devant vous, le long du chemin de fer. Sur le Tessin, à Buffalora, vous rencontrez l'ennemi en force. Il vous arrête. Vous lui tenez tête trois ou quatre heures. Pendant ce temps j'opère une conversion à gauche, et j'écrase les Parisiens à Magenta. C'est simple comme bonsoir.

— Maréchal, répondit froidement Adolphe en mettant le doigt sur la carte, c'est là que sont les invalides !

Je vous laisse à penser les cris et les menaces ! A grand peine on les sépara ; la brouille s'en suivit... puis vint le raccommodement. Querelles de canailles ne durent pas ! dit le proverbe.

Et voilà pourquoi on a foudroyé le fort de l'Eguillette... non, je veux dire le fort d'Issy.

M. Mourot était rédacteur au *Mot d'ordre*. Voici à son sujet un souvenir amusant :

Deux ou trois ans avant la chute de l'Empire, pullulaient, au quartier latin, une quantité de petites feuilles de choux qui continuaient la tradition du *Candide*.

C'était une rage de réhabilitations.

Vermorel réhabilitait Danton, Saint-Just et Robespierre. Tridon dressait des statues à Hébert. Raoul Rigault travaillait à prouver l'innocence de Troppmann. Un jour, dans une soupente qui servait de bureaux à l'une de ces feuilles, se présenta un grand garçon, aux allures lévitiques. Il apportait un article destiné selon lui à produire une sensation profonde dans le monde politique et religieux. Le grand garçon était M. Eugène Mourot, ancien abbé. L'article avait pour titre : *Réhabilitation de Judas Iscariote* ; il développpait cette thèse que Judas avait été le *premier communard*.

Le *Mot d'ordre* disparut le 20 mai.

L'*Ami du peuple* fut fondé par Vermorel ; ce journal n'eut que quatre numéros, du 16 au 27 avril, mais il fit grand bruit.

Numéro du 29 avril 1871.

DERNIER MOT AU CITOYEN FÉLIX PYAT

. . . .

Vous essayez de m'écraser du haut de vos vingt ans d'exil, citoyen Félix Pyat.

Je vous répondrai simplement, comme je l'ai fait l'autre jour, en comparant mon attitude à la vôtre, et en laissant à l'opinion publique le soin de prononcer entre nous.

Pendant que vous faisiez à Londres du régicide en chambre, je luttais activement à Paris...

Le 22 janvier j'étais de ma personne à l'enterrement de Victor Noir, pendant que vous vous cachiez dans un bateau à charbon, et je poussais le peuple à la Révolution par des articles dont j'affrontais toute la responsabilité.

Le 4 septembre m'a trouvé en prison, vous, vous étiez prudemment abrité à Londres...

Vous ne me pardonnerez pas de vous avoir démasqué, mais tout le monde comprendra que j'ai autre chose à faire que de m'occuper de vous répondre désormais.

MON DOSSIER

. . . .
Et dire que M. Félix Pyat qui a donné sa démission de
membre de la Commune pour faire sa rentrée littéraire
dans le rôle du *chiffonnier de Paris*, qu'il a créé, va en être
réduit, s'il veut continuer sa malheureuse polémique, à
recueillir ses ordures dans sa hotte. Pitié !

Le Vengeur vécut du 3o mars au 24 mai ; Félix
Pyat en était le directeur, et avait pour collabora-
teurs : MM. A. Gromier, Henri Bellanger, A.
Rogeard, Pierre Denis et J. Gambon.
Félix Pyat répondit à Vermorel :

— Quant au citoyen Vermorel, je serai toujours heureux
de recevoir de lui des leçons de moralité politique, dès
qu'il aura quitté la commission de Police, où il a fort
affaire, s'il tient avec ou sans la permission de Rigault à
vider son dossier de certains rapports chiffrés à M. Rouher.
C'est un papillon polychrome qui butine toutes sortes de
fleurs : royauté ou république, et je n'ai pas besoin
d'épingles pour lui clouer ses ailes sur le dos.
Ce bombyx à lunettes m'avait dit qu'il voulait me
suivre sur le terrain de la question électorale ; je devais
m'en défier ; il m'a suivi, en effet, et m'a piqué par derrière
pour un article de Pierre Denis sur la question des
journaux.

Félix Pyat est un écrivain de mérite, et certainement s'il n'avait jamais fait de politique, il eût
été un des premiers dramaturges de notre époque.
Lui seul pouvait choisir *le Vengeur* comme titre
de journal, lui la contradiction faite homme, lui

l'ange de la fuite, le contraire de Bayard, car il eut toujours peur et n'est pas exempt de reproches.

Il a passé sa vie à vouloir se venger... de qui?

De la société qui a été pour lui d'une tendresse sans égale?

La fortune lui aplanit son entrée dans la vie littéraire. Jamais il ne connut ni misère, ni déboires, ni souffrances. Sa première pièce: *Les Deux serruriers* fut un succès; ses premiers articles au *Charivari*, à *la Réforme* lui valurent une célébrité hâtive. Sans avoir « pourri sur la paille humide des cachots » comme Martin Bernard, Blanqui, Barbés, et tant d'autres morts pauvres, épuisés par la lutte, il fut élu député en 1848.

Félix Pyat est un égoïste, un cœur sec, à qui la reconnaissance est inconnue.

A la suite du 11 juin 1849, il se réfugia en Angleterre. Voici comment il reconnaissait l'hospitalité que lui donnaient les Anglais.

. . . .

Je ne sais plus écrire un mot, je désapprends même le français. En vérité ce pays est affreux, on y respire un poison physique au moral, mortel pour le corps et l'âme des Français. Je n'y resterai pas. Si je ne vais pas en Amérique je quitterai l'Angleterre, il n'y a ni gendarmes ni carabiniers qui tiennent! Le spleen est le pire des sergents de ville...

La plupart des autres sont ici, attendant le reste. Si cela continue, nous n'avons plus qu'à prendre Londres et à y proclamer la Sociale.

Ce fragment est extrait d'une lettre particulière adressée en 1851 à son *amie* madame Coingt sous la signature : Julie!

Au sortir de l'avant-dernière séance de la Commune, Félix Pyat demanda au chimiste Parisel, assez haut pour être entendu par ses collègues, un poison violent qui pût tuer instantanément.

— Je ne veux pas, disait-il, tomber vivant entre les mains des Versaillais.

Le lendemain Parisel apporta à Pyat un petit flacon contenant de l'acide prussique.

Il le prit du bout des doigts en s'informant avec inquiétude si on pouvait le porter sur soi sans danger?

— Autant que possible, repartit Parisel, il faut éviter qu'il se débouche.

— Gardez-le! s'écria vivement Félix Pyat. Je préfère décidément le poignard.

En fait de poignard il prit... la fuite.

Sa fuite est toute une histoire que nous raconterons par le menu dans un autre volume. On peut, en attendant, dire que la police fut d'un aveuglement qui frise la bêtise. Un ami demandait à ce sujet à Félix Pyat comment il avait fait pour échapper aux recherches?

— Je n'ai pas été obligé de changer de nom, répondit-il. Les agents sont tous Corses ou Alsaciens. Or, les Corses prononcent mon nom : *Piatte*, et les Alsaciens : *Byâtt*. Quand ils me demandaient quelque part, on ne savait pas de qui ils voulaient parler.

14

Se non e vero, e ben trovato.

Félix Pyat, pendant la Commune, avait voué une haine féroce à M. Henri Rochefort, question de boutique. Le *Mot d'ordre* faisait une terrible concurrence au *Vengeur* et il ne badinait pas avec la caisse.

Lorsque M. Henri Rochefort comprit que l'insurrection touchait à sa fin, il se décida à quitter Paris ; il prit si bien ses mesures, que le lendemain de son arrestation à Meaux, les membres de la Commune ignoraient encore sa fuite.

Ce soir-là, vers neuf heures, Félix Pyat corrigeait ses épreuves dans les bureaux du *Vengeur*, lorsque la porte de son cabinet s'ouvrit brusquement, livrant passage à un jeune homme qui s'écria aussitôt :

— Citoyen Pyat, j'arrive de Saint-Denis et je vous apporte une nouvelle importante.

— De quoi s'agit-il ?

— Rochefort s'est sauvé, hier !

— Déjà !

— Et il a été arrêté par les Versaillais.

A ces mots, le directeur du *Vengeur* bondit sur sa chaise.

— Il a été arrêté, vous êtes sûr ?

— Oui.

— Ah ! le brigand ! le scélérat ! c'est bien fait... Ils vont le fusiller, n'est-ce pas ?

Et tout en parlant, il se frottait les mains avec

PARIS-CANARD   243

une joie indicible; soudain sa figure s'assombrit :

— C'est égal, fit-il, je crains que cette nouvelle ne produise un effet déplorable. On va dire que nous sommes des lâches, nous autres, les chefs, que nous poussons le peuple à se battre et que nous fuyons au moment du danger.

Cependant cette crainte de passer pour lâche n'était pas assez forte pour troubler sérieusement la joie de Félix Pyat, car il ne tarda pas à reprendre en serrant la main de son interlocuteur. :

— Ainsi, il est arrêté, le misérable..! Citoyen, je n'oublierai jamais que c'est vous qui m'avez apporté cette nouvelle, et si vous avez besoin de moi, je suis à votre disposition.

Puis il se remit à corriger des épreuves.

— Pourvu qu'ils le fusillent.

M. Rochefort se vengea par un mot que j'emprunte à l'*Éclipse* :

— A Versailles — dans la salle du manège — chambrée superbe : femmes du monde, du demi-monde, du tiers et du quart!

Athalie Manvoy « notre belle cousine Mathilde ».

Mademoiselle Catinette aussi, — Catinette?... pour le diminutif.

M. Henri Rochefort est en vedette sur l'affiche — Henri Rochefort qui a repris pendant un certain temps, non sans succès, l'emploi de Paul-Louis Courrier.

Avec lui, deux *doublures* : Mourot et Maret.

Le dénouement de la pièce paraît impressionner péniblement le public.

Dans un entr'acte, les reporters s'entretiennent au foyer

— côté cour — du dernier mot de l'ancien directeur de la *Marseillaise.*

On lui rappelait son concurrent de la baraque d'en face l'impressario du *Vengeur,* lequel, comme vous savez, excellait à distribuer aux autres les rôles dont il redoutait de se charger.

— Ah! oui, Pyat, dit Rochefort, un lapin qui bat du tambour.

Le 30 mai 1881, Félix Pyat tenta de ressusciter le *Vengeur;* ses collaborateurs étaient MM. Mary, Vindex et Catilina, son but était d'affirmer la foi sociale et politique des marins de 1792 et des combattants de 1871. « Nous avons l'orgueil de *les venger* et de les *suivre* » disait l'exposé de principe. Ce journal ne put parvenir à publier que quelques numéros. Le public resta indifférent au ronflement de la peau-d'âne du vieux lapin.

Le Bien public fut créé le 5 mars 1871 ; il fut supprimé le vendredi 21 avril ; ses collaborateurs étaient MM. H. Vrignault, Frédéric Fort, E. Drumont, J. de Gastynes, Saint-Aimé et H. Murgeard,

L'Anonyme fut supprimé le lendemain de son premier numéro. Ce journal n'était que la continuation de la *Paix,* feuille qui, elle-même, n'était que la suite du *Bien public.* La *Paix* eut quatre numéros, du 18 avril au 1er mai.

Rien de saillant n'est à noter dans la courte existence de ces feuilles. M. Vrignault dut néanmoins, pour se soustraire au mandat d'amener, lancé contre lui par la Commune, fuir à Versailles.

Le Bonnet Rouge, sous la direction de M. Secondigné, assisté de MM. G. Dautray, A. de Saint-Leger, Le Guillois et H. Jacques, commença sa publication le 10 avril, il dut la terminer le 22 du même mois.

Malgré les plus violentes philippiques contre les « Versaillais » et la « gueule » de ses vendeurs qui étaient coiffés du *bonnet rouge*, il disparut faute d'acheteurs.

Son dernier mot fut : « Pas de conciliation avec les fusilleurs de la rue Transnonain. »

Le *Bon sens* n'eut guère plus de chance du côté des adversaires de la Commune, il n'eut que cinq numéros.

Son rédacteur gérant, M. Maxime, se proposait de faire une guerre acharnée aux gens de l'Hôtel-de-Ville ; il n'eut pas le temps de réaliser son programme.

Caïn et Abel, rédigé par M. A. Le Béalle, ne vécut que deux jours. Il voulait la conciliation et l'apaisement, il avait pris pour épigraphe : « Les hommes se sont mis en société pour s'aider les uns les autres, pour protéger Abel contre Caïn. »

Caïn tua *Abel* une fois de plus.

14.

Le Châtiment eut trente-neuf numéros, dix-sept à Bordeaux, vingt-deux à Paris, du 23 mars au 14 avril. Ses fondateurs furent MM. de Montferrier et Alfred Sirven.

Le programme de cette feuille, excusez du peu, se résumait en ceci : — « Ce journal sera un journal de liberté et de représailles, de « régénération morale et de rectification sociale ! »

La *Commune* (il y a progrès), eut soixante numéros. Ce journal avait pour rédacteurs : MM. Georges Duchêne, Henri Brissac, Émile Clerc, J. Capdevielle, Camille Clodong, Odélon Délimal, Henri Maret, A. Rogeard, Hadrian, Segoillot, Ch. Lullier, G. Daubès et Millière.

La *Commune* était rédigée avec talent. Dans son numéro 48, Georges Duchêne, l'ancien collaborateur de Proudhon et de Vermorel, publia un article qui mit sens dessus dessous le ban et l'arrière-ban des chefs de la Commune.

VIEUX HABITS, VIEUX GALONS

— Cette Commune parisienne ne nous a encore rien appris des monopoles urbains sur lesquels elle a la main : les voitures, les omnibus, les factages de la Halle, les vidanges, la distribution des eaux, le gaz ?

Mais le vieux Miot a réinventé le comité de Salut public ; voilà qui est parlé à propos.

Il est entré à la Commune à un âge où les fonctionnaires de l'Empire étaient mis à la retraite, que pouvait-il faire de mieux que d'exhumer le Salut public ?

Des jeunes gens l'y ont aidé comme des collégiens qui jouent le jeudi au Brutus, au Caton, au Démosthènes.

Récréation d'écoliers d'une part, ganaches et culottes de peau, d'autre part, Versailles a 1815, Paris a 93!

Intelligents de la Commune, souvenez-vous qu'il n'y a rien de plus fatal aux révolutions que les mardis gras révolutionnaires.

Voici le chant du cygne de la *Commune*, numéro du 19 mai. Cet article résume d'une façon saisissante le règne des communards.

RESPONSABILITÉS

— *Trahison* au moulin Saquet, *Trahison* au fort d'Issy, *Trahison* à la cartoucherie de l'Avenue Rapp, *Trahison* partout.

Mais qui donc *Trahit?*

Les agents de Versailles?

Ils font leur métier et nous serons heureux de leur répondre par la réciproque.

Il n'y a ici d'autres *Trahisons* que *l'ineptie, l'imbécillité des polissons* et *des drôles* qui ont mis la main sur les services publics dont ils ne connaissaient pas le premier mot.

Entre leurs mains *sûreté générale* est devenue *guet-apens*, et *salut public* doit s'appeler *abandon* et négligence des plus élémentaires garanties.

On comprend que la Commune, en présence de ces deux vérités, ait supprimé le journal assez courageux pour les lui jeter à la face.

Le 20 septembre 1880, *la Commune* revit le jour avec MM. Félix Pyat, Mellier, Clément, Vésinier et Cluseret qui déclarèrent qu'ils reprenaient

la lutte, au point où ils l'avaient laissée en 1871.
En tête du journal, on lisait ceci :

DÉCLARATION

Après l'amnistie de l'Empire, il y a vingt ans, des proscrits de Décembre, en réunion de leur Société, à Londres,
votaient unanimement la déclaration suivante :

A nos concitoyens,

L'édifice est couronné. L'Empire a comblé son crime
envers nous. Il nous amnistiés. Insulte, piège ou peur de
revanche, il nous amnistie... Nous, nous ne l'amnistions
pas. Les principes ne pardonnent pas. Les républicains
de Février ne pardonnent pas à l'Empereur de Décembre.
Ils protestent contre la grâce. Après avoir osé punir, il
ose absoudre. Il double l'attentat. Le crime ne peut pas
plus gracier que frapper. Le droit de grâce tient au droit
de peine : et ce dernier droit est à nous sur lui. Malgré le
plébiscite, il est ce qu'il était, et nous sommes ce que nous
étions, malgré coup d'Etat et coup de grâce, ayant toujours droit sur lui et pour nous. Contre l'usage de ce
droit qui prime tout, clémence comme sentence, il y avait
quoi ? Une force qui cède, un fait qui reste, une porte
qui s'ouvre. A nous d'entrer, s'il le faut, pour les besoins
de notre cause ; à lui d'attendre notre justice. Nous la lui
ferons quand nous pourrons. Nous rentrerons alors de
plein droit et pour remplir notre devoir.

Le Comité de la Commune révolutionnaire.

Aujourd'hui, après l'amnistie de la présidence, les pros.
crits de Mai n'ont guère plus à dire, sinon que l'amnistie
opportuniste a été encore moins franche, moins prompte
et moins digne que l'impériale, qu'elle les a torturés par
ses lenteurs, insultés par les motifs, exaspérés par les ex-
ceptions. Bref, qu'elle les a mis à l'aise pour la reconnais-

sance de la grâce et la revendication du droit. La reconnaissance ! Qui donc la doit, des proscrits ou des proscripteurs ? des grâciés rentrant la plupart sans pain, sans gîte, pour mourir de faim, dans une République qu'ils ont faite, ou bien des éléments, gros et gras, restés en paix à TRAIRE la République ? Nous rentrons donc aujourd'hui, comme autrefois, pour faire notre devoir. Hommes de peine de la République, et non ses hommes de joie, nous revenons imperturbablement à notre tâche. Inflexibles dans nos principes, nous déclarons que le vote des Chambres peut faire loi et non droit, qu'il ne peut changer le droit en crime, ni le crime en droit. Peine ou grâce, n'importe. Nous rentrons avec la même cause et le même drapeau pour reprendre la lutte où nous l'avons laissée. Fidèles au droit quand même, prêts à servir jusqu'au bout le seul souverain qui ait eu nos services et nos serments, le seul qui nous ait amnistiés, le Peuple...

. . . Oui, un jour même avant les Chambres, le 20 juin, le peuple de Paris, en nommant le forçat Trinquet, nous a rendus France, droits et noms.

Les membres amnistiés de la Commune de Paris,

FÉLIX PYAT, GAMBON, PROTOT,
MELLIER, CLÉMENT, VESINIER,
CLUSERET.

Dans la déclaration qui précède, ces messieurs accusent les opportunistes de *traire* la République.

On voit que la marotte de M. Gambon ne l'a pas abandonné et qu'il se souvient qu'il doit sa réputation et sa célébrité au noble animal qui fait la joie des portières et la fortune des laitiers. C'est égal, *traire* la République, c'est roide.

Le dernier numéro de *la Commune* parut le 5

novembre 1880, par suite de la condamnation de M. Félix Pyat, le 19 octobre, à deux ans de prison et à 1000 francs d'amende, pour avoir fait l'apologie de l'attentat du polonais Bérézowski contre le Czar, en 1867.

M. Félix Pyat fut également condamné le 4 novembre à deux ans de prison et à 1000 francs d'amende. Le gérant de *la Commune* fut condamné à six mois.

Le 17, MM. Cluseret et Adolphe Robert furent condamnés chacun à 2000 francs d'amende et quinze mois de prison.

M. Félix Pyat, mis en demeure par son parti de subir sa condamnation, prit un parti héroïque.... il se cacha.

La Caricature parut du 8 février au 11 mars, sous la direction de M. G. Pilotell.

Le dessin de ce premier numéro représente un entablement du Louvre, au haut duquel se trouvent écrits ces trois mots : Liberté — Egalité — Fraternité — et plus bas, en gros caractères, le nom de Trochu. Un homme, coiffé du bonnet rouge, cravate et ceinture de même couleur, les bras à moitié nus, la face tournée vers la foule, est perché sur cet entablement; d'une main il désigne l'*h* qui manque au nom de Trochu, écrit ainsi : Troc u, l'*h* est dans l'autre main. Au dessous du dessin, un vers de Lucrèce, comme légende.

Le premier article de tête était ainsi conçu :

— Sainte ironie ! disait Proudhon.

Tu avais raison, vieux Franc-Comtois.

Nous avons ri, et du rire bête de ceux qui ont faim et qui mendient.

Nous avons ri pour trente sous.

Nous avons ri, — nous avons fait rire.

Singes de 92, écureuils de révolution, soldats imbéciles qui portaient, dans des gibernes de papier noir, des cartouches dont la poudre était du sable ou de la boue — qui, les pieds dans des flaques d'eau et la neige sale, autour des bastions inutiles, tiraient de peur sur les étoiles, et qui n'avaient de baïonnettes que pour tuer les chiens ; — qui n'avaient un drapeau, les lâches, que pour le rougir du sang des 6 sous de cheval, que coupaient par petits morceaux, sur un étal de bois, les haches des sapeurs.

Sainte ironie !

Mieux valait mourir !

On dit que Sapia, couché à terre par un coup de fusil, se releva sur un genou, et, à travers la place pavée de morts, menaça d'un sourire les assassins bretons.

Il fallut, pour tuer ce rire de héros, qu'une seconde balle vînt casser sa mâchoire.

Sainte ironie !

La *Caricature* fut suspendue le 11 mars par le général Vinoy. Elle reparut le 23 mars, mais n'eut qu'un seul numéro. M. Pilotell ayant préféré abandonner son journal pour une écharpe de commissaire de police. En peu de temps, il devint l'*alter ego* de Raoul Rigault. Nous en avons parlé au journal *la Lune*.

Le Corsaire fut la suite du *Petit National*, comme *le Pirate* continua *le Corsaire* après sa sa suppression, le 6 mai. En tête, ce journal portait pour épigraphe : *Vitam impendere vero*. M. Richardet en était le gérant.

Ce n'est pas faute de talent que *le Corsaire* ne vécut que neuf numéros. Il était trop indépendant, et il eut le tort de ne pas prendre au sérieux la fameuse conspiration des brassards tricolores, en dévoilant que ces fameux insignes de ralliement étaient simplement des cocardes qu'une modiste de la rue Richelieu fournissait aux cantinières fédérées.

Le *Pirate* parut du 17 au 20 mai sous la direction de M. Charles Bornet.

Le *Cri du peuple*, qui avait pour collaborateurs MM. Jules Vallès, Pierre Denis, Casimir Bouis, Henri Verlet, Vermesch, A. Breuillé, Henri Bellenger, J.-B. Clément et A Goullé, parut le 22 janvier, mais il fut suspendu par un décret du général Vinoy le 11 mai 1871. Il reparut le 21 mars, 1871, après la proclamation de la Commune.

Voici ce qu'on lisait dans le dernier numéro du *Cri du peuple*, le 23 mai :

LA PRESSE DE PARIS

Le *Cri du peuple* disait hier que tout Paris était prêt en prévision de cette éventualité.

Le *Cri du peuple* l'affirme de nouveau, l'armée de Versailles peut tenter l'assaut et démolir les remparts.

Mais qu'elle sache bien que Paris est décidé à tout et que les précautions sont prises.

Paris vaincra, ou s'il succombe, il engloutira les vainqueurs dans une catastrophe épouvantable.

Dernier avis aux bombardeurs.

Le *Cri du peuple* était prophète. Les incendies des Tuileries et de l'Hôtel de Ville prouvèrent que Jules Vallès n'était pas pour les petits moyens.

Clément Duvernois, dans un accès de lyrisme, écrivit jadis dans *la Liberté* : Sire, faites grand! Vallès parodia le mot en s'adressant au peuple !

La Discussion vécut du 12 au 17 mai. Ses collaborateurs étaient MM. A. Gaulier, H. de la Madeleine, J. A. Lafond et Firmin Maillard.

Ce journal, supprimé par le délégué de la Sûreté générale, reparut sous ce titre : *la Politique*, le 1ᵉʳ mai, et disparut définitivement le 1ᵉʳ juin.

Cette feuille s'inspirait de cette phrase fameuse de **M. de Rémusat** :

— La politique est l'honneur de la France.

Hélas ! elle n'était guère de circonstance, car la question politique se traitait par le canon, et l'honneur de la France n'y était pour rien.

L'Echo de Paris, collaborateurs Edouard Hervé, H. Depasse et Richard Lavallée, trois numéros seulement du 17 au 19 juin.

L'Echo du Soir, du 16 avril au 1ᵉʳ mai, avait

15

pour rédacteurs MM. Arnold Mortier, G. Ebstein, Edouard Moriac, H. de Callias, Jezierski,
du Croisy, L. Perrin et H. Delaage.

Ce journal ne demandait dans son programme
que le *rétablissement de la paix publique* et le
triomphe des institutions républicaines!

Pour un comble, voilà un comble! Arnold Mortier et de Callias du *Figaro*, H. Delaage et Edouard
Moriac du *Paris-Journal*, G. Ebstein du *Soir*
faisant des vœux pour le *triomphe des institutions républicaines*.

Il est vrai qu'on était en carnaval.

. L'*Echo du soir* fut supprimé. La Commune ne
coupa pas dans le pont. Aussitôt les rédacteurs de
la feuille étranglée voulant à tout prix faire
triompher les institutions républicaines, firent
paraître une nouvelle feuille : l'*Etoile*. Elle brilla
huit jours, du 5 au 12 mai. La Commune aurait dû
pourtant savoir gré à ses rédacteurs d'avoir écrit
ceci dans son numéro du 6.

. . . .

Non, le suffrage universel n'est pas un vain mot, mais
le gouvernement élu par lui peut devenir une vaine chose
entre des mains médiocres ou séniles.

L'*Estafette* vécut juste un mois, du 25 avril au
23 mai. Collaborateurs : André Secondigné, Dan-
tray et Saint-Léger.

Le numéro 2 de ce journal contenait le huitain
suivant à l'adresse de *Foutriquet* (M. Thiers).

Mon vieux pouvoir exécutif,
Versailles vous offre un refuge.
De peur d'être brûlé tout vif,
Ici, constituez-vous juge.
Juger vaut mieux qu'être pendu.
Je le crois bien, mon bon apôtre.
Mais différé n'est pas perdu,
Et l'un n'empêchera pas l'autre.

Le *Faubourg*, une vieille connaissance, reparut le 26 mars, voici l'article le plus saillant !

RÉPUBLICAINS OU COSAQUES

. . . .

Aujourd'hui nous triomphons, après vingt ans de honte, de combat et de misère, quand tous les corbeaux sont gorgés de notre main.

Nous sommes la force en même temps que le droit.

Pas de faiblesse et pas de pitié !

L'imprimeur prit cette dernière ligne à la lettre. Il n'eut *ni faiblesse ni pitié*; il refusa ses presses. La Commune n'était pas assez puissante pour l'y contraindre, ce qui n'empêcha que, quelques jours plus tard, le 2 avril, Maroteau fondait *la Montagne* avec le concours de MM. Francis Enne, Léon Picard, d'Olorini, Henri Verlet, Gustave Sauger, Tridon, Georges Sauton, Tibaldi, Maréchal, Protot et Passedouet.

C'est dans le numéro 19 que fut publié le fameux article qui se terminait ainsi :

. . . .

Et ne parlez pas de Dieu, le croquemitaine ne nous effraie plus. Il y a trop longtemps qu'il n'est qu'un prétexte à pillage et à assassinat.

C'est au nom de Dieu que Guillaume a bu à plein casque le plus pur de notre sang ; ce sont les soldats du pape qui bombardent les Ternes.

Nous biffons Dieu.

Les chiens ne vont plus se contenter de regarder les évêques, ils les mordront ; nos balles ne s'aplatiront pas sur les scapulaires ; pas une voix ne s'élèvera pour nous maudire le jour où l'on fusillera l'archevêque Darboy.

Il faut que M. Thiers le sache, il faut que M. Favre le marguillier ne l'ignore pas.

Nous avons pris Darboy comme otage, et si l'on ne nous rend point Blanqui, il mourra.

La Commune l'a promis ; si elle hésitait, le peuple tiendrait le serment pour elle.

Et ne l'accusez pas !

Que la justice des tribunaux commence, disait Danton au lendemain des massacres de septembre, et celle du peuple cessera......

...... Ah ! j'ai bien peur pour monseigneur l'archevêque de Paris.

Cet article, que les juges du conseil de guerre auraient dû, disaient les organes radicaux, considérer comme un acte de folie, valut à son auteur, Maroteau, une condamnation à mort, laquelle fut changée en déportation.

Maroteau mourut en Nouvelle-Calédonie.

Le Fédéraliste fut fondé par M. Odysse Barot avec MM. V. d'Aigurande et Concerceux pour collaborateurs ; cette feuille eut deux numéros, 21 et 22 mai.

M. Odysse Barot, qui avait pourtant des raisons pour être prudent, choisissait un singulier moment pour entrer en lutte.

Voici les conclusions de son article du dimanche 21 mai, jour de l'entrée des troupes dans Paris.

. . . .

Un triomphe même des troupes versaillaises, *triomphe impossible*, n'empêcherait pas le gouvernement bombardeur et l'Assemblée fratricide de s'effondrer sous l'indignation de la France entière.

Quoi qu'il arrive, *l'avenir* appartient à cette double et grande idée : *la Commune et la Fédération*.

Les troupes françaises étaient au Point-du-Jour au moment où M. Odysse Barot prédisait à la Commune un *long avenir*.

Pas clairvoyant, M. Barot !

Le *Père-Duchêne* publia son premier numéro le 20 décembre 1870. Il fut supprimé à son cinquième numéro par le général Vinoy, et reparut le 30 mars 1871 pour disparaître le 21 mai.

Ses principaux rédacteurs étaient MM. G. Vermersch, Maxime Vuillaume et A. Humbert.

Voici un échantillon du style de ces aimables citoyens ; n° 7, 2 Germinal, an 79 :

Le père Duchêne est ce matin bougrement en

colère après ce Jean-Foutre de Trochu, général
pour rire, traître pour de bon, calotin de malheur, qui vient de baver à Versailles des insultes sur notre bonne ville de Paris qu'il va
vendre.

Ah ça! cette infâme crapule, bas valet de Badingue, pilier de sacristie, après nous avoir
livrés comme bétail en foire, n'est donc pas
encore allé se cacher dans un trou pouilleux
de sa Bretagne pour y manger tout l'or que
Bismarck lui a donné.

Il reparaît! il ose parler! et cela pour essayer
de justifier l'état de siège.

Mais, misérable lâche! enragé fuyard, assassin de nos frères que tu as fait massacrer par
le Prussien, mourir de froid dans la tranchée
ou canarder le 23 janvier! il ne te reste donc
plus, vilain bougre! une goutte de sang dans
les veines!

Plus rien que de l'eau bénite ou du fiel! sale
bête! va!...

Tu ne mérites pas la mort, non! tu es trop
vil pour cela... mais si jamais le père Duchêne
t'attrape, foutre! ton compte est bon! Il te dé-
culottera en place publique et te fouettera jusqu'au sang... comptes-y!

En attendant, général de carton, licheur de
patènes, donneur d'eau bénite, loueur de chaises,
rat d'église trichiné, tais ta sale gueule et fais le
mort, tu as laissé derrière toi trop de larmes,

*trop de sang et trop de honte, et, sache-le bien,
tu n'inspires même à ceux de ton bord que du
mépris et du dégoût.*

La *Mère Duchêne* ne publia qu'un seul numéro, le 23 avril. Elle essaya de disputer son
mari, mais le public ne fit aucune attention à cette
querelle de ménage.

Le *Fils du Père Duchêne* eut plus de succès. Il
parut du 1er Floréal au 14 Prairial, an-79, dix numéros. Ses rédacteurs, MM. Monréal et Blondeau,
les fournisseurs habituels des revues de fin d'année à nos petits théâtres, n'étaient pas de dangereux
politiques. La Commune les laissa « blaguer » à
leur aise, et même Raoul Rigault fournissait à
Monréal, qu'il rencontrait chaque soir aux *Délasse-
ments-Comiques,* des sujets d'articles.

Dans le n° 3 on lisait sous ce titre :

FANTAISIES PARISIENNES

C'était aux pieds de la Porte-Saint-Denis
Dans un groupe de bons patriotes,
Nom de Dieu !
Et l'on se foutait une bosse de rire,
Et l'on était foutrement heureux, parce qu'un bon
bougre qui revenait de Neuilly, venait d'annoncer aux citoyens promeneurs qui l'entouraient que près de trois
mille sergents de ville, habillés en lignards, étaient cernés
dans l'île de la Grande-Jatte.
— Vous verrez, mille tonnerre ! que ces mouchards-là
sont foutus de nous échapper, répliqua alors un bon

bougre de patriote coiffé d'un bonnet rouge et que nous avons reconnu pour être le citoyen Hamburger.

— Comment ça, nom de Dieu? murmura la citoyenne Blanche d'Antigny qui était dans le groupe.

— Naturellement, riposta alors ce Jean-Foutre d'Hamburger pour qui rien n'est sacré, ce sont des roussins, ils se sauveront en *nageant !*...

Et malheureusement c'est arrivé.

Foutre de foutre!

Dans le n° 8 on lisait le couplet suivant :

Lorsqu'ici nous foutons une pile aux canailles
Qui composent l'armée active de Versailles
Et que la nouvelle se sait,
Croyant avoir toujours le succès des batailles,
Le plus furieux c'est le sale Galiffet.
Quelle salle gueule y fait !

Malgré la protection tacite du farouche délégué à l'ex-préfecture de police, Monréal n'était pas sans inquiétude. Son éditeur Gayet était dans le même cas. La Commune pouvait se lasser des épigrammes dont ces messieurs l'accablaient. Et puis Versailles ! ! !

Un jour, M. Gayet reçut la visite d'un vieillard correctement vêtu de noir, décoré de la Légion d'honneur, les yeux masqués par des lunettes d'or à verres teintés, les pieds dans des chaussons noirs, comme un goutteux. Il était voûté et sa voix chevrotait. On lui eût donné quatre-vingts ans au moins. Il se présenta comme consul américain de passage à Paris. Il manifesta à M. Gayet le désir

de lui acheter les clichés du *Fils du Père Duchêne* pour les publier en Amérique. M. Gayet,
sans défiance, lui répondit que cela regardait
Monréal. Il lui demanda son adresse. Le vieillard
donna rendez-vous pour le soir même, à huit
heures, à Monréal, au café Montesquieu. Ce dernier,
prévenu, moins confiant que M. Gayet, réfléchit
que ses clichés valant peu de chose, le rendez-vous
de l'inconnu devait cacher un piège, que peut-
être c'était un agent de Raoul Rigault qui voulait
lui prouver que la police de la Commune était plus
forte que celle de l'Empire, qu'au lieu d'arrêter les
gens chez eux, elle les faisait se livrer eux-mêmes.

Monréal prévint une douzaine d'amis. Tous s'ar-
mèrent de pistolets, de couteaux, de revolvers, et
allèrent au café Montesquieu.

Le vieillard attendait; Monréal alla droit à lui.

— C'est vous qui êtes venu chez M. Gayet? lui
dit-il.

— Oui, monsieur.

— Qu'y a-t-il pour votre service?

— Vous publiez la découverte d'ossements dans
une maison religieuse. Ce récit m'intéresse d'autant
plus qu'il coïncide avec la découverte d'autres ossements qui, évidemment, proviennent des crimes
des prêtres, dans la crypte de l'église Saint-Laurent et de Notre-Dame-des-Victoires. Je voudrais
connaître la suite...

Monréal et ses amis partirent d'un éclat de rire
formidable.

15.

— Ah ! vous voulez connaître la suite, dit Monréal. Eh bien ! la voici : les ossements découverts dans un couvent de Vaugirard prouvent non seulement un crime, mais qu'il y a deux assassins ; nous les connaissons !

— Vous les connaissez ?

— Parfaitement, les ossements proviennent de jambonneaux, que le sacristain et le bedeau mangeaient en cachette les jours maigres, et qu'ils enfouissaient civilement, la nuit, pour cacher leur crime à leurs supérieurs.

Les assassins sont le sacristain et le bedeau...

— Alors vous n'êtes pas communard ? dit le vieillard.

— Nous ? répondit Monréal, mais nous avions pensé que vous étiez un agent de la Commune et nous allions vous faire votre affaire.

Aussitôt ils sortirent leurs armes.

— Bien, dit l'inconnu qui se redressa et parut alors avoir au moins six pieds de haut. Je repars pour Versailles ce soir. Vous ne serez pas inquiétés.

En effet, Monréal ne le fut pas, et c'eût été grand dommage.

Le Grelot, rédigé par Arnold Mortier et Bertall, ne publia que cinq numéros. Le premier parut le 9 avril. Le nom du dessinateur Bertall dit assez que cette feuille n'avait pas été créée pour glorifier la Commune.

En voici la preuve :

PROJET DE DÉCRET

— Considérant qu'à toute révolution nouvelle, il faut non seulement un drapeau nouveau, mais une devise nouvelle ;

La Commune de Paris décrète :

La devise : *Liberté, Egalité, Fraternité* est remplacée par celle-ci :

Outrance, trente sous et ne rien faire.

La Garde Nationale est chargée de l'application du présent décret.

— Considérant que la petite vérole est une maladie gênante, qu'elle expose non seulement le citoyen à mourir, mais à rester défiguré, que l'égalité est impossible dans une société qui compte des hommes grêlés dans son sein ;

La Commune de Paris décrète :

Article unique. — La petite vérole est abolie dans la République française.

L'Indépendance Française, du 9 au 16 mai, dirigée par M. Edouard Steinhein, avait la prétention de régénérer la *prospérité française* par le *travail et la paix*.

Cette idée charentonnesque n'eut aucune espèce de succès, pas même celui du rire.

Le rédacteur de cette feuille n'était pas journaliste ; il le comprit à temps en lâchant le journal.

Le *Journal officiel* de la Commune avait pour collaborateurs au 20 mars : MM. A. Régnard, Ed. Vaillant, L.-X. de Ricard, Maxime Vuillaume, Henri Bellenger, G. Courbet, E. Maréchal,

Ch. Limousin, C. Nel. Plus tard, il eut Vésinier et Ch. Longuet. Son dernier numéro fut imprimé, le 24 mai, à l'imprimerie Nationale ; il est presque introuvable aujourd'hui.

Le *National* fondé en 1869, deuxième incarnation, avait pour collaborateurs : MM. Rabasse, J. Trégogli, Chanloup, Ayraud Degeorge, A. Landrin, G. Lanty, L. Michelont, La Bedollière, d'Octeville, J. Clère, etc., etc.

Il est extraordinaire que la Commune ait laissé vivre ce journal du 18 avril au 16 mai ; car chaque jour, il protestait énergiquement contre tous les actes arbitraires commis par les délégués de tous genres et de tous poils qui terrorisaient Paris.

Une fois supprimée, cette feuille fut remplacée par le *Journal populaire*. Il n'y avait aucun doute à ce sujet : mêmes rédacteurs, mêmes bureaux, mêmes caractères, même format.

Il ne parut que du 17 au 23 mai.

Le *Mont-Aventin*, organe des buttes Montmartre, fut encore une création de M. Secondigné, il vécut deux jours, le 26 et le 30 mars.

Dans son dernier numéro, ce journal publiait l'avis suivant :

— Le *Mont-Aventin* publiera dans la journée une seconde édition, contenant la proclamation authentique de la Commune, et des renseignements d'une telle importance, que nous sommes obligés d'en ajourner l'insertion jusqu'après vérification !

La vérification est encore à faire !

La *Nation Souveraine* parut du 15 avril au 3 mai avec une rédaction qui n'était pas piquée des vers : MM. Alexandre Rey, A. Genevray, Paul Parfait, d'Althon Sée, Victor Considérant, G. Hubbard, G. Goudchaux, etc., etc.

Ce journal fut supprimé par la Commune.

L'Ordre fut créé par Vermorel, le 20 mars; deux numéros seulement.

Paris-Libre parut du 12 avril au 24 mai, avec la collaboration de MM. Vésinier, E. Morot et J. Dereaux.

Ce journal eut un grand succès avec sa publication du *Pilori des Mouchards*. Le public lisait avidement ses révélations sur la liste des noms des individus qui avaient sollicité, sous l'Empire, des emplois d'agents secrets. Ce n'était qu'un trompe-l'œil, car ces révélations étaient le secret de polichinelle, les chefs de la police impériale ayant eu soin, prévoyant la Révolution du 4 septembre, de brûler les papiers qui auraient pu compromettre les agents qui les avaient servis.

Chacun sait que Raoul Rigault, malgré de minutieuses recherches, ne trouva rien lorsqu'il s'installa à la Préfecture de Police. Ce fut son grand désespoir.

Ce journal publia un feuilleton : *Le Mariage*

d'une Espagnole. Il va sans dire qu'il s'agissait de l'ex-Impératrice que Vésinier, dit Racine de Buis, traînait dans la boue.

Le *Réveil du Peuple*, du 18 avril au 22 mai, parut sous le patronage de Delescluze, qui plus tard le désavoua.

Ses collaborateurs étaient MM. Jacquot, Emile et Georges Richard.

La *Révolution,* qui comptait au nombre de ses rédacteurs MM. Goullé et Benoit Malon, parut sept fois, du 2 avril au 15 mai.

Le *Salut Public* ne fut pas plus heureux, il eut également sept numéros, du 16 au 23 mai ; il était rédigé par MM. G. Sauton et Maroteau.

Comme violence, voir la *Montagne.*

La *Sociale* avait les mêmes rédacteurs que le *Père Duchêne* et en plus madame André Léo ; ce journal vécut du 31 mars au 17 mai.

C'était une concurrence à Emile de Girardin pour l'alinéa et le paradoxe :

Pas de droits politiques, sans droits économiques!
Pas de liberté, pas de justice sans égalité.
Le droit du travailleur est l'envers du droit du citoyen !
Gravons un niveau sur l'urne électorale
Et n'oublions pas que la misère est la mère de l'esclavage.

Le *Tribun du Peuple* était rédigé par un trio d'hommes de talent : MM. Lissagaray, H. Maret et E. Lepelletier ; il ne parut néanmoins que huit fois, du 17 au 24 mai.

Emile de Girardin était resté à Paris, il publiait sans collaborateurs une brochure internationale : *Le Bonhomme Franklin.*

Le premier numéro parut le 10 avril avec cette épigraphe : *Eripuit cœlo fulmen sceptrumque tyrannis* (Turgot).

— Dans l'ancien et le nouveau monde, d'un pôle à l'autre, toute chose a son contraire ; l'ombre a la lumière, le froid a le chaud, le faux a le vrai, la saleté a la propreté. la bassesse des sentiments et du langage a l'élévation du langage et des sentiments, le *Père Duchêne* n'avait pas lu le *Bonhomme Franklin.*

Au milieu du débordement des feuilles révolutionnaires et de leurs violences de langage, la voix d'Emile de Girardin était frappée d'impuissance. Elle était perdue dans la tourmente. Sa brochure ne se vendait pas. Lassé, le 4 mai, à six heures du matin, il m'écrivit :

Si vous êtes resté à Paris et si vous êtes *libre*, venez.

Cordialités,

E. de GIRARDIN.

A sept heures, j'étais chez lui. Il m'attendait. A

peine étais-je arrivé qu'un bruit épouvantable ébranla l'hôtel de la cave aux combles.

Je me levais.

— Ce n'est rien, me dit-il. C'est encore un obus, le quatrième depuis ce matin.

Néanmoins nous voilà partis pour vérifier la cause de ce bruit. Un énorme obus, après avoir crevé la toiture, était tombé sur une commode ; il avait brisé le marbre et traversé deux tiroirs remplis de linge.

— Décidément, me dit-il en riant, Versailles s'entend avec ma blanchisseuse.

Je tirai les tiroirs ; tout son linge était en morceaux.

— Bah ! ajouta-t-il, ça fera de la charpie pour les blessés.

Nous retournâmes dans son cabinet.

— Vous n'êtes pas compromis, me dit-il tout à coup.

— Compromis ! pourquoi ? répondis-je. Je suis capitaine dans le 8e bataillon d'ordre. C'est mon droit, je suppose !

— Parfaitement ; mais j'eusse préféré que vous fussiez neutre.

— Cela n'était guère possible.

— Mais on vous pourchasse et ce que j'allais vous proposer augmenterait encore les dangers qui vous menacent.

— Je suis aussi insensible au danger que vous à la perte de vos chemises.

— Je voulais vous proposer de prendre la direction d'un journal. Je serai *votre rédacteur*. L'inaction me pèse. Il doit y avoir un moyen de conciliation entre Versailles et la Commune. J'ai choisi un titre : l'*Union française*. Il rend ma pensée. Cela vous va-t-il?

— Quand voulez-vous que nous paraissions?

— Demain, 5 mai.

Le lendemain, j'étais installé dans les bureaux de la *Liberté*, qui avait quitté Paris pour Saint-Germain. Tous les matins, j'allais rue Pauquet-de-Villejust chercher la *copie* du maître.

Le 16 mai, je reçus la visite d'un délégué à n'importe quoi, orné d'une large sous-ventrière en flanelle rouge, qui me demanda brusquement où était le « citoyen » Girardin?

— Ma foi, lui répondis-je, vous seriez bien aimable de me l'apprendre.

— C'est bon, c'est bon, me répondit-il. Ne faites pas le malin, nous le pincerons bien et vous avec.

Immédiatement je fis publier dans le *Journal populaire* une note annonçant que M. de Girardin envoyait sa *copie* à l'*Union française* de son château, où il était depuis le commencement de la Commune. Puis je le fis prévenir aussitôt.

Il partit sur-le-champ et m'écrivit :

Cessez le journal : Finis Franciæ.

G

Le jour même, le journal était supprimé par un arrêté de la Commune. Il avait vécu douze numéros.

L'Union qu'Emile de Girardin avait rêvée n'avait abouti qu'à nous mettre tous deux entre l'enclume et le marteau.

La liberté de la Presse sous la Commune
peut se peindre en ce résumé de quelques lignes :
Journal Officiel du 20 mars 1871

A LA PRESSE

— Les autorités républicaines de la capitale veulent aire respecter la *liberté de la Presse*, ainsi que toutes les autres, elles espèrent que tous les journaux comprendront que le premier de leurs devoirs est le respect dû à la République, à la vérité, à la justice et au droit qui sont placés sous la sauvegarde de tous.

Journal Officiel du 3 avril 1871

— Le service de la Presse est rétabli à la délégation de l'Intérieur (Place Beauvau).

Les directeurs et gérants de journaux sont invités à vouloir bien y envoyer régulièrement les numéros de dépôt.

Journal Officiel du 4 avril 1871.

Communiqué adressé par les délégués de la Commune à l'intérieur au directeur de *Paris-Journal* à propos des événements de la place Vendôme.

Journal Officiel du 7 avril 1871.

La *déclaration préalable* pour la publication des journaux et écrits périodiques, de même que le *dépôt*, sont toujours *obligatoires*, et doivent se faire au bureau de la Presse, délégation de la Sûreté générale et de l'Intérieur (Place Beauvau).

Journal Officiel du 13 avril 1871.

— Tous imprimeurs de journaux politiques ou littéraires, sont invités à déposer à la délégation de la justice, place Vendôme, un exemplaire de leurs imprimés pour être déposé aux archives de la délégation.

JOURNAUX SUPPRIMÉS

4 avril. — *Les Débats, le Constitutionnel, Paris-Journal.*

21 avril. — *Le Bien public.*

1er mai. — *La Paix.*

3 mai. — *La Nation souveraine.*

6 mai. — *Le Petit Moniteur, le Petit National, la Petite Presse, le Petit Journal, la France, le Temps, le Bon Sens.*

12 mai. — *L'Anonyme, le Moniteur Universel, l'Observateur, l'Univers, le Spectateur, l'Etoile.*

15 mai. — *Le Journal de Paris.*

16 mai. — *Le Corsaire, la Discussion, le National.*

19 mai. — *La Commune, l'Echo de Paris, le Pirate, le Républicain, la Revue des Deux-Mondes, l'Indépendance Française, l'Avenir National, la Patrie, El Eco de Ultramar, la Justice, l'Union Française.*

X VI

Les journaux pornographiques. — Le *Gil Blas*. — Ci gît 1880. — L'année pornographique. — La revue des Variétés. — Le cercle de la Presse et Rabelais. — M. Zola et la presse pornographique. — La *Silhouette* et le pot de chambre. — Le *Boudoir*. — l'*Événement Parisien*. — Le *Piron*. — Le *Boccace*. — Le *Décaméron*. — La *Lanterne des cochons de Paris*. — La *Grivoiserie parisienne*. — l'*Asticot*. — le *Rabelais*. — *Alphonse* et *Nana* — *Boccacio*. — L'*Evènement parisien*. — L'art de manger les moules. — 2399 jours de prison. — L'*Egayement parisien*.

L'énorme succès du *Gil Blas*, succès qui valut à M. Dumont, son directeur, le 13 août 1880, une condamnation à un mois de prison et 500 francs d'amende, tenta plusieurs spéculateurs qui publièrent une série de journaux orduriers.

Le *Gil Blas* avait inauguré un genre. Sa prose, suivant une expression célèbre, ne pouvait se lire que d'une main. Si elle dépassait les limites des choses qui peuvent se dire dans un journal exposé

à être lu par tous, elle était écrite avec tant de
verve, tant d'esprit, avec des sous-entendus si spirituels, si fins, si gaulois qu'on pouvait dire que
la sauce faisait avaler le poisson.

Il n'en fut pas de même des imitateurs du *Gil
Blas*, qui remplacèrent l'esprit par les grossièretés,
les sous-entendus par un réalisme dégoûtant, l'i-
déalisme par la brutalité du fait. Chose triste à
avouer, cette série de journaux fut dès son apparition accueillie avec une telle faveur par le public
que plusieurs d'entre eux tirèrent à cent mille
exemplaires.

La Presse entière s'éleva contre ce journalisme
pornographique qui envahissait les boulevards,
comme la plage est envahie par le flot un jour de
grande marée.

Le Temps du 28 décembre disait à ce propos :

Pour être franc, cette poussée de feuilles de honte, cette
éruption de psoriasis moral, pourra bien être la caracté-
ristique de l'année qui s'en va. Il y a des baptêmes de
promotions à Saint-Cyr, lorsqu'on jette aux orties le
schako de l'école et qu'on revêt enfin le costume du régi-
ment. On pourrait aussi baptiser, à l'heure de leur mort,
les années qui s'effondrent et dont les faits et gestes nous
font dire étonnés :

— Quoi donc ? Ce sera là de l'histoire ?

Et si l'on cherche pour ces douze mois une étiquette
louangeuse, je demande qu'on lui cloue du moins cet
écriteau sur la boîte à joujous qui lui servira de bière :

Ci-gît 1880. — *L'année pornographique.*

Le Temps avait raison. Ce fut une fureur, une rage.

Les revues de fin d'années consacrèrent des couplets à la presse pornographique. Aux Variétés, mademoiselle Alice Lavigne chantait :

> Demandez le journal
> Scandaleux, immoral.
> Voilà la *feuille de vigne*.
> D'vot'faveur elle est digne.
> Achetez vit', Messieurs,
> Le journal scandaleux.

> Vrai, j'vous l'dis, dans not'journal
> Au diable Berquin ! ce qui nous flatte
> C'est le piment, c'est le picrate.
> On n' se pique pas d'être moral
> Aussi, faut voir comme on s'empresse
> Comm'on s'bouscule et comme on s'presse
> Avec nos histoires, nom d'un nom,
> On f'rait cabrer un escadron.

Au *cercle de la Presse*, la revue prit carrément ce titre : *Revue pornographique*. Rabelais, un des personnages de la Revue chantait ce rondeau, répondant à la pornographie qui l'appelait son père :

> Quoi ! c'est à l'heure où on me déifie,
> Où mes écrits sont partout triomphants,
> Que les journaux de la pornograghie
> Et leurs auteurs se diraient mes enfants !...
> Vous, mes enfants !... Voulez-vous bien vous taire ?
> Non... non... messieurs,.. je vous suis étranger !

Mes fils, ce sont : Lafontaine, Voltaire,
Pigault-Lebrun, Paul de Kock, Béranger.

Dans toute la presse parisienne, un seul journaliste osa défendre la presse pornographique. Il est inutile de dire que ce fut M. Zola. Pourtant, qu'avaient de commun avec ce grand écrivain les quelques obscurs cochons qui rédigaient ces ignobles feuilles et jetaient en pâture au public des histoires immondes ramassées dans les casernes et dans les maisons de filles ?

Rien assurément, et toute la polémique qui se fit pour et contre les feuilles pornographiques ne fit qu'augmenter la curiosité du public.

La Silhouette, dans son numéro du 9 septembre 1880, publia un dessin qui représentait M. Zola, nu comme un sauvage, avec la queue d'un paon, trempant sa plume dans un pot de chambre, duquel s'échappait une vapeur qui asphixiait une multitude de mouches.

Cette satire fut le mot de la fin de la polémique.

Le *Boudoir* parut le 30 mai 1880 ; *L'Événement Parisien*, le 6 juin ; *Le Piron* le 17 juillet ; *Le Boccace, Le Décaméron, La Lanterne des cochons de Paris*, le 4 septembre ; *La Grivoiserie Parisienne*, le 16 septembre ; *L'Asticot*, le 2 octobre ; *Le Rabelais*, le 13 octobre ; *Alphonse et Nana* le 27 octobre, *Boccacio* le 24 novembre. et enfin l'*Évènement Parisien* le 18 décembre.

Le parquet s'émut des nombreuses plaintes qui lui parvinrent, et de l'audace des vendeurs qui arrêtaient les passants en plein boulevard Montmartre pour leur offrir leur marchandise. Ce qui mit le comble à la mesure, ce fut le fameux dessin publié par l'*Événement Parisien* : *l'art de manger les moules.*

Les gérants, les directeurs et les rédacteurs en chefs des feuilles pornographiques, furent cités en police correctionnelle et furent frappés des condamnations suivantes:

L'*Événement Parisien,* 1er août 1880, 3 mois de prison, 1300 fr. d'amende.

30 août, 6 mois de prison, 500 d'amende.

9 septembre, un an de prison, 500 fr. d'amende.

20 octobre, un an de prison, 500 fr. d'amende.

23 octobre, 6 mois de prison, 1000 fr. d'amende.

26 octobre, 3 jours de prison, 1000 fr. d'amende.

30 octobre, un an de prison, 1000 fr. d'amende.

Le Piron, 15 septembre 1880, un mois de prison, 500 fr. d'amende.

16 octobre, un an de prison, 500 fr. d'amende.

Le Boccace, 24 août 1880, 3 mois de prison, 500 fr. d'amende.

22 octobre, 6 mois de prison, 1000 fr. d'amende.

La Grivoiserie Parisienne, 6 octobre, 15 jours de prison, 350 fr. d'amende.

16

19 octobre, 100 fr. d'amende.

Le 30 octobre, le tribunal correctionnel condamna les distributeurs de l'*Événement Parisien* à des peines variant de 1 à 3 mois de prison et tous à 500 fr. d'amende.

Les fabricants de journaux pornographiques eurent à subir *deux mille trois cent quatre-vingt dix-neuf jours de prison* et à payer 10,050 *fr. d'amende*.

La moralité la voici :

Ils gagnèrent dans leur campagne plus de *trois cent mille francs*. Ils se sauvèrent à l'étranger pour échapper à la prison et à l'amende. L'un, Léopold Duffieux, s'établit libraire à Bruxelles. Il y mourut en 1886. L'autre, Émile Blain, se réfugia à Londres. Il se fit courtier en parfumerie, à ce qu'il paraît. Il se fit délivrer par son patron à Conduit-Street quelques douzaines de savons, soi-disant pour le compte d'un honorable commerçant de Ludgate-Hill. Arrêté pour ce fait, il fut condamné à quatre mois de travaux forcés. Cet aimable citoyen publie *L'Egayement Parisien*, feuille malpropre qui n'a rien à envier à la *Lanterne des cochons*. C'est le véritable moniteur des lupanars et le bréviaire des filles de brasserie.

La condamnation d'Émile Blain fut publiée le 30 décembre 1884, par le journal l'*Intransigeant*, sous ce titre : *l'odyssée d'un pornographe*.

Une autre feuille, *la Parisienne*, mérite de ne

pas être oubliée. Elle n'eut qu'un seul numéro, mais il était corsé. Trois articles intitulés : *le Bouton*, *la Chemise de nuit* et *l'Archiduc* étaient ce qu'on pouvait lire de plus ignoble. Depuis le rédacteur en chef jusqu'au vendeur, tous furent condamnés par la 8e chambre correctionnelle à des peines diverses.

Dans ce défilé de feuilles ordurières, la palme revient de droit à *la Bavarde*. Elle joignait à la pornographie l'industrie du chantage : c'était une combinaison des plus curieuses. *La Bavarde*, tout en ayant en apparence un siège social, avait des correspondants dans les principales villes de France. Aussitôt que l'un d'eux avait connaissance d'un scandale dans la ville où il habitait, il envoyait un article ou des notes au rédacteur de *la Bavarde*. Alors on publiait une édition spéciale pour cette ville.

Le gérant, un nommé de la Noue, qui exerçait cette profession pour 2 francs par jour, fut condamné par presque tous les tribunaux de province à des peines sévères et à de forts dommages et intérêts. Il purgea bien ses condamnations, mais les personnes qui avaient eu le courage de braver les malpropres vengeances de *la Bavarde* pour faire condamner et supprimer cette ignominieuse feuille, en furent pour leurs frais, car de la Noue était absolument insolvable.

Alors se passa une chose fort curieuse, les parties civiles qui avaient actionné *la Bavarde* devant

le tribunal d'Arras eurent la pensée de recouvrer
leurs frais, en poursuivant les marchands de journaux de cette ville qui avaient accepté le dépôt du
journal et l'avaient vendu par fois à des prix fantastiques. Elles en furent pour leurs peines.

XVII

Le *Constitutionnel*. — Thiers socialiste. — Le *Juif-Errant*. — Les 10,000 francs du père Aymés. — Le *Journal des raccourcis*. — Appel aux condamnés à mort. — Une fantaisie macabre. — Le *Courrier français*. — La curée de l'abonné. — Le truc du déjeuner. — La coupure révélatrice. — Le citoyen Tolain. — Une mauvaise farce. — Rossel et le général Cluseret. — *Le Boulevard*. — Une lettre de Méry. — Un sonnet de Baudelaire. — Jules Vallès sentimentaliste. — *Les moulins à vent* et M. Ludovic Halévy.

Le *Constitutionnel* parut le 29 octobre 1815. Primitivement il s'appelait l'*Indépendant*. Il eut pour fondateurs MM. Jullien de Paris, Rousselin de Saint-Albin, Jay et Tissot, anciens membres de la Convention. Il est assez étrange que ce furent des régicides qui fondèrent ce journal, lequel, sous tous les régimes, fut l'organe officieux du gouvernement.

A ses débuts, ce journal fit peu de bruit, quoique le nombre des journaux fût très restreint. En 1830

16.

il comptait parmi ses collaborateurs : MM. Cauchois, Lemaire, Buchez, Bodin et Thiers. En 1843, il passa entre les mains du fameux docteur Véron, illustré par sa cuisinière Sophie et son immense cravate. A la fin de 1861, M. de Persigny, comprenant les inconvénients d'avoir une presse officieuse, rattachée trop directement au pouvoir, lequel était responsable des articles publiés dans ses journaux, résolut de rompre avec elle. Il commença par désavouer la *Patrie*, puis quelques jours plus tard le *Constitutionnel*. Véron cèda alors le journal à Mirès, pour une somme de 1,900.000 francs.

Le premier soin d'un financier qui achète un journal est de le mettre en action. Mirès ne pouvait manquer à la tradition. Il appela l'épargne publique à souscrire, et une multitude de gogos accoururent, croyant apporter leur argent à un journal subventionné par l'Empereur. Mais ils furent vite désillusionnés, car, en vertu de la législation de 1852, le *Constitutionnel*, qui manifestait des velléités d'indépendance, reçut deux avertissements, les 7 et 8 juin 1862. Menacé d'être suspendu, il dut se calmer.

Le *Constitutionnel* eut successivement pour rédacteurs en chef : Amédée Renée, Amédée de Césena, La Guéronnière, Cucheval-Clarigny, Granier de Cassagnac, Grenier, Grandguillot et Limayrac.

Le *Constitutionnel* vit toujours, mais il peut hardiment être classé parmi les disparus, car ce journal dont le tirage dépassa 50,000 exemplaires est presque tombé à zéro, malgré le talent de M. Henry des Houx.

Si le *Constitutionnel* de 1887 végète sans bruit, l'ancien remplirait un volume de souvenirs et d'anecdotes.

C'était à l'époque où le docteur Véron, prête-nom de M. Thiers, dirigeait le *Constitutionnel*, spécialement acquis pour combattre des doctrines propagées dans nombre de journaux.

Le docteur pleurait des larmes de sang en voyant les abonnés s'en aller chaque fois que M. Thiers l'entraînait dans les abîmes de la politique, et celui-ci était sensible à ces douleurs qui ne lui donnaient, d'ailleurs, aucun bénéfice.

— Tenez, lui dit un jour M. Thiers, savez-vous ce qu'il faut faire pour sauver le journal ?

— Mais je ne demande que cela.

— Nous avons combattu le socialisme jusqu'à ce jour...

— Dites : Vous avez.

— Soit, eh bien ! il faut le soutenir à présent.

— Ah ! par exemple, voici qui serait fort, toujours votre système de bascule.

— Oh ! le soutenir en première page, en première colonne, ou même en seconde page, ce serait de l'enfantillage, et d'ailleurs cela ne se lirait pas, c'est décidément très ennuyeux. Écoutez bien ! Voici Eugène Sue qui achève aux *Débats* les *Mystères de Paris*. Le journal de Bertin a gagné dix

mille abonnés avec cet abominable chef-d'œuvre.
Eh bien ! attachez-vous Eugène Sue, non point pour
un seul roman, mais pour deux, trois, dix s'il le
faut.

— Cela coûtera cher.

— Qu'importe.

— Est-ce vous qui ferez les fonds ?

— Non pas.

Véron réfléchit et le marché fut conclu. Il assura
à Eugène Sue cent mille francs par an pendant
quinze ans pour sa collaboration exclusive.

Le premier feuilleton qu'il publia fut le *Juif-
Errant*. L'histoire de ce roman célèbre, qui a fait le
tour du monde, est des plus curieuse, et personne
ne croira que ce roman anti-clérical faillit paraître
dans le journal la *Gazette de France*.

La *Gazette de France* était à cette époque dirigée par M. de Lourdoueix, chef du parti gallican.
Son journal, naturellement, en défendait les doctrines. Il alla trouver Eugène Sue et lui demanda
d'écrire pour la *Gazette* un roman contre les Jésuites.

Eugène Sue accepta et se mit aussitôt à l'œuvre.
Son scénario achevé, il le communiqua à M. de
Lourdoueix, mais celui-ci effrayé par les types de
Rodin et d'Aigrigny demanda au romancier d'at-
ténuer l'horreur de ses personnages. Eugène Sue
fut intraitable, il ne voulut apporter aucune modifi-
cation à son ouvrage.

M. Véron n'eut pas les mêmes scrupules que
M. de Lourdoueix. Peu lui importait d'*ensociali-*

pester la France et l'Europe pourvu qu'il gagnât de l'argent. Le succès du *Juif-Errant* lui donna raison.

En 1866, une grosse polémique s'établit entre MM. de Riancey et Paulin Limayrac. Un pari de 100,000 francs s'engagea entre les deux rédacteurs en chef.

Ce débat amusa fort la galerie et le tirage des deux feuilles rivales augmenta considérablement. Les petits journaux d'alors criblèrent d'épigrammes les deux écrivains. L'un d'eux accusait Paulin Limayrac d'être un plagiaire, d'avoir copié un industriel célèbre, qui, quelques années auparavant, avait couvert les murailles parisiennes d'affiches énormes sur lesquelles on lisait en caractères ultra-gigantesques :

DIX MILLE FRANCS
à qui prouvera
que mon eau ne fait pas repousser les cheveux
sur les têtes les plus chauves.

Cet industriel, un maître dans l'art de la réclame, reçut un matin la visite d'un inconnu.

— Monsieur, lui dit-il gravement, je viens chercher la prime.

— Quelle prime?

— Celle que vous promettez par vos affiches.

— Ah ! très bien.

— Monsieur, j'ai usé de votre spécifique, et voici le résultat.

En même temps, l'inconnu découvrit, en ôtant son chapeau, le plus superbe genou qui ait jamais surmonté une paire d'épaules.

L'inventeur examina un instant. Puis, sans se déconcerter le moins du monde :

— Pardon, monsieur... Combien de flacons avez-vous employé ?

— Trente !

— En ce cas, je ne réponds de rien. Ce n'est qu'au millième que la cure est complète.

Et le flacon coûtait quinze francs la pièce !

Bénéfice net dans tous les cas : cinq mille francs.

Même résultat pour la polémique du *Constitutionnel*. Elle ne prouva rien, mais les caissiers des deux feuilles se frottaient les mains en encaissant chaque jour les beaux écus, produits de la bêtise humaine.

Fiorentino, le maître-chanteur, rédigea longtemps les feuilletons dramatiques au *Constitutionnel*. Pendant des années, il tint tremblante sous sa férule la gent dramatique. Arrivés ou débutants, tout le monde y passait.

Il avait un moyen infaillible pour faire chanter les gens. Il habitait un joli appartement, somptueusement meublé. Il recevait les visiteurs dans son cabinet de travail. Un jour, une artiste, aujourd'hui célèbre, vint le trouver pour solliciter quelques lignes. Après bien des explications, il les lui promit. Quelques jours après, elle vint le remercier et lui offrit timidement un bronze, un vase valant au moins cinq ou six cents francs. Il reçut l'objet en remerciant, puis il ajouta :

« Vous êtes bien aimable, madame, mais voyez autour de vous, tous ces objets d'art. Eh bien ! j'en ai plein des armoires ! Nous avons nos pauvres, vous le savez sans doute. J'aurais préféré une petite somme : tenez, voyez ce tiroir (et il ouvrit un tiroir où étaient des billets de banque). Ceci leur est destiné. »

L'artiste, prise au trébuchet, versa cinq cents francs en s'excusant de ne pouvoir donner que cela.

Si, au contraire, on lui donnait de l'argent, il l'empochait d'abord et disait qu'il eût préféré un objet d'art, un souvenir; qu'il était bien assez riche et qu'il n'avait pas besoin d'argent.

Le dernier propriétaire du *Constitutionnel* fut M. Gibiat. Ce journal fut mis en vente et racheté par sa veuve, en 1885 ; il est aujourd'hui sous la direction de M. Henri des Houx.

Nous avons eu tous les genres de journaux. Un des plus fantaisistes fut assurément le *Journal des Raccourcis*, paru le 1er juin 1877. Il annonçait qu'il paraîtrait tous les jours de guillotine. Avec le système de M. Grévy, il courrait grand risque de ne paraître qu'à de longs intervalles.

Dans le titre se trouvait cette mention :

ABONNEMENT GRATUIT D'UN AN

Pour tous les condamnés qui apporteront leur tête à la rédaction.

Les manchettes portaient ceci : « Bourreau de rédaction, place de la Roquette, de minuit à quatre heures du matin ; les têtes trop spirituelles ou trop politiques seront envoyées à l'Ecole de médecine ».

Voici comment le *Journal des Raccourcis* annonçait sa venue :

AUX CONDAMNÉS A MORT

Messieurs,

L'avez-vous jamais remarqué comme moi ?

Chaque industrie, chaque commerce, chaque profession a un organe spécial (si ce n'est deux) ; seuls, les *guillotinés* n'ont pas leur organe...

Ils l'auront demain, c'est le *Journal des Raccourcis!*

Pas une exécution capitale n'aura lieu désormais sur le continent français sans que nous en rendions scrupuleusement compte.

Clients de M. Roch, vous pouvez faire votre paquet avec la certitude qu'il sera parlé de vous.

Nous ne vous ferons pas de réclame, vous n'en méritez aucune.

Mais il ne vous sera sans doute pas désagréable de lire, dans le *Journal des Raccourcis*, tout ce qui se sera passé à votre sujet, au fichu quart d'heure de l'expiation, que vous n'aurez pas volée, convenez-en.

Si vous *y êtes allé* avec repentir, ce repentir sera constaté, et votre fin pourra faire verser de douces larmes.

Si, au contraire, vous résistez à cet excellent M. Roch ;

Si vous blasphémez Dieu, si vous maudissez vos juges et la société, malheur à votre réputation... de condamné à mort ! Fussiez-vous notre meilleur abonné, vous serez honni, conspué, flétri sans pitié dans nos colonnes.

Sur ce, chers lecteurs, que la guillotine vous soit légère et qu'elle ne nous fournisse pas trop de copie.

Si le *Journal des Raccourcis* cessait de paraître, faute d'assassins, nous créerions avec bonheur le *Journal des honnêtes criminels.*

Mais il m'est bien permis de croire que ce journal serait difficilement pris au sérieux.

HENRY BUGUET.

On aura peine à croire que le signataire de cette fantaisie macabre est le joyeux vaudevilliste, l'auteur de tant de revues charmantes.

Pourtant cela est, car il y a deux hommes en Buguet. Pendant qu'il rime ses couplets égrillards, il songe à son épitaphe.

Il a toujours le *petit mort pour rire.*

Trois ou quatre fois par semaine, on le rencontre dans les cimetières, à Montmartre, au Père-Lachaise, à Montparnasse.

Pas fier du tout, il se lie avec les gardiens et les fossoyeurs.

Il a un faible prononcé pour le Père-Lachaise.

C'est là qu'il s'est fait bâtir d'avance son caveau, dans la 63ᵉ division, la meilleure, paraît-il, sur un terrain sec à rendre des points aux appas de Sarah Bernhardt.

Buguet a fait graver sur la pierre de son caveau les vers qu'on va lire. Des camarades, parfois, déposent une couronne à la grille. Alors Buguet verse des larmes de joie :

17

— Ça me fait plaisir, dit-il, de me voir des couronnes sur mon caveau. *Je me figure que je suis dedans !*

Voici l'épitaphe :

C'est prévoyant de songer au repos
Lorsqu'on s'esquinte à vivre et souffrir sur la terre.
Ma tombe est déjà prête ; elle assure à mes os
Un gîte confortable au plus grand cimetière.
Erigé sous mes yeux, en meulière et béton,
Mon caveau, j'en suis sûr, sera fort habitable.
J'ai bien choisi l'endroit ; gaie est ma division.
Le boulevard voisin est folichon en diable.
Quand on est mort, dit-on, c'est pour longtemps.
Eh bien, raison de plus pour croire à cet adage
Et s'offrir un caveau qui, pendant bien des ans,
Vous sera, jeune ou vieux, d'un excellent usage.

Mais revenons au *Journal des Raccourcis ;* sa quatrième page est un chef-d'œuvre, voici le petit boniment qui précède les annonces :

Un journal comme le nôtre ne pouvait manquer d'avoir d'excellentes annonces pour sa quatrième page. Malheureusement, quoique très bien payées, ces annonces ont dû être refusées.

Elles étaient trop roides et c'eût été favoriser dangereusement les condamnés à mort, nos clients, que d'attirer les yeux de la gendarmerie sur leurs différents genres d'industries. Néanmoins, pour cette fois seulement, à titre de curiosité, nous faisons paraître quelques unes de ces annonces, et l'on comprendra quel intérêt immense a la société à mettre entre elle et ces messieurs, la nouvelle Calédonie et le joujou de M. Roch.

AU POIGNARD DE LÉONORA

Rue de l'homme armé, n° 1733

COUTELLERIE FRANÇAISE DE PREMIER CHOIX

C'est cette maison de vieille date qui a fourni les couteaux de Ravaillac, de Lacenaire, de Troppmann et de Billoir.

A LA MARQUISE DE BRINVILLIERS

Arsenic sous forme de sucre en poudre pour belles-mères, ou oncles et tantes à héritages. Sels de cuivre pour empoisonner les salières, vitriol garanti mauvais teint pour défigurer les plus beaux visages.

GRANDE BONNETERIE DE LA ROQUETTE

Camisoles de force. Bâillons immâchables. Chemises sans col *pour la toilette*.

Inutile de dire que ce journal ne vécut pas.

Un des journaux, qui fut, sans contredit, le plus curieux des dernières années du second Empire, fut le *Courrier français*.

Comment fut il fondé? Celui qui aurait pu nous le dire est mort depuis longtemps. Comment vécut-il. Autre question plus difficile encore à résoudre. Toujours est-il qu'il vécut et fit une guerre terrible à l'Empire.

Les envieux et les calomniateurs, — ce n'est pas une engeance qui manque, — dirent à l'époque que Vermorel était vendu à M. Rouher. D'aucuns racontaient même, dans les cafés du boulevard, que le prix de la trahison avait été de cinquante mille francs et qu'il existait des lettres le prouvant ; que la campagne menée par Vermorel contre M. de Cassagnac avait été payée par le ministre qui voulait se débarrasser du rédacteur du *Pays*. On ajoutait qu'un certain jour convenu, devait paraître, dans le *Courrier français*, un article émanant de M. Rouher mais signé par Vermorel, pour bien établir la conversion; que cette combinaison n'avait échoué que parce que M. Vitu, alors rédacteur de l'*Étendard*, en ayant eu vent, avait fait tous ses efforts pour l'empêcher d'aboutir.

Pour ceux qui connurent Vermorel ou vécurent pour ainsi dire de sa vie, toutes ces calomnies firent hausser les épaules ! Aujourd'hui qu'il est mort, et mort bravement, le silence s'est fait autour de sa tombe, mais il existe encore des gens qui y croient et ne craignent par d'affirmer qu'elles sont vraies.

Le *Courrier français* parut au commencement de 1867. Sa rédaction était composée comme suit: MM. Vermorel, Léon Mirès, Sol, Lucien Dubois, William Reymond, Louis Dagé, Jacquot, Adrien Marchet, Sapia, Tolain, Huriot, Georges Duchesne, Ch. Beslay et Auguste Lepage. — Pour extrait.

M. Macon était l'administrateur. Les bureaux de rédaction étaient rue d'Aboukir, 9.

Que le journal fût vendu à l'Empire, ce n'était pas le luxe de ses bureaux qui le prouvait. Quand on avait gravi trois étages d'un escalier noir, infect, on se trouvait sur un palier assez vaste. A droite se tenait le caissier, à gauche la rédaction; on pouvait entrer sans frapper et surtout sans essuyer ses pieds sur le paillasson.

Dans la première pièce se tenait Lucien Dubois, solennel comme le suisse de la Madeleine. Dans la seconde pièce était la rédaction. Six chaises qui avaient bon besoin d'être rempaillées, une immense table de bois blanc et une pendule en carton, c'était l'ameublement. Les jours de conseil, dans cette salle, les administrateurs, présidés par Chaudey, discutaient gravement sur les destinées du journal.

La pièce du fond était réservée à Vermorel. Pas de papier sur les murs, mais des toiles d'araignées à profusion. Sur une table, un amas de journaux et quatre ou cinq porte-plumes d'un sou. Vermorel ne voulait jamais de feu. Ceci expliquait les deux ou trois couvertures de coton qui gisaient dans un coin. Quand un visiteur arrivait on les lui offrait pour l'empêcher de mourir de froid.

Les abonnés étaient rares et le caissier pouvait dormir à son aise. Pourtant il en venait un de temps en temps. Quand on entendait ouvrir la porte de l'administration, l'un de nous se précipitait. C'est un abonné, revenait-il dire. Alors, en masse, aussitôt l'abonné parti, on envahissait la caisse et on demandait un acompte.

— Mais il n'a versé que treize franes, disait Macon, et vous êtes six.

— Qn'importe, répondions-nous, donnez-nous de l'argent ?

— Je veux bien, répondait Macon, mais laissez-moi cent sous pour faire mon départ.

— Mais déjeuner ?

— Vous emploierez le *truc*. Il viendra peut-être un abonné d'un an.

Ce *truc* est une invention de génie. Il fut inventé par Mirès.

Voici en quoi il consistait :

Il existait, rue Montmartre, un restaurant qui avait pour enseigne : *A la ville de Rouen*. Nous nous y rendions tous et chacun y commandait isolément son déjeuner. Au moment de payer, — supposons qu'on fut six, — cinq s'étaient, à court intervalle, éclipsés, il n'en restait donc qu'un : celui que le sort avait désigné. Le garçon s'avançait, souriant, et lui présentait la *douloureuse*.

Le dialogue suivant s'engageait :

— Mais je n'ai pas mangé six déjeuners.

— Ces messieurs étaient avec vous.

— Je ne les connais pas.

— Je vais appeler le patron..

Le patron, qui était un brave homme, arrivait ; il comprenait tout de suite.

— Recevez un déjeuner, disait-il au garçon.

Le lendemain, on payait, si on pouvait ; puis, quelques jours plus tard, on recommençait. A ce métier, le brave dut cesser son commerce.

Deux types étaient particulièrement curieux au

Courrier français, en dehors de Vermorel, c'é-
taient Sapia et le « citoyen » Tolain.

Sapia venait régulièrement au *Courrier français*. Il fournissait à Vermorel des nouvelles de
Mazzini. Souple, insinuant, il se fourra vite dans
l'intimité des rédacteurs.

On riait de Sapia. Toujours vêtu d'une longue
redingote noire, pantalon et gilet de même couleur, le tout, tant il était long et maigre, flottait au
moindre courant d'air. Complètement imberbe, les
yeux profondément enfoncés sous l'arcade sourci-
lière, de longs cheveux noirs, jaune de teint, par-
cheminé, il avait tout l'aspect d'un revenant.

Sa présence causait à tous un malaise indéfinis-
sable sans qu'aucun pût dire pourquoi.

Il était toujours accompagné d'une jeune et jolie
femme habillée en homme, — ce qui lui valait une
infinité de plaisanteries salées.

Sapia prétendait qu'en France personne ne savait conspirer. « A la bonne heure ! En Italie,
disait-il, nous agissons et nous ne parlons pas ; les
Français sont des apprentis ! »

Sapia était au service du fameux Lagrange. Il
avait pour mission spéciale de surveiller la rédaction du *Courrier français*. Ce ne fut pas sa faute,
si tous les rédacteurs ne furent pas impliqués dans
le procès de Blois.

Sapia était absolument un agent provocateur, et
des plus dangereux, car personne ne se doutait
que, sous cette enveloppe grotesque et sous ces

apparences mielleuses, timides, il cachait un mouchard. Il fut dépisté par Chaudey dans des circonstances singulières.

Chaudey avait un ami qui allait être arrêté. Il
alla chez M. Lagrange, afin d'intercéder en sa
faveur. En attendant son tour d'être reçu, le
garçon de bureau lui donna un tas de journaux à
lire. Il prit machinalement la *Gazette de France*.

Dans le chapitre des informations, il commença
la lecture d'une nouvelle qui aussitôt l'intéressa.

Vers le milieu de la colonne il manquait un
morceau de trente lignes environ. Elles avaient
été découpées. Chaudey le regretta d'autant plus
qu'il s'agissait du *Courrier Français*.

La *Gazette de France* posait cette question :
« Le *Courrier français* pourrait-il nous dire de
qui il tient cette grave nouvelle ? »

De retour à la rédaction, Chaudey entra dans la
salle commune, les rédacteurs étaient assemblés
autour de Sapia, qui tenait à la main, proprement
collée sur une feuille de papier blanc, et cotée au
crayon bleu, la coupure qui manquait à la *Gazette
de France* du bureau de M. Lagrange.

Chaudey se tint coi. Il laissa Sapia interroger les
rédacteurs afin de savoir qui avait fourni la nouvelle, et quand il partit, il le fit *filer*. On le surprit
place de la Bourse, remettant à M. Derest, l'homme
de confiance de M. Lagrange, son rapport sur ses
investigations.

On raconta la chose à Vermorel qui ne voulut

pas y croire. Il voulait une preuve plus convaincante. Pour l'obtenir, il écrivit à ses amis d'Italie. Ceux-ci lui répondirent que Sapia, en effet, avait été le secrétaire de Mazzini, mais que le célèbre conspirateur italien savait que Sapia adressait copie de ses lettres à M. Lagrange et qu'il le conservait près de lui parce qu'il savait ses projets.

— Mon procédé est bien simple, disait Mazzini. Je lui dicte le contraire de ce que je veux faire et je puis conspirer tranquillement.

Sapia fut alors chassé de la rédaction.

Sapia fut démasqué lors du fameux procès de Blois et condamné à une peine sévère, qu'il ne subit pas, naturellement.

Un convaincu, c'était M. Tolain, l'ouvrier amateur. A ce propos, une remarque curieuse : tous les ouvriers qui ont fait de la politique « pour revendiquer les droits de leurs frères », s'empressent aussitôt de quitter l'atelier pour devenir des bourgeois. M. Fribourg, de l'*Internationale*, a lâché le badigeonnage pour rédiger un journal financier. M. Ch. Limouzin a abandonné le métier de passementier pour devenir un économiste. Cela me remet en mémoire un mot de Renault, le tailleur de pierres.

En 1848, il avait été élu représentant du peuple. Au lieu de se présenter à l'Assemblée nationale avec sa blouse, il s'empressa de se faire habiller chez Renard. A ceux qui blâmaient cette transformation, il répondait :

17.

— Fallait bien me distinguer d'eux, maintenant que je suis un ouvrier de la pensée.

M. Tolain rédigeait la *Tribune ouvrière*, c'est-à-dire qu'il mettait en ordre les communications que lui adressaient les groupes. Ce n'était pas bien difficile. Néanmoins il aurait volontiers dit comme Salis, le cabaretier du *Chat noir* : « la butte Montmartre s'écroule sous le poids de ma gloire », et il a eu raison d'avoir confiance en lui-même — et surtout dans la bêtise des électeurs.

Depuis longtemps, *Monsieur* Tolain a oublié le *citoyen* Tolain et ses amis d'autrefois. Cela ne peut attrister. C'est dans la logique des choses.

Léon Mirès rédigeait le *Tribune militaire*. Ce fut un bien mauvais tour que lui joua Vermorel en le chargeant de cette besogne.

Mirès était, je crois, en congé temporaire. L'autorité militaire, émue de ses attaques, employa, pour les faire cesser, un moyen des plus rationnels. Elle envoya un fourgon et quatre hommes, et Mirès fut cueilli au saut du lit, puis incarcéré au fort du lieu de sa garnison.

Vermorel jeta les hauts cris : « Fallait-il que les autorités impériales fussent canailles de se défendre, etc., etc. » Comme toutes les affaires de ce genre, celle-ci tourna en eau de boudin... Seulement Mirès fit sa prison et rien ne changea dans l'administration.

J'ai gardé Vermorel pour la fin. C'est une physionomie trop connue pour y revenir.

Chacun sait qu'il fit partie de la Commune et qu'il s'était rangé parmi les modérés.

A cette époque nous nous rencontrions tous les jours, à midi, à la *Brasserie moderne*. Je le vois toujours, vêtu comme un séminariste défroqué et coiffé d'un képi de sapeur de la garde nationale. Nous prenions nos repas en commun, lui d'un côté, moi de l'autre, mais unis par une solide amitié.

Un jour, vers le 10 avril 1871, Cadart, qui était en relations directes avec Versailles, vint me prier de le présenter à Vermorel. Je le fis en assistant à l'entretien. Cadart proposa à Vermorel, non de trahir les siens, mais de servir d'intermédiaire pour une conciliation.

Vermorel écouta sans sourciller. Tout à coup il interrompit Cadart et lui dit ceci :

— Les gens avec lesquels je suis sont des énergumènes et n'ont aucun sens politique, mais je reste avec eux. J'y mourrai, c'est sûr, car je ne me sauverai pas.

Vermorel a tenu parole et il est mort courageusement, et quelles qu'aient été ses défaillances, s'il en a eues, sa mort honore la corporation des journalistes.

Vermorel, involontairement, fut cause que je manquai d'être fusillé. C'est un détail assez curieux.

Vers le milieu ou la fin d'avril, je ne me souviens plus au juste, à la suite d'un conversation, Vermorel m'avait engagé à aller lui rendre une visite, à

l'Hôtel-de-Ville. J'y allai. C'était assez dangereux
pour moi, car j'étais capitaine de la 1er compagnie
du 8e bataillon de la garde nationale, et ce bataillon était en mauvaise odeur de sainteté auprès de
la Commune, avec laquelle il avait refusé de pacti-
ser.

J'avais confiance en Vermorel. Il était incapable
d'attirer un ami dans un traquenard.

Aussitôt, mon entrée, Vermorel vint à moi et me
remit une lettre pour le général Cluseret avec cette
suscription :

Je recommande le capitaine Virmaître au citoyen Cluseret. Il lui fera des observations intéressantes.

Le lendemain matin, vers dix heures, j'allai au
Ministère de la guerre Je fis demander le général
Cluseret. On me fit asseoir et attendre. Une heure
plus tard environ, je vis arriver à moi un homme
coiffé d'un képi à cinq galons, vêtu d'une sorte de
dolman, sans ornement, un lorgnon à cheval sur
un nez en bec d'aigle, il me demanda brusquement:

— C'est vous qui demandez le citoyen Cluseret?

Je répondis : Oui, mais j'avoue que j'eus un fris-
son.

— Passez dans mon cabinet, ajouta-t-il d'un ton
bref. J'obéis.

Au moment où il me disait : « Vous êtes encore
un émissaire de Cluseret », un aide de camp entra
bruyamment et lui remit un ordre. Il fronça le

sourcil et partit sans dire un mot. Une heure plus tard, entra un officier qui me dit : « Le citoyen Rossel est à la Commune. Vous ne ferez pas mal d'aller prendre l'air ». Ce disant, il m'ouvrit une porte qui donnait sur les communs et je partis sans demander mon reste.

Voici ce qui s'était passé, Cluseret avait été arrêté. Vermorel l'ignorait. Rossel l'avait remplacé. Il l'ignorait également, et la lettre que j'ai encore en ma possession disait à Cluseret qu'il fallait à tout prix temporiser avec le bataillon de la Bourse, ce que n'aurait pas manqué de faire le général Cluseret, en homme politique. Ce que ne fit pas Rossel, qui ordonna le désarmement de ces bataillons et fut la cause, à l'entrée des troupes de Versailles, d'actes de répression, qui certes n'auraient pas eu lieu si les esprits n'avaient pas été montés.

L'historique du *Courrier français* serait long, moins par l'étude des hommes qui y collaborèrent que par les conséquences de ses polémiques qui contribuèrent à la chute de l'Empire.

Après bien des péripéties : luttes d'argent, procès, amendes, prison, le *Courrier français* disparut en 1869.

Le premier numéro du *Boulevard* parut en décembre 1861, sous la direction de M. Étienne Carjat. La plupart des journalistes célèbres aujourd'hui en étaient les collaborateurs.

Parmi les écrivains qui souhaitèrent la bienvenue au nouveau-né, MM. Edmond About, Th. Barrière, Jules Noriac et Armand Barthet.

Méry promettait sa collaboration en ces termes :

Vous allez fonder un journal ! Eh bien, cela ne me cause aucun étonnement. Votre crayon était déjà la plus spirituelle des plumes, et vous crayonnerez des articles avec le succès du dessinateur. Votre titre, le *Boulevard*, est excellent. D'où vient que personne ne l'a choisi avant vous ? Mystère ! Il était si facile de le trouver ! Le *Boulevard* est un titre plus parisien que Paris, et *Paris* après le *diable* a toujours passé pour le plus populaire des titres. Paris est une énorme ville qui charge la planète et cause les récentes déviations de la boussole, mais le boulevard est la grande artère du globe ; l'univers palpite sous cette zône, comme il palpitait autre fois sous la ligne du Forum romain.

Le vrai Paris est la plus petite et la plus puissante des villes ; il commence à l'angle du faubourg Montmartre et finit à la maison de Rossini, à l'angle de la chaussée d'Antin. C'est le *boulevard* proprement dit ; il remplace les arcades quadrilatères du Marais, si chères à nos aïeux, et le Palais-Royal, si fréquenté par nos pères. Nos fils sauront ce qui doit remplacer le Boulevard : peut-être l'avenue de Neuilly.

Le *Boulevard* était illustré par MM. E. Benassit, E. Bouquet, E. Carjat, Cuisinier, A. Darjou, Daumier, Durandeau, Pastelot, S. le Pippre et Félix Regamey.

Dans un des premiers numéros se trouve ce sonnet de Charles Baudelaire :

LE COUCHER DU SOLEIL ROMANTIQUE

Que le soleil est beau quand tout frais il se lève,
Comme une explosion nous lançant son bonjour !
Heureux encor celui qui peut avec amour
Saluer son coucher plus glorieux qu'un rêve !

Je me souviens !... J'ai vu tout, fleur, source, sillon,
Se pâmer sous son œil comme un cœur qui palpite,...
— Courons vers l'horizon, il est tard, courons vite,
Pour attraper au moins un oblique rayon.

Mais je poursuis en vain le Dieu qui se retire ;
L'irrésistible nuit établit son empire,
Noire, humide, funeste et pleine de frissons ;

Une odeur de tombeau dans les ténèbres nage,
Et mon pied peureux froisse, au bord du marécage,
Des crapauds imprévus et de froids limaçons

Dans le numéro 4, Jules Vallès publia une pièce de vers intitulée *l'Habit vert* et en sous titre : *A une femme*. Ces vers présentent un contraste frappant avec ceux de Baudelaire et on aurait peine, en les lisant, à croire que leur auteur fut le farouche démolisseur que l'on sait. C'est un chef-d'œuvre de sensibilité. Cette pièce est malheureusement trop longue, pas pour le lecteur, mais pour être reproduite ici. Je n'en puis citer que ce passage :

Tenez ! — J'ai dans un coin de mon vieux portefeuille,
Marquée à votre chiffre, une petite feuille,

Une dernière fleur que j'ai voulu sauver,
Et qui me fait sourire en me faisant rêver.
On était, ce jour-là, ma foi, fort en colère :
On m'appelle : Gros monstre et petite vipère !
On ne m'a rien donné depuis l'autre lundi !
Les seins vont être encor voilés jusqu'à jeudi !
Pourquoi donc les scellés à l'huis de la chambrette ?
Loin de son vilain brun pourquoi dormir seulette ?
J'avais juré, dit-on, d'assassiner le chat,
J'aurais demandé même à ce qu'on l'écorchât !
— O femmes, pour nous payer vos ardentes caresses,
Nous versons à vos pieds des trésors de tendresses ;
Vous nous faites pleurer et nous vous pardonnons !
Mais nous voulons avoir autant que nous donnons,
Et nous, hommes jaloux d'un malheureux sourire,
De la chanson qui plaît, des roses qu'on respire ;
Et d'un geste perdu mon âme se blessait...
J'étais jaloux du chat que ma chatte embrassait.

• • • • • • • • • •

En mars 1862, MM. Meilhac et Ludovic Halévy
firent représenter au théâtre des Variétés une pièce
en trois actes intitulée : *Les Moulins à vent*.
M. Théodore de Banville n'était pas tendre pour
les jeunes auteurs. Voici un passage de sa critique :

Voyez si M. Ludovic Halévy a le sort qu'il mérite. Il
est justement à l'âge de l'enthousiasme, de la maladresse
heureuse, des belles audaces, et sa pièce des *Moulins à
vent* a l'air d'avoir été écrite par ces vieux vaudevillistes
à trucs, à ficelle, à refrains en prose, à scènes toutes faites,
à femmes cachées dans les cabines, qui furent contemporaines de Barras, et dont les vaudevilles ont des barbes

blanches qui font dix-huit fois le tour du manteau d'Arlequin ! Le comique par répétition, ô ciel ! ce comique cherché au moyen d'un mot inepte que tel personnage répète implacablement et infatigablement pendant trois actes, M. Meilhac l'a exhumé des catacombes où dorment les premiers Vaudevilles de M. Ancelot; M. Ludovic Halévy l'a retrouvé dans les comédies écrites par M. Melesville sous le Directoire ! Et pendant les trois actes, un valet ô douleur ! costumé en Baptiste de la *Vie de Bohême*, avec la même tête, avec la même souquenille, avec la même perruque, récite toutes les cinq minutes, sans se lasser une seule fois de cette régularité automatique, un apologue commencé sur ce modèle : « La franche Gaîté, la Joie Rabelaisienne, le Rire aux dents blanches se trouvaient dans une maison qui s'appelle la maison de Molière et de Thalie lorsque les vaudevillistes y entrèrent, les apercevant, ces jeunes hommes qui parlent et qui pensent comme des vieillards, la Gaîté, le Rire, la Joie Rabelaisienne firent leurs paquets pour s'en aller. — Pourquoi vous en allez-vous ? dirent les Vaudevillistes? — Mais, répondirent la Joie et la Gaîté, mais, répondit le Rire en montrant ses dents blanches, nous nous en allons, parce que là où vous êtes, nous ne saurions rester. Et ils sortirent.

Le *Moulin à vent* n'a pas si mal tourné, puisque M. Ludovic Halévy est de l'Académie Française et qu'il nous a donné plusieurs chefs-d'œuvre qui resteront comme des modèles de grâce, de finesse, d'esprit et d'observation. *Princesse* a fait son tour du monde et ce n'est pas fini !

Le *Boulevard* n'était pas un journal méchant, au contraire. Il cherchait son succès dans le talent de ses rédacteurs et non dans la calomnie, le scandale, l'insinuation bête, est-ce pour cela qu'il vécut si peu ?

Il est profondément oublié aujourd'hui ; et, en parcourant ses pages, on se sent pris d'un sentiment de tristesse indéfini : tant d'esprit dépensé en pure perte !

Dans les *Échos*, j'ai retrouvé l'annonce des débuts de mademoiselle Léonide Leblanc au Gymnase, dans *Une femme qui se jette par la fenêtre*. La voici :

— Cette charmante vignette dessinée par Lawrence et modelée par Rubens, etc, etc...

Est-ce assez Louis XV !

Comme cette prose est loin de celle des petits *échotiers* des théâtres de nos jours ! A qui pourrait s'appliquer cette verte mercuriale du *Boulevard ?*

...Prendre une plume comme l'enfant prend une poupée, la femme un éventail, se faire un porte-voix d'un journal parce qu'on a des revenus à gaspiller, c'est là un travail qui me semble dépasser les bornes des fantaisies permises. Aux bébés donnons des hochets, aux chasseresses des soupers, laissons le champagne, mais aux gandins des lettres, aux *beaux* de la plume, disons fermement : Arrière, frelons de la ruche, coquelicots des sillons, pigeons bêtement rengorgés. Arrière, messieurs les amateurs, nous ne vous connaissons pas et ne voulons pas vous connaître ! Ici on ne prend pas en garde les *galopins*. La presse n'est pas une salle d'asile !

Parmi les dessinateurs, Benassit qui débutait se fit remarquer par trois ravissantes compositions, chefs-d'œuvre de réalisme : l'*Absinthe*, l'*Eau-de-vie*, et le *Vin*. Certainement M. Zola a dû trouver en elles les éléments pour composer son personnage de Coupeau.

Daumier ne publia dans le *Boulevard* que quelques dessins, l'un d'eux est surtout remarquable :

Un croque-mort boit devant un comptoir, le marchand de vin dit en aparté à son garçon :

En v'là un, il pourrait bien être malheureux comme les pierres que je ne lui donnerai pas un sou d'ouvrage !

Malgré tout, le *Boulevard* mourut, et aussi trente-cinq de ses rédacteurs sur cinquante !

Combien de journaux connus à divers titres il y aurait à citer longuement :

La *Situation*, fondée par le roi de Hanovre, fantaisie qui lui coûta un peu plus de 1.500.000 francs.

Le *Diogène*, dans lequel un écrivain impérialiste, en grande réputation aujourd'hui, écrivait alors sous le pseudonyme de *Paul Valter* des articles contre l'Empire qui firent supprimer la vaillante feuille et condamner le trop naïf Eugène Varner (Ch. Louveau).

Le *Grand Journal*, le rêve de M. de Villemessant. Imprimé sur calicot, le journal lu devenait une serviette; meuble de salle à manger au lieu de papier de cabinet. Ce rêve fut repris par le financier David qui s'en fit cent mille livres de rentes au dépens des gogos.

L'*Histoire*, créé par Millaud et rédigé par Elie Frebault.

Cette création, au moins, répondait à une idée, à un besoin.

Millaud avait reçu plusieurs lettres de ses abonnés qui lui écrivaient :

Monsieur le rédacteur,

Vous que vous êtes si aimable, prenez-nous en pitié; nous sommes myopes, ne pouvez-vous faire imprimer pour nous quelques numéros en *gros caractères*. Le *Petit Journal* est imprimé en caractères microscopiques, nous ne pouvons pas le lire.

C'est pourquoi l'*Histoire* était imprimé en caractères d'affiches !

Le Journal de *L'Autre Monde*, imprimé sur papier noir en caractères rouges.

Celui-là était d'une douce gaieté, malgré son aspect lugubre. J'y cueille l'entrefilet suivant :

SOCIÉTÉ ANONYME

FONDÉE

POUR ÉTABLIR UNE COMPENSATION

ENTRE L'EMBONPOINT DE

MADEMOISELLE MONTALANT ET L'ÉTHISIE DE

MADEMOISELLE SARAH BERNHARDT

Emission de 33,333 obligations d'aller leur voir jouer la comédie.

On sait que les journaux politiques et les autres n'é-
prouvent aucune répugnance à recevoir beaucoup d'argent pour recommander à leurs abonnés un tas d'affaires
plus ou moins véreuses.

Vous n'ignorez pas comment cela se pratique ; on chante
sur le mode majeur tous les avantages d'une combinaison
qui consiste à bâtir des moulins sur le sommet du Mont-
Blanc sous le prétexte que le vent ne manquera pas, et la
famille Gogo qui est extrêmement nombreuse en France
se jette sur les actions avec un empressement incroyable.

Celles-ci tombent quinze jours après à 10 centimes au-
dessous de zéro ; et qui rit dans sa barbe ?

Ce n'est pas l'excellente famille Gogo.

L'affaire que nous recommandons à nos lecteurs n'a
aucun rapport avec celles dont nous venons de parler.
C'est un placement de toute sûreté et en même temps une
bonne action. Qui ne serait heureux de voir mademoiselle
Bernhardt, qui fait tailler ses plumes dans une pelotte de
ficelle, se développer et engraisser, à mesure que mademoiselle Céline Montaland qui finira par prendre le dôme de
Saint-Augustin pour jupe de dessous, reviendrait à des
proportions plus modestes ?

Eh bien ! la société qui se fonde a ce double but. Un
médecin décoré — ils ne le sont pas tous encore — a
trouvé un moyen pour faire passer, à l'aide d'une machine
électrique, l'embonpoint de mademoiselle Céline Montaland sur les épaules de mademoiselle Sarah Bernhardt.

Nous recevons pour prôner cette affaire industrielle —
autant le dire tout de suite — un petit million.

Mais nous sommes de trop bonne foi, et nous nous fe-
rions trop de scrupules de tromper nos lecteurs pour ne
pas leur dire :

NE SOUSCRIVEZ PAS

Le journal de l'*Autre Monde* n'eut que quarante numéros. Son dernier *écho* fut celui-ci.

Cueilli sur la pierre tumulaire d'un défunt époux cette touchante plainte d'une veuve inconsolable :

Mes larmes ne le ressusciteront pas.
C'est pourquoi je pleure !

La critique du journal de l'*Autre Monde* est plus profonde qu'on ne se l'imagine. Cette feuille parut au moment du débordement des journaux financiers. Il y en avait à Paris 394 qui mettaient en coupe réglée l'épargne publique. D'aucuns, anciens cochers, des déclassés de toutes sortes, n'ayant aucunes ressources, sans domicile, confectionnaient un journal, et, en avant le chantage ! J'en connais un qui en avait *dix-sept*, un autre *neuf*. Le truc était bien simple. La même copie servait; le titre seul changeait sous presse. Vingt-cinq exemplaires, les bureaux sous le deuxième marronnier de la place de la Bourse et le tour était joué.

Ils visaient les maisons en vue. Comme la chenille, ils choisissaient les meilleures feuilles de l'arbre. M. Ferdinand de Lesseps était pour eux, « le grand Français » s'il *éclairait*. M. Marius Fontane en sait quelque chose. Dans le cas contraire, l'isthme de Suez était une *blague*, le *Panama* un vol. Ces gredins, véritable *Condottieri*, vivaient grassement de la faiblesse et de la bonté d'âme des uns, de la vanité des autres. Ils vécurent jusqu'au

Krach. A ce moment il fallut bien qu'ils rentrassent
dans leurs cavernes. Le *Krach* eut, au moins, cela
de bon qu'il nous débarrassa de cette engeance et
rendit à la presse financière, à la vraie, sa véritable valeur. Nous sont resteés seulement les feuilles
dignes de ce nom ; le *Messager de Paris*, la *Semaine financière*, le *Petit Journal financier*. Ce
dernier, sous la direction de M. A Mollien, un
jeune, qui mêt cet axiome en pratique : « Que l'inté-
« rêt d'un journal financier est de n'engager sa
« clientèle que d'après sa propre conviction et de
« faire passer les intérêts de ses abonnés avant le
« sien. »

Pour terminer cette étude, il faut citer le *Nouveau
Journal* et l'invention de M. Alphonse Millaud
pour l'imposer aux lecteurs. Hélas ! le lecteur fut
rétif, mais l'invention du *père la réclame* survi-
vra.

Tout Paris l'a connu.

A l'angle du faubourg Montmartre et du boulevard Bonne-Nouvelle, comme jadis Bamboche
devant Lazzari, boulevard du Temple, se tenait le
père la réclame. Il arrêtait les passants comme
ne le ferait pas le roi des Pitres. Il tenait un journal à la main. *Le Nouveau Journal* naturellement. Il le lisait :

... Nous avons le regret d'annoncer un nouveau crime
qui dépasse, en monstruosité, tous ceux connus jusqu'ici.

Un prêtre s'est livré à une série d'attentats à la pudeur sur des petites filles confiées à sa garde. Ce satyre ne s'est pas contenté de les violer ; il les a assassinées...

Tout à coup il s'arrêtait. Puis, avisant dans la foule une « bonne tête » et le saisissant par le revers de son habit, il lui disait :

— N'est-ce pas, monsieur, que c'est une infamie ?

L'homme ahuri répondait :

— Oh ! c'est horrible.

— Eh bien ! reprenait le *père la réclame*, montez au premier, vous vous abonnerez et vous lirez la suite.

Il va sans dire que c'était un *canard*, tout comme l'*hirondelle* que m'adresse l'ami Meusy pour clore cette première série :

> D'air et de soleil épris
> Le citadin se promène,
> Cherchant entre les toits gris
> Le ciel bleu qu'Avril ramène.
> Il fait un tour matinal
> Sur le quai de la Tournelle,
> Ayant lu dans son journal
> Qu'on y voit une hirondelle.
> Rien ne s'offre à son regard,
> Pas un bec, pas une plume.
> L'hirondelle est un canard !

TABLE DES MATIÈRES

I

II

X

XI

ÉMILE COLIN. — IMPRIMERIE DE LAGNY

www.ingramcontent.com/pod-product-compliance
Lightning Source LLC
Chambersburg PA
CBHW070205030726
47505CB00006B/1580